T0283742

DEUS EX

IMPEDIMENTA NARRATIVA, 279

FERDIA LENNON
DEUS EX

Traducción del inglés de Jon Bilbao

IMPEDIMENTA

Título original: *Glorious Exploits*
Primera edición en Impedimenta: febrero de 2024

Copyright © Ferdia Lennon, 2024
Copyright de la traducción © Jon Bilbao, 2024
Imagen de cubierta realizada por el equipo de diseño de Impedimenta
a partir del diseño de Gregg Kulick para la edición de *Glorious Exploits*
publicada por Macmillan Publishers.
Copyright de la presente edición © Editorial Impedimenta, 2024
Juan Álvarez Mendizábal, 27. 28008 Madrid

http://www.impedimenta.es

ISBN: 978-84-18668-91-3
Depósito Legal: M-937-2024
IBIC: FA

Este libro ha sido publicado con el apoyo de Literature Ireland.

LITERATURE IRELAND
Promoting and Translating Irish Writing

Impresión y encuadernación: Kadmos
P. I. El Tormes. Río Ubierna 12-14. 37003 Salamanca

Impreso en España

Impreso en papel 100 % procedente de bosques gestionados de acuerdo con
criterios de sostenibilidad.

Cualquier forma de reproducción, distribución, comunicación pública o
transformación de esta obra solo puede ser realizada con autorización de sus
titulares, salvo excepción prevista por la ley. Diríjase a CEDRO (Centro Español
de Derechos Reprográficos, www.cedro.org) si necesita fotocopiar o escanear algún
fragmento de esta obra.

Para Emma

«Aquello que escapa a nuestro alcance, aquello que es mayor que el ser humano, todo lo que es inmenso e inabordable, es para los locos, o para quienes escuchan a los locos y creen lo que les dicen.»

Las Bacantes, EURÍPIDES

«La vida no puede ser lo mismo que la muerte, hija mía. La muerte está vacía, y en la vida siempre hay esperanza.»

Las Troyanas, EURÍPIDES

SIRACUSA
412 a. C.

1

Un día me dice Gelón:
—Vamos abajo a dar de comer a los atenienses. Hace un tiempo perfecto para dar de comer a los atenienses.

Gelón está en lo cierto. Porque el sol arde blanquecino y diminuto en el cielo, y las piedras queman cuando las pisas. Hasta los lagartos se esconden, asoman la cabeza desde debajo de las rocas y de los árboles como diciendo: «¿Apolo, estás de coña?». Me imagino a los atenienses todos apelotonados, mirando ansiosos a su alrededor en busca de un poco de sombra, con la lengua reseca y jadeando.

—Gelón, estás en lo cierto.

Gelón asiente.

Nos ponemos en marcha cargando con seis odres —cuatro de agua y dos de vino—, un tarro de aceitunas y dos trozos del queso apestoso que hace mi madre. Tenemos una isla preciosa, la verdad, y a veces pienso que el cierre de la fábrica es mi oportunidad para darle un nuevo rumbo a mi vida. Que podría irme de Siracusa y buscarme una casita en la costa, dejar las habitaciones oscuras, la arcilla y las manos rojas, cambiarlas por el mar y el cielo, y cuando vuelva a casa con la pesca colgada del hombro, ella, sea quien sea, me estará esperando y me recibirá con risas. Qué risa la suya, casi la estoy oyendo, y su sonido es suave y delicado.

—¡Oye, Gelón, qué bien me siento hoy!

Gelón me mira. Es atractivo, sus ojos son del color del mar poco profundo cuando lo atraviesan los rayos del sol. No como el marrón mierda de los míos. Abre la boca para hablar, pero no dice nada. Gelón está triste a menudo: ve el mundo como a través de una cortina de humo, sin brillo ninguno. Seguimos caminando. Aunque los atenienses han sido aplastados, sus barcos reducidos a leña y sus muertos insepultos sirven de comida a nuestros perros, aún hay patrullas de hoplitas. Por si acaso. Ayer mismo Diocles nos soltó un discurso sobre no fiarnos nunca de los atenienses; una nueva tanda puede llegar el día menos pensado. Quizá tenga razón. La mayoría de los espartanos se han ido. Por lo que se cuenta, se dirigen a la misma Atenas, para sitiarla como es debido. Para zanjar la guerra. Pero todavía quedan unos pocos por aquí. Sin hacer nada y muertos de morriña. De hecho, cuatro caminan delante de nosotros; los mantos les cuelgan a la espalda, rojos como heridas.

—¡'nos días!

Miran hacia atrás. Ninguno devuelve el saludo. Son arrogantes los espartanos, pero yo estoy de buen humor.

—¡Abajo los atenienses!

Dos devuelven el saludo, pero sin entusiasmo. Parecen cansados y tristes, como Gelón.

—¡Pericles es un gilipollas!

—Pericles está muerto, Lampo.

—Sí, claro, Gelón, ya lo sé. ¡Pericles es un gilipollas muerto!

Eso hace reír a dos de los espartanos, y los cuatro nos saludan. ¡Qué contento estoy hoy! No sé explicarlo. Esas sensaciones son las mejores. Las que no puedes explicar, y eso que todavía ni siquiera hemos dado de comer a los atenienses.

—¿Qué cantera toca hoy, Gelón?

Nos paramos en una bifurcación del camino, hay que decidir. Gelón duda.

—¿Laurium? —dice por fin.

—¿Laurium?

—Sí, creo que sí.

—¡Laurium!

Tiramos para la izquierda. Laurium es el nuevo nombre de la cantera principal. Alguien pensó que sería divertido llamarla como esa mina de plata del Ática, la que usaron los atenienses para financiarse el viaje hasta aquí. Al final se le ha quedado el nombre. La cantera es un inmenso foso rodeado por paredes lechosas de caliza, tan altas que solo hace falta valla en un par de sitios. En uno está la entrada, donde un par de guardias planchan las posaderas en el suelo jugando a los dados. Gelón les da un odre y nos dejan pasar. Se baja por un sendero rompetobillos expuesto al viento. Una serpiente parda enroscada, así lo llama Gelón cuando la musa lo inspira. Olemos a los atenienses antes de verlos. Las vueltas y revueltas del sendero entorpecen la vista de la cantera, pero el olor es atroz; denso y putrefacto, casi visible, como una neblina. Tengo que parar un momento porque me lloran los ojos.

—Está peor que de costumbre.

—Será el calor.

—Será.

Me tapo la nariz y seguimos caminando. Hay menos que la última vez. A este paso, no quedará ninguno en invierno. Me hace pensar en la noche en que se rindieron. El debate duró horas y horas. Diocles caminaba arriba y abajo, su voz era un rugido.

—¿Dónde metemos a estos siete mil cabrones?

Silencio. Repite la pregunta. El capullo de Hermócrates propone entre dientes un tratado. Y una mierda un tratado, pienso, y Diocles lo dice en voz alta. No con las mismas palabras, pero el significado es el mismo. Dice:

—¿Quién firma tratados con un cadáver?

Todos se ríen y niegan con el dedo, y Hermócrates se sienta y cierra la boca. Y Diocles venga a caminar arriba y abajo, preguntándonos qué hacer. Silencio. Aunque ahora es un silencio tenso. A punto de reventar. Se para; dice que se le ha ocurrido algo. Algo novedoso y raro. Algo que dejará claro al resto de Grecia que vamos en serio. Que somos siracusanos y que nadie nos va a mover de nuestro sitio. ¿Queremos oírlo?

—¡Queremos, Diocles!

Pero niega con la cabeza. En realidad, es pasarse. Demasiado raro. Alguien más debería proponer algo. Pero ya ha pasado el momento de eso. Porque somos siracusanos y nadie nos va a mover de nuestro sitio, eso le decimos. Así que se inclina hacia delante y susurra algo. No se oye nada. Solo lo vemos mover los labios.

—¡No se oye, Diocles!

Y por fin lo suelta. Todavía en voz baja, pero lo bastante alto para que lo oigamos.

—Meterlos en las canteras.

Lo repite gritando:

—¡Las canteras!

Y poco después, casi toda Siracusa estaba temblando de emoción con esas dos palabras: las canteras.

Pues sí, eso fue lo que hicimos.

Desde lejos, parecen hormigas rojas pululando por las rocas, aunque estos atenienses poco pueden pulular. Están tirados en el suelo o en cuclillas o se arrastran en busca de un poco de sombra. Aunque lo cierto es que mi vista no es la mejor del mundo, y puede que los que están más quietos en realidad hayan muerto.

—¡'nos días!

Unos pocos miran hacia arriba, pero ninguno me devuelve el saludo. Ahora, con el paso del tiempo, en la ciudad hay quienes piensan que nos hemos equivocado. Que tenerlos en estos fosos es demasiado, que ni siquiera la guerra es excusa. Dicen que tendríamos que matarlos, esclavizarlos o mandarlos de vuelta a casa, pero a mí me gustan los fosos. Nos recuerdan que todo cambia. Me acuerdo de cómo eran los atenienses hace un año: sus armaduras resplandecían como las olas cuando la luna brilla sobre ellas, sus gritos de guerra te tenían en vela toda la noche y hacían aullar a los perros, y sus barcos, cientos de barcos, cercaban nuestra isla como tiburones majestuosos a la espera de darse un festín. Los fosos nos demuestran que nada es permanente. Eso dice Diocles. Nos demuestran que la gloria y el poder no son más que sombras proyectadas sobre un muro. Y me gusta el olor. Es atroz, pero atroz de una manera maravillosa. Huelen a victoria y a cosas aún mejores. Todos los siracusanos sienten lo mismo al olerlo. Hasta los esclavos lo sienten. Rico o pobre, libre o no, en cuanto te llega el tufillo de los fosos, tu vida te parece más afortunada; tus mantas, más cálidas; tu comida, más sabrosa. Te van bien las cosas o, al menos, mejor que a esos atenienses.

—¡'nos días!

Un pobre desgraciado ve mi porra y levanta los brazos. Suelta una ristra de palabras, la mayoría de las cuales no entiendo porque su voz no es más que un débil graznido, pero pillo «Zeus», «por favor» e «hijos».

—No temas —digo—. No venimos a castigaros, aunque castigo es lo que merecéis, perros atenienses. Gelón y yo somos clementes. Venimos...

—Cállate.

—¿Qué, Gelón? Digo la verdad.

—Cállate, anda.

Suelto una risita.

—Ya veo. Tienes un día de esos.

Él ya está de rodillas junto al pobre desgraciado, dándole de beber.

—¿Algo de Eurípides? —dice Gelón.

El tipo chupa del odre como si fuera el pezón de Afrodita, parte del agua le chorrea barba abajo. Está de color rosa. Rosa de verdad. Casi todos están rosas, algunos hasta rojos.

—Eurípides, amigo. ¿Te sabes algo?

El tipo asiente y bebe un poco más. Otros atenienses se nos acercan. Les tintinean las cadenas de los pies. Hay más de los que yo pensaba, aunque menos que la última vez.

—¡Agua y queso —dice Gelón— para los que se sepan pasajes de Eurípides y sean capaces de recitarlos! Si son de *Medea* o de *Télefo*, aceitunas también.

—¿Y de Sófocles? —pregunta un bicho raquítico sin dientes—. ¿De *Edipo rey*?

—¡Que le den por culo a Sófocles! ¿Ha dicho Gelón algo de Sófocles? Pedazo de...

—Silencio.

—Gelón, tío. Yo solo digo que...

Gelón explica las condiciones:

—Nada de Sófocles ni de Esquilo ni de ningún otro poeta ateniense. Podéis recitarlos si os apetece, pero el agua y el queso son solo por Eurípides. A ver, amigo, ¿qué tienes para mí?

El tipo que estaba bebiendo se aclara la garganta e intenta enderezarse. Da pena verlo. Le pone empeño, pero es incapaz. El cuello no le resiste, la cabeza se le cae a los lados, como fruta madura zarandeada por la brisa.

—Esto... Pero debemos llegar a comprender, rey Príamo...

Se calla.

—¿Eso es todo?

—Lo siento, me sabía más, pero parece que ya no. Tengo mal la cabeza, sabes, se me olvidan las caras y no me acuerdo de mi... Te juro que me sabía más.

Se lleva las manos a la cabeza. Gelón le da una palmada en el hombro y le deja tomar un último sorbo. Me parece que el ateniense está llorando, pero aun así sigue chupando del odre. El agua que entra por la que sale.

—¿Alguien puede hacerlo mejor? Un puñado de aceitunas a cambio de algo de *Medea*.

A Gelón le chifla Eurípides. Es el principal motivo por el que viene aquí. Creo que casi se habría alegrado si los atenienses hubieran ganado, con tal de que Eurípides se diera una vuelta por aquí y representara un par de obras. Una vez se gastó el salario de un mes en pagar a un viejo actor para que viniera a la fábrica y recitara escenas mientras nosotros hacíamos cazuelas. El capataz dijo que bajaba la productividad y echó al actor. Sin embargo, Gelón no se dio por vencido. Le dijo al actor que gritara sus frases desde el otro lado de la calle. Se entremezclaban fragmentos de poesía con el bramido del horno y, aunque creo que aquella semana fabricamos menos cazuelas, fueron diferentes, más bonitas. Eso pasó antes de la guerra; ahora el actor está muerto y la fábrica ha cerrado. Miro a Gelón. Tiene los ojos azules muy abiertos y mira nervioso a su alrededor. Sostiene un trozo de queso por encima de la cabeza y ofrece aceitunas a gritos. Está loco. Al margen de lo de Eurípides.

Hay muchos voluntarios, pero cuando les llega el turno la mayoría no encuentran las palabras o dicen que les duele la cabeza o que tienen sed, o sencillamente se desploman, así que no les sacamos más de una frase a cada uno. Dos, con un poco de suerte. Un farolero se lanza con una escena donde Aquiles corteja a Medea, y hasta yo sé que es una filfa. Medea fue mucho antes que Aquiles. Ella estaba con Jasón.

—¡Aquiles, el de los pies ligeros, eso nunca podrá ser! Oh, Hélade, mi padre jamás lo permitirá. Aquiles, ¿qué podemos…?

Gelón levanta la porra y el farolero se escabulle. Otro ocupa su sitio. Este al menos menciona a Jasón, pero es un fragmento que Gelón ya se sabe. Aun así, el tipo recibe unas aceitunas por las molestias.

Así va pasando el día. El sol engorda, se va volviendo naranja y no pega tan fuerte. Los rosas y los rojos se diluyen en el azul. Dejo a Gelón a lo suyo y voy a dar una vuelta por los fosos.

Oficialmente, voy de cazatalentos. Gelón ha subido la apuesta y ha ofrecido volver con un saco de grano si consigue a cinco atenienses que monten una escena de *Medea*. Pero quiere que lo hagan bien. Que interpreten en condiciones. Tendrá suerte si da con uno. Estos pobres desgraciados están al borde de la muerte. Los peores rincones del Hades deben de parecerse a esto. Esqueletos peludos cubiertos de un fino pellejo. Al margen del pelo, el único elemento diferenciador son los ojos. Gemas vidriosas, más brillantes debido a la cercanía de la muerte. Inmensos ojos castaños y azules me escudriñan. Todavía no he encontrado protagonista, pero no me rindo.

Mirando a los atenienses te parece ver cómo se les escapa el espíritu por los agujeros de la nariz y entre los labios con cada aliento. Tienes la impresión de que la piel se les marchita y desmenuza ante tus propios ojos, y que si te quedaras mirándolos el tiempo suficiente, desaparecerían, y no quedaría de ellos más que los dientes y unos pocos huesos delgados, dientes blancos y huesos blancos que se mezclarán con la piedra de la cantera, y puede que algún día se construya una casa con esa piedra, tu casa, y por las noches no podrás conciliar el sueño porque las paredes gimen, el techo llora, un segundo cielo que vierte gotas sobre tu cabecita, y confiarás en que no sea nada, solo el viento o la lluvia, y puede que así sea, pero a lo mejor son los atenienses retorciéndose dentro de tus paredes. Qué pensamientos tan raros. Propios del Hades, pero es que la cantera es un sitio raro, donde un hombre deja de ser él mismo.

Alguien grita a lo lejos. Mucha energía desperdiciada en un grito. Debe de ser grave. Se repite, igual de fuerte. Viene del fondo de la cantera. Los atenienses se apartan en desbandada del sitio, así que, en vez de la habitual muralla de piel y harapos, se ve la roca. Decido acercarme a echar un vistazo. Un hombretón inmenso blande una porra. Hay un ateniense hecho una bola a sus pies, como un gatito llorón. En realidad, son dos los atenienses a sus pies. Aunque el segundo está claramente muerto.

La túnica del de la porra está salpicada de rojo. ¿Es Biton? Sí, es Biton. Siempre es Biton. A su hijo lo mataron en la primera batalla contra los atenienses. Bueno, no exactamente en la batalla. Lo capturaron y lo torturaron hasta la muerte. Biton viene mucho por aquí. Incluso más que nosotros.

—Eres tremendo, Biton.

Se vuelve. Le guiño un ojo. Él a mí no. Tiene un tic nervioso en las mejillas. Su aspecto es peor, si cabe, que el del pobre desgraciado a sus pies. La cara del ateniense es una masa sanguinolenta, pero hay una extraña esperanza en sus ojos verdes. De un verde que impresiona. Verde lagarto. Brillan mientras se aleja a rastras. Todavía no está dispuesto a rendirse a la muerte.

—Gelón y yo andamos por allá, en busca de algo de Eurípides, ¿tú te crees?

Biton no responde. Aferra el mango de la porra. Las venas del brazo parecen las ramificaciones de un rayo.

—Menudo calor ha hecho esta mañana.

De nuevo nada. El ateniense se sigue arrastrando.

—¿Qué estás haciendo, un poco de ejercicio? ¿Qué ha hecho ese para merecer tal atención?

—Los encontré en la pared.

—¿La pared?

—Habían hecho un agujero. Cabrones.

—¿Habían?

Biton le da un puntapié al cadáver.

—Dormido estaba en brazos del cerdo este. Abrazados los dos. Como amantes.

Asiento. El ateniense ya está bastante lejos. Ha dejado un rastro de sangre.

—Hay menos que la última vez.

—Cabrones.

—Sí que lo son. Les doy dos meses como mucho. Si Apolo sigue haciendo su trabajo, puede que menos. Creo que los echaré de menos cuando no estén. Te rompen la rutina, en cierta forma.

Biton se tapa la cara con las manos.

—No eres el que peor está, Biton.

El ateniense sigue a la vista. No va lo bastante rápido. Espabila, cabrón.

—Diocles dice que tendríamos que perseguirlos hasta Grecia. Zanjar el trabajo. ¿A ti qué te parece? Por mi parte, no me importaría darme un paseíto por su Acrópolis. A lo mejor echan algo en el teatro. Dicen que es impresionante. Que en Sicilia no tenemos nada igual.

Biton baja las manos y empieza a alejarse.

—Menuda porra tienes. Hércules le dio un masajito al león de Nemea con una porra como esa, Biton. Te felicito por tu porra.

Le hago una reverencia. El ateniense se mueve a paso de tortuga. ¿Para qué me molesto? Olvídalo, me digo, pero es que no quiero ver cómo lo matan.

—¿Me acompañas a saludar a Gelón? Se alegrará de verte.

Es mentira.

—Estoy ocupado.

—Sí, ya veo que tienes cosas que hacer. No cabe duda. Pero la verdad es que yo agradecería un poco de compañía. Está oscureciendo y, aunque me duele reconocerlo, no me gusta este sitio por la noche. Salen las ratas, y me da miedo. No te rías, Biton. Sé que tiene gracia, pero lo digo en serio. Me da miedo.

Biton no se ríe. Va hacia el ateniense.

—¡Espera!

Se detiene y me mira.

—¿Se la tienes jurada al desgraciado ese?

Biton asiente.

—Te pido que lo perdones por Gelón, que está buscando a un actor de ojos verdes para el papel de Jasón. Porque Jasón era famoso por sus ojos verdes. Sus ojos fueron lo primero por lo que Medea se fijó en él, si es cierto lo que cuentan.

Biton está confuso.

—Te ofrezco este odre de vino a modo de compensación.

Sigue confuso, pero es una confusión interesada. Desde que murió su hijo, Biton se ha convertido en un devoto de Dionisio, pero está sin blanca y rara vez le puede rendir culto.

—¿Para mí?

—Eso es, a cambio del ateniense.

Me mira con unos ojos enormes. Parece a punto de echarse a llorar.

—Gracias.

—Que lo disfrutes, Biton.

Coge el odre y bebe con un ansia portentosa. No como si chupara el pezón de Afrodita, pero sí el de una ninfa o alguna diosa menor. Le doy una palmada en el hombro y me alejo. En un par de zancadas he alcanzado al ateniense. Se hace un ovillo, teme seguir recibiendo el mismo trato. Cuando los golpes no llegan, abre los dedos y veo cómo me miran esos ojos verdes, verde lagarto.

—No temas, pues no vengo a atormentarte, aunque tormento es lo que mereces. ¡Vengo a contratarte para una obra de teatro!

Cierra los dedos y se hace un ovillo aún más apretado.

—¡No me jodas! Si quisiera hacerte daño, ya lo habría hecho.

Abre los dedos y reaparecen los ojos verdes. Parece que está diciendo algo.

—Por favor, no…

—¡Deja de lloriquear si no quieres que cambie de opinión! Habla claro y no te pasará nada. ¿Conoces a Eurípides?

No contesta.

—¡Di! ¿Lo conoces? Eurípides, un gran poeta ateniense.

—Lo conozco.

—¿Te sabes algún pasaje? ¿Podrías recitarlo si fuera necesario? Di la verdad.

Asiente.

—¿*Medea*? ¿Te sabes *Medea*?

—Sí, me parece que sí. Es…

—Que te lo parezca no me sirve. Estoy pensando darte el papel de Jasón. Es un papel principal. ¿Puedes responderme claramente?

—Me parece… Lo siento. Estoy seguro de que recuerdo bastante. Por favor.

Le ofrezco un odre de agua para que se le aclaren las ideas. Se bebe la mitad de un trago. Le vierto el resto sobre la cara para limpiar la sangre. No es tan grave como parece. Un buen tajo en la mejilla y otro en la frente. Nada roto. Yo no diría que es atractivo, pero dadas las circunstancias, servirá. Le ofrezco mi brazo y él lo toma. Caminamos. Todo parece marchar bien hasta que llegamos donde el otro ateniense. Al que Biton mató. Cuando lo alcanzamos, el de los ojos verdes se deja caer al suelo y rompe a llorar, besa el cadáver y le habla en susurros.

—Ya basta. Tengo prisa.

Me ignora, sigue besándolo y susurrándole y se pone los labios y toda la cara perdidos de sangre. Tendré que volver a lavarlo. Es un desperdicio de agua.

—¡Vamos!

Nada. Levanto la porra como si lo fuera a golpear. Funciona; se aparta del cadáver de inmediato. Levanta los brazos para cubrirse.

—¡En pie!

Empieza a levantarse, pero vuelve a dejarse caer de rodillas, arranca un mechón de pelo rubio de lo que queda en la cabeza y lo aprieta en el puño. Se pone en pie. Yo echo a caminar muy despacio, y me sigue.

Ya ha salido la luna, una sonrisa plateada en el cielo, pero el sol sigue visible. Gordo y rojo. En breve, en cuanto desaparezca tras las paredes de la cantera y luego tras el horizonte marino, será noche cerrada. Supongo que a mi amigo le gustará la noche. Dado que el sol, por lo que parece, es la principal causa de mortalidad en los fosos.

—Te alegrará ver que anochece, ¿no?

No responde.

—Contesta, amigo.

—¿Perdón?

—Digo que seguro que te alegras cuando Apolo se larga.

—Por la noche no es mucho mejor.

—¿Por las ratas?

—No, por el frío. Es gélido. El cambio brusco te da fiebre.

—¿Por eso estabais tu amigo y tú en el agujero?

Asiente.

—Es ingenioso por vuestra parte. Yo lo respeto, pero claro, Biton, el tipo al que has conocido antes, él odia el ingenio ateniense. Lo detesta. No me extraña que se haya cabreado con vosotros. Echando una siestecita a la sombra cuando tendríais que estar asándoos al sol.

El ateniense se echa a llorar de nuevo.

—Tranquilo, hombre. Toma una aceituna.

Le ofrezco el tarro. Son unas aceitunas fabulosas, con aceite, sal, ajo y un ingrediente secreto. Las hace mi madre. Las mejores de toda Siracusa. Él vacila, pero acaba cogiendo unas pocas. Sigue llorando mientras mastica.

—¿Cómo te llamas, amigo?

—Paches.

—¿Paches?

Asiente.

—Yo soy Polifemo.

Me lo he inventado. Nunca se sabe con los atenienses. Un nombre se puede usar para echar una maldición o qué sé yo.

—¿Polifemo como el cíclope?

—Eso es. Mi madre dice que mi padre solo tenía un ojo. Pobre desgraciado.

—Vaya.

Seguimos caminando.

—Ya sabes cómo están las cosas, Paches. Esto os lo habéis buscado vosotros solitos. Viniendo aquí por mar como tiburones dispuestos a zamparnos. Sois peores que los persas. Ellos son bárbaros, pero vosotros sois griegos que atacan a griegos. Sí, Diocles tiene razón. Sois escoria.

No responde, se limita a seguir renqueando. Varios pares de ojos nos miran desde las sombras.

—Aun así, mi colega Gelón se alegrará de conocer a un experto en Eurípides. Según él, es mejor que Homero. Lo conocerás enseguida. A Gelón, no a Homero.

Le guiño un ojo.

Al irse la luz, salen las ratas. Al principio, hay solo una o dos, pero pronto el suelo está cubierto de ellas y sus ruidos se oyen por toda la cantera. Parecen enloquecidas. No son ratas normales: están mojadas, son rojizas y muy gordas. Te pasan por encima de los pies, pero si no las pisas, no te hacen nada. Aun así, me complican muchísimo el caminar. Paches parece no fijarse en ellas, aunque debe de hacerlo porque no pisa ninguna. Gelón dice que hay más de un millar de ratas en los fosos. Que, si escuchas con atención por la noche, las oyes chillar desde la ciudad.

—¿No te molestan las ratas, Paches?

—No.

—Creo que para mí serían peores que el hambre o la sed.

Me mira como si fuera a decirme que no tengo ni idea de lo que hablo.

—¿Quieres más agua?

Asiente y le paso el odre.

—¿Echas de menos Atenas?

Escupe el agua. Tose.

—Perdona, claro que la echas de menos. Tengo entendido que es impresionante, eso quería decir. Ya sabes que los siracusanos os admirábamos mucho. ¿Pues no tomamos vuestra democracia como modelo? A mí me encantaría ir. Ver el Partenón. Gelón dice que no hay nada más bonito, ni siquiera en Egipto ni en Persia.

—¿Él ha estado?

Me pongo a acariciar la porra, pero me doy cuenta y paro.

—No. Nunca ha estado. Pero ha hablado con aquellos que sí.

—Lo es.

—¿El qué?

—Lo más bonito… —Se para. Me parece que va a llorar otra vez, pero se consigue dominar—. Es con mucho la ciudad más bonita de Grecia. Yo he estado en Egipto y creo que está a la altura de todo lo que hay allí. De Persia no puedo hablar.

—¿Has estado en Egipto?

—Sí.

—¿En las pirámides? ¿En serio?

Asiente.

—¿Quieres una aceituna?

Le doy un par.

—Gracias, Polifemo.

Veo a Gelón a lo lejos. Está subido a una roca; hay un par de atenienses debajo.

—Lampo —digo, muy rápido.

—¿Disculpa?

—En realidad no me llamo Polifemo. Me llamo Lampo. ¿Quién va a ponerle a su hijo un nombre de cíclope?

—Ah.

Sonrío y le doy un empujoncito.

—¡Prepárate, Gelón! ¡Te traigo a tu protagonista!

Gelón mira hacia abajo.

—¿Qué?

—Te presento a Jasón. Mira qué ojos verdes. ¿No decías que Jasón tenía los ojos verdes?

Gelón observa a Paches. No diría yo que esté impresionado y, a decir verdad, los tajos que le ha hecho Biton tienen peor pinta de lo que me pareció al principio. Paches está hecho una lástima.

—¿Los ojos verdes? ¿De qué estás hablando? En cualquier caso, este pobre desgraciado está medio muerto.

—Gelón, tío, no me seas negativo. —Paso un brazo sobre los hombros de Paches—. Hazle una demostración, Paches. ¡El parlamento final de Jasón, cuando descubre que sus hijos han muerto!

Paches carraspea.

—Tú, la más odiosa entre las deidades…

—¡Un momento! —dice Gelón—. Ya que estamos, hacemos la escena. Medea, ¿estás lista?

—Creo que sí.

Se acerca una mujer altísima, pero claro, en los fosos no hay mujeres. Me fijo mejor. Solo es el desgraciado que no podía mantener la cabeza erguida, pero ahora lleva el pelo mucho más largo y una túnica ceñida de mujer.

—¿Qué es, de tu hermana?

Gelón asiente.

—¿Y el pelo?

—De caballo.

—Muchas molestias te has tomado.

—Así es.

Paches y Medea se colocan en sus posiciones. Gelón y yo nos sentamos en una roca a la espera. Me pregunto cómo sería verlo de verdad en Atenas, y me duele porque sé que nunca lo veré, pero miro a mi alrededor: las paredes de la cantera que nos circundan y el cielo presionando hacia abajo, cargado de estrellas, o de dioses, y el suelo igualmente cargado de atenienses. Y digo yo, ¿acaso esta cantera no es un anfiteatro?

Un inmenso anfiteatro ateniense con dos sencillos siracusanos por todo público.

Comienzan.

2

El farol de la taberna de Dismas se balancea a lo lejos como una luna borracha. Ya nos hemos tomado varias desde que salimos de la cantera y Gelón quiere acabar junto al mar, y el Dismas está junto al mar; demasiado, de hecho. El camino está cubierto de conchas, cangrejos aplastados y montones de algas relucientes que parecen medusas. Le tiro uno a Gelón y él me lanza otro de una patada. Cerca de la taberna, el sonido de las olas se entremezcla con el tintineo de las copas y el guirigay de cien voces.

Un tipo atractivo con un solo brazo está en pie junto a la puerta; en la frente tiene una marca a hierro, de un rojo furioso, con forma de caballo. Es Chabrias, un esclavo de guerra argivo al que Dismas compró barato por su escasez de extremidades. Sobrio, Chabrias da la impresión de padecer un dolor moderado pero constante, con los músculos de las mejillas y de la frente contraídos a medio camino de una mueca, pero a altas horas de la noche, cuando la clientela se pone generosa y le lleva un par de jarras, las mejillas se le relajan, los ojos le brillan y, si te acercas a escucharlo, te agasaja con historias de Argos: mujeres a las que amó, carreras de carros en las que compitió, templos en los que oró, manantiales sagrados y arboledas frondosas a porrillo. Un sitio sagrado y libertino, Argos. Ojalá te lo pudiera mostrar, dice, y hay algo en su forma de narrar esas historias, una necesidad desesperada, que te hace pensar que el pobre Chabrias intenta conjurarlo todo no tanto para ti como para sí mismo. Que busca que las cenizas de su presente vuelvan a prender con el resplandor de Argos, hasta que todo lo supera un poco y se queda callado en mitad de una frase, mira al cielo, tararea una canción extraña y te enseña el muñón. Me cae bien Chabrias.

—¡Mira quién está aquí! —digo.

Chabrias inclina la cabeza, abre la puerta. No se ve ninguna jarra en sus cercanías. Entramos.

Una ráfaga de olor a salitre y a escamas de pescado nos llena las narices. En el Dismas hiede a mar más que en la misma playa. Por su ubicación, es uno de los sitios favoritos de los pescadores, y cuando lo atestan, con las ventanas cerradas, los aromas se instalan y ya no se van. La peste es literalmente visible, hilillos de olor a pescado que se elevan desde los cuellos y los mantos empapados. Los hombres se encorvan sobre las jarras, con las barbas salpicadas de púrpura mientras comentan su última captura, ya sea en tono de orgullo o de lamento. Junto con la bulla de origen humano, son muchos los otros sonidos que hace el propio edificio. Con los años, el viento y la lluvia han perforado tantos pequeños, y no tan pequeños, agujeros en las paredes que la estructura emite algo similar a silbidos, mientras que las vigas del techo y el suelo crujen y se comban. No obstante, esa fragilidad solo contribuye a tu confort. Los oídos te preparan la piel para una arremetida que nunca llega, y, como un hombre nunca valora nada con más intensidad que cuando teme perderlo, la expectación continua de una furia elemental acaba dándole un regusto agradable a la bebida.

Gelón va derecho a la silla de Homero. Un trasto desvencijado donde se supone que el bardo ciego se sentó durante una visita a

Siracusa hace cien años. Está arrumbada en un rincón y encima de ella hay una inscripción de bronce que reza: «La silla de Homero». ¿De verdad es la silla de Homero? Son muchas las sillas de Homero que hay repartidas por Siracusa, y quizá todas sean auténticas. ¿Por qué no? El culo es caprichoso y no se desposa de por vida, así que a lo mejor sí que es «la silla de Homero».

Hay un tipo sentado en ella y Gelón le pide que se levante. El tipo lo manda a la mierda y Gelón, muy educadamente, lo agarra por el cogote y lo tira al suelo a la vez que se disculpa. Las miradas se vuelven hacia nosotros y muchos vitorean y silban; Gelón es bien conocido en el Dismas y el ritual se repite a menudo, siempre que un cliente poco informado se sienta en su sitio.

Pido la primera ronda. Una esclava nueva sirve el vino. Es morena, de ojos castaños, y su piel parece de cobre recién batido. Reluce de tan limpia, y aunque ella no es más que mercancía, me avergüenzo cuando se fija en mi manto, cubierto de manchas y andrajoso. Me da la jarra y vuelvo a la mesa, haciendo todo lo posible por no cojear. Gelón tiene la cara enterrada en las manos.

—Tómate esto. Sin lloriqueos, ¿eh?

Levanta la mirada, intenta sonreír.

—¡Con un vino se arregla todo! —digo—. ¿Qué se arregla con un vino?

—Todo.

Lleno las copas hasta el borde y alzo la mía.

—¡Por Siracusa! —digo.

—Por Homero.

—Fíjate en la esclava nueva. Madre mía, cómo está. Duele mirarla, joder. Me estoy poniendo enfermo solo de verla.

—¿Tú crees que él sabía lo que había hecho?

—¿Cómo?

—¿Crees que Homero sabía, cuando escribió la *Ilíada,* que había escrito la *Ilíada*? ¿Tú qué opinas?

—Supongo.

Gelón asiente.

—Y Eurípides. Cuando escribió *Medea*. ¿Tú crees que sabía lo que había hecho?

—Claro.

Gelón hace estas preguntas cada vez que se sienta en la silla de Homero.

—¿Sabes qué? Tengo una propuesta para ti. Igual crees que estoy loco, pero bueno.

—Ya lo creo.

—¿El qué?

—Que estás loco.

Parece preocupado, pero levanto mi copa y la entrechoco con la suya. Gelón va a servirse más vino, pero la jarra está vacía.

—Joder. Pago yo esta.

Va hacia la barra arrastrando los pies y esquivando a los otros clientes, y yo me quedo dándole vueltas a cuál puede ser esa propuesta, pero la esclava se acerca a mi mesa y, antes de que me dé cuenta, ya he alargado la mano y estoy acariciando el sitio del brazo donde la marcaron con el hierro; la piel está arrugada y enrojecida.

—¿De dónde eres?

No hay respuesta.

—Vamos, dímelo. Eres nueva. ¿Cartago? ¿Egipto?

Se ríe. Tiene un incisivo roto de manera que parece un colmillo, y ella una loba preciosa.

—¿Qué es tan gracioso?

—¿Egipto? —dice—. ¿Estás loco?

—Pareces una faraona.

Sonríe y se va. Su túnica ceñida sisea suavemente. Menudo pibón. Gelón vuelve, deja en la mesa tres jarras desbordantes.

—¿Tres?

—¡Por Homero! —dice.

—¡Por Homero! —digo.

Se abre la puerta de par en par y entran unos aristócratas en manada. No tendrán ni dieciséis años. Muñecas adornadas con relucientes brazaletes de plata, mantos tan blancos y mullidos que parecen flotar como nubes sobre el suelo de tierra hasta aterrizar en una mesa al lado de la nuestra. Aporrean el suelo con los pies y piden a gritos tres jarras de lo mejor que haya. Caras arrugadas los miran desde detrás de sus bebidas y maldicen. Esto viene pasando mucho desde la guerra; hijoputas imberbes invaden el Dismas y otras tabernas selectas. Hablan a voces sobre la democracia, intentan pagar rondas, pero está claro que solo vienen buscando el toque rústico.

—Niñatos de mierda —digo—. No tienen ni edad para votar y Dismas les abre la puerta.

Gelón tiene la mirada perdida.

—¿Gelón?

—Perdona.

—Valiente panda de gilipollas. Ni un testículo juntan entre todos. ¿Tengo razón o no?

Gelón sonríe, pero sus ojos están tristes.

—¿Lampo?

—¿Qué hay?

—He visto a Desma.

—¿Qué?

—Estaba en ese mural de ahí. El de Troya. Era una de las mujeres a las que estaban metiendo en los barcos en Troya.

—Vaya.

Desma es la parienta de Gelón. Lleva tres años sin verla ni saber una palabra de ella. Se largó cuando murió su hijo. Dicen que ahora está con un tipo en Italia. Me debería sorprender lo que me dice, pero Gelón ve a Desma a menudo y en los sitios más raros. La ha llegado a ver en la unión de dos partes de una cazuela, una hendidura minúscula e insignificante, y se queda mirando lo que sea fijamente hasta que lo espabilas de un codazo. Si le preguntas qué está mirando, te susurra que a Desma. La ve en un borrón de pintura, en un árbol, en el cielo y en el agua que mana. Gelón ve a Desma por todas partes. Ha vuelto a taparse la cara con las manos. Esto suele pasar cuando va por la cuarta jarra.

—¡Con un vino se arregla todo, Gelón! ¿Con qué se arregla todo?

—Con un vino —dice, y le da un buen tiento a su copa.

—Y estás en la silla de Homero. ¿La silla de quién?

—No puedo dormir, Lampo. Me quedo mirando...

—Ya basta de esa mierda. ¿La silla de quién?

—De Homero.

—¿Y con qué se arregla todo?

—Con un vino.

Levanto mi copa para un brindis. Gelón mira la suya fijamente.

—¡Hola, ciudadanos!

Nos volvemos. Es uno de los aristócratas de la mesa de al lado. Un tipo esbelto, con la mano derecha en la cadera y una jarra enorme en la izquierda, más parecido a una chica que a un hombre: pelo largo hasta los hombros, cara bonita, ojos grises con pestañas largas y labios carnosos.

—¿Deseáis participar en una libación?

Gelón dice algo entre dientes y yo miro para otro lado. El chico nos llena las copas de todas formas.

—¡Por la victoria! —dice el niño bonito mirando a Gelón.

No respondemos: nos limitamos a vaciar las copas de un trago. Es un vino excelente, mucho mejor que el vinagre que hemos estado bebiendo. Tiene un olor delicioso además, a limón y miel. He oído hablar del vino perfumado, pero nunca habría dicho que en sitios como el Dismas lo vendieran. Un dracma la jarra, por lo menos.

—Está bueno, ¿eh?

—No lo tengo claro —digo—. Necesito más pruebas antes de emitir un veredicto. ¿Verdad, Gelón?

—Verdad.

El niño bonito se ríe, se da una palmada en el muslo. Tanta gracia no ha tenido. Pero él vuelve a llenarnos las copas hasta arriba, y las vaciamos tan rápido como antes.

—¿Y ahora? —pregunta sonriente.

—Un empírico como yo —digo— requiere mayor investigación. ¿Opinas igual, Gelón?

Gelón opina igual, y el niño bonito vuelve a servirnos. La cosa continúa hasta que se vacía la jarra, pero él no se preocupa, pide otra y llama a sus amigos para que se unan a nosotros. Tres adolescentes peripuestos se nos acercan y se presentan. Reconozco los nombres de sus padres, tipos muy ricos, pero el primer premio se lo lleva el niño bonito. Su padre es Hermócrates. El puto Hermócrates. El niño bonito dice que odia a su padre. Que él está de nuestra parte y que la desigualdad en la ciudad es una deshonra. Que son los trabajadores como nosotros los que hacen de Siracusa lo que es. Frunzo el ceño y me callo, pero me estoy divirtiendo. Les digo que no tienen ni idea de lo que es la vida. Que yo me batí en duelo con un ateniense en Epípolas, y que fue algo digno de Héctor y Aquiles. Era él o yo, y yo me impuse y zanjé la cuestión. Me jalean y pillo a la esclava mirándome. Menudo pibón.

—¡Otra jarra para Aquiles! —pide a voces el hijo de Hermócrates, y nos traen otra jarra.

A estas alturas la taberna da vueltas, no descontroladamente, sino con un movimiento suave que hace que las personas que tengo alrededor parezcan estar bailando. Alguien me pregunta por mi pie. ¿Fue en la guerra? Sí, digo, un arquero ateniense me sorprendió por la espalda. Una flecha me atravesó el tobillo.

—¿Como a Aquiles? —pregunta uno, y rompo a llorar.

Los aristócratas hacen piña a mi alrededor. Me dicen que soy un héroe, que me hirieron por Siracusa, que eso es glorioso. Poco después todos nos estamos abrazando. También el hijo de Hermócrates. Me coge la mano y me la aprieta, me dice que a su padre le gustaría conocerme.

—¿Como a Aquiles? —digo.

Y él dice:

—Sí, como a Aquiles.

Llega otra jarra y nos juramos hermandad. Yo soy pobre y ellos ricos, pero somos todos hermanos. Se me escapan las lágrimas. A saber por qué. Siempre he tenido así el pie, sin batallas ni flechas, tengo un pie zopo y punto, y me quedo mirándolo donde reposa sobre el suelo asqueroso, torcido y a la vista de todos, y, por un breve instante, me siento sagrado.

Fuera. Un cúmulo de estrellas nos alumbra el camino. El alboroto de la ciudad se va apagando hasta que no oímos nada, solo las olas y nuestros pasos. Caminamos hombro con hombro, Gelón y yo, y tropezamos con algún arbusto, pero la mayor parte del tiempo avanzamos sin contratiempos. Birlé un odre de vino a los aristócratas cuando nos estábamos jurando hermandad, y le damos tragos mientras caminamos. Casi no hemos abierto la boca desde que nos fuimos, así que me sobresalto cuando Gelón se pone a cantar. Tiene una voz preciosa, grave y propensa a entrecortarse, pero dulce y grata, y la dota de un extraño sentimiento. Está cantando un fragmento de *Medea*. El fragmento que va justo después de que ella mate a sus hijos. Cuando el coro canta sobre lo mal que estuvo eso. Se interrumpe a menudo, si se le olvida alguna palabra, y luego la suelta alzando la voz cuando le viene a la cabeza. Está bien claro adónde vamos, de vuelta a la cantera, y no tardo en notar el olor, el olor a podrido de la cantera, y Gelón se para.

—Mi propuesta.

—¿Qué?

—Mi propuesta. No he llegado a decírtela. Es lo siguiente.

—Yo no…

—Directores.

—¿Qué?

—Tú y yo. Vamos a ser directores.

Me pasa el odre. Tomo un trago.

—¿Nosotros?

—Eso es.

—¿Qué hacen los directores?

—Dirigir… —Suelta un hipido—. Vamos a montar *Medea* en la cantera. Pero no fragmentos sueltos. Vamos a montar toda la obra. Una producción al completo, con coros, máscaras y toda la pesca.

—Vaya.

Oigo un gemido lastimero. Gelón está llorando.

—¿Estás bien?

No hay respuesta.

—¿Gelón?

—Una producción al completo —dice con voz temblorosa—, con un coro, música y máscaras. Vestuario también, una obra en condiciones. Como las de Atenas. Empezamos mañana por la mañana.

—Habrá que decírselo a ellos —comento.

Me acerco tanto como puedo al borde, dando traspiés.

—¡Despertad, atenienses! ¡Despertad!

Cuesta imaginar que hay cientos de ellos, puede que un millar, durmiendo allá abajo. Sé que es así. Que están en alguna parte de esa negrura, pero ¿dónde? ¿Y quiénes son? ¿Y qué piensan y sienten? Hace que la cabeza me dé vueltas y dota a la oscuridad de una suerte de bello movimiento espiral. Tanteo el suelo en busca de una piedra, una pequeña, y cuando doy con ella la lanzo. El proyectil surca el aire y aterriza con un impacto sublime.

—¡Mañana por la mañana! ¡Producción al completo! ¡Coro, máscaras y toda la pesca! —Miro hacia atrás—. ¿Verdad, Gelón?

—Verdad.

Tomo un trago, me agacho a por otra piedra.

3

Había un viejo augur que vivía al final de la calle de Gelón. También era poeta, pero sus profecías tenían fama de ser mejores que sus rimas. Antes del amanecer y a última hora de la noche, lo veías caminando arriba y abajo con las manos a la espalda, el cuello doblado hacia el cielo y la mirada aturdida por el brillo de las estrellas, murmurando para sí. Lo veías en el ágora al solazo del mediodía, de rodillas en el suelo, abriendo en canal un cordero, un gato o un perro, lo que pillara; la expresión intensamente concentrada, los brazos empapados, mientras revolvía las fibrosas entrañas púrpuras y rosas en busca de un atisbo de lo que estaba por acontecer.

Gelón se llevaba bien con él, y un día se le acercó a pedirle un favor. Esto fue hace años, antes de la guerra y antes de que Desma se largara, cuando su hijo, Helios, aún se aferraba como podía a la vida. El caso es que Gelón le preguntó si Helios llegaría a fin de año. El viejo se quedó pensativo. Después de un buen rato dijo que, si Gelón le conseguía un buey, él no tardaría en averiguarlo. Gelón era pobre y le dijo que no podía permitirse un buey. Muy bien, vale, ¿y una oveja? ¿O un cordero, incluso? Gelón dijo que lo iba a intentar. Esa noche robó un cordero de la granja de Alberus y se lo llevó al profeta. El profeta le dijo que se encontrarían donde Dismas a la tarde siguiente, y entonces le diría lo que había descubierto. Hizo una inclinación de cabeza, tomó el cordero debajo del brazo y, tambaleándose bajo su peso, se perdió en la oscuridad.

Al día siguiente se encuentran donde Dismas y el viejo no deja de beber, porque según él el vino le facilita las interpretaciones, y el pobre Gelón venga a preguntar: ¿qué has visto? ¿Helios se pondrá bien? Al cabo de mucho rato, le dice a Gelón que se acerque. Gelón se acerca. Y el viejo le pregunta si Helios era el niñito con el que Gelón solía pasear a menudo, el niño pálido con un gorro azul ridículo. Gelón dijo que sí. Entonces el viejo susurró que, a juzgar por el aspecto del niño, él estimaba que no. Que moriría pronto. El niño parecía enfermo, muy enfermo, pero, al fin y al cabo, ¿qué sabía él? Pues no existía ningún futuro, solo cosas que sucedían una después de otra, y él troceaba gatos y perros porque algo tenía que hacer en la vida. Eso era algo, y todo el mundo necesita algo. Luego le pidió a Gelón otra jarra.

Lo menciono porque nos cruzamos con él de camino a la cantera. Está debajo de un árbol justo después de la Achradina, colgado de una cuerda, y a la luz rojiza del amanecer la cuerda parece un tallo y él una flor espantosa. Gelón se para y pronuncia una oración. Yo no. Yo no pierdo el tiempo con un hijoputa mataperros.

Continuamos.

4

Los directores llegan pronto: Gelón y Lampo, listos para el casting. La cabeza me está matando. He vomitado dos veces por el camino, pero aquí estamos, y bien temprano. ¿Por qué? Porque es importante. Eso dice Gelón. La relación entre un actor y un director se basa en la confianza. En la fe. Miro a los atenienses que tengo delante, una fila tras otra de esqueletos encadenados, y la fe me parece algo inverosímil, y representar una obra, imposible, pero las apariencias engañan. Eso dice Gelón. Dice que el *Hipólito* de Eurípides se representó en Atenas durante la peste. Que, aunque la ciudad estaba asolada, los cadáveres se apilaban en las calles y el humo de los funerales oscurecía el cielo, se celebró el festival de las Dionisias. La mitad de los actores agonizando. El público también, pero aun así el coro cantó, y bailaron. Gelón dice que aquello mejoró la obra. Que dotó a los actores de un ardor extraordinario. De la misma manera que un soldado que ha recibido un golpe fatal lucha a veces, en esos momentos finales, con más fuerza que nunca. Aquellos atenienses aportaron algo especial. Algo que iba más allá de la interpretación convencional de la tragedia. Nosotros vamos a seguir su precedente. Retomar las cosas donde ellos las dejaron años atrás en Atenas. Eso dice Gelón. Eso espera.

Hemos decidido montar nuestra obra en Laurium: al tener forma de hoz, con una pequeña elevación en el centro, se asemeja en muchos aspectos a un anfiteatro enorme. Hay un punto en el extremo donde la caliza se proyecta hacia fuera de la pared formando un techo lechoso, bajo el que abunda la sombra. Lo elegimos como lugar de ensayo. Gelón saca un par de odres de vino y unas hogazas de pan. Ya nos ronda un grupo de atenienses, y sus miradas saltan de la comida a nuestras porras. Me fijo en un par de ojos verdes que nos miran fijamente desde el centro de la multitud; verde lagarto.

—¡Paches! ¿Qué tal estás?

Me saluda con una mano cubierta de ampollas y yo me acerco a darle un abrazo. Noto las venas de su brazo; ramitas tiernas que ceden bajo la piel cuando aprieto. Le digo que estamos haciendo una producción al completo de *Medea,* con un coro, máscaras y toda la pesca. Asiente. Le digo que, por sus ojos verdes y su anterior recital, es nuestra primera opción para el papel de Jasón, y que eso significa comer en condiciones durante un mes por lo menos. Es cierto que los guardias dan de comer a los prisioneros, pero son raciones ínfimas, lo justo para mantenerlos con vida en el mejor de los casos, y ante la mera mención de comida de verdad Paches rompe a llorar. Es rarísimo ver manar agua de una fuente tan seca. Le paso un odre de vino y un tarugo de pan. Yo he tenido hambre y he tenido sed, pero nunca así. Con cada bocado y con cada trago, sus ojos recobran brillo. El color rosado vuelve a sus mejillas y se extiende por la cara y el cuello. Paches se enjuga las lágrimas de sus verdes ojos y se endereza un poco, me pregunta cuándo empezamos y a quién hemos escogido para interpretar a Medea. Le doy más pan.

—Hoy no es más que el casting —digo—. Y de momento solo te hemos elegido a ti. Eres nuestra primera elección, Paches. Es un gran honor. No me defraudes.

Paches asiente y mastica. Los atenienses nos observan con asombro angustiado. Me miran a mí y luego a él a la espera de una explicación. Le paso un brazo sobre los hombros.

—Conocéis a este hombre como Paches, pero a partir de ahora es Jasón. Quiero que solo os dirijáis a él como Jasón. ¿Queda claro?

Los atenienses parecen confusos, pero asienten de todos modos.

—Ahora eres Jasón, Paches.

Se ha acabado el pan, pero sigue mamando del odre. Casi puedes ver cómo el líquido se le desliza garganta abajo, oír un chapoteo lejano cuando cae al estómago. La verdad es que Gelón no lo quería como Jasón, pero yo insistí. Le froto la cabeza en gesto de afecto, como he visto que hacen los aristócratas en el gimnasio. Le queda poco pelo, pero el que tiene es muy negro. Imagino que, con esos ojos verdes, antes Paches sería un tipo atractivo. Le acaricio el pelo y unos mechones se me quedan en la mano, la brisa se los lleva y los esparce por la cantera.

—¿Quién eres?

Me devuelve el odre. Está vacío.

—Gracias.

—¿Quién eres?

—Paches.

—No, eres Jasón. ¿Quién eres?

—Pa... Jasón.

—¿Habéis oído, amigos? ¡Es Jasón!

Los atenienses nos observan, asienten.

Paches dice que hay un ateniense en la cantera que ha actuado en un montón de obras. No las oficiales en Atenas, sino en pequeños teatros rurales por todo el Ática. Aun así, un actor de verdad puede ser clave para esta producción, de modo que dejamos a Gelón con los demás y vamos a buscarlo. Paches es muy lento, y yo tengo que pararme todo el rato para que me alcance.

—¡Vamos, Jasón! —digo—. ¿Cómo conseguiste el vellocino con semejante actitud?

Las paredes de la cantera son el mejor sitio para refugiarse a la sombra, pero Paches y yo nos dirigimos al centro. Hay allí unas rocas elevadas, y aunque no soy muy ágil, trepo hasta la misma cumbre: a esa altura la cantera me desvela todos sus secretos. Desde aquí, lo he visto todo. Sus entierros, sus peleas, el árbol al que rezaban. Era lo único verde en toda la cantera y al final lo derribaron y se lo comieron. He oído sus cánticos y sus lloros. Algunos días me he pasado horas sentado en lo alto de una roca, hasta que me dolían las piernas, pero aun así no me iba. Eso no era más que el principio; me quedaba sentado hasta que ya no sentía las piernas y me olvidaba de ellas, y entonces pasaba algo de locos. Cuando llegaba la insensibilidad, me parecía que no estaba sentado en una roca, sino en una nube, y que mi humilde persona era un dios que contemplaba cuanto tenía debajo.

Recorrer la cantera con Paches es humillante. Yo me creía poco menos que un experto, pero a medida que avanzamos mi ignorancia se va revelando de mil pequeñas maneras. Imagínate una medialuna con ramificaciones plateadas que se extienden por el cielo; esa es más o menos la forma de la cantera. La medialuna es el espacio abierto, con diferencia lo más extenso, pero en los bordes hay pasillos que se curvan y se retuercen penetrando profundamente en la roca. Esas son las ramificaciones a las que me refiero, y son más numerosas de lo que yo pensaba. Paches las conoce bien. Me explica que muchos atenienses se pasan el día en esos túneles para evitar el sol y salen solo por la noche. Le pregunto si él había estado escondido en uno cuando Biton mató a su amigo. Hace una mueca de dolor y me da la espalda.

Encontramos al actor en uno de los túneles, entre unas piedras, y tengo que mirar un rato antes de verlo. Cuando me acerco, se pone a gritar, y Paches tiene que tranquilizarlo. Por lo visto, tuvo un mal encuentro con Biton hace un par de días y escapó arrastrándose túnel adentro, hasta donde Biton ya no cabía. Se incorpora, desprendiendo una nube de polvo y guijarros como un topo que sale a tomar aire. Le doy un poco de pan. Tiene la piel blanca por la caliza y unos enormes ojos negros. Miro después los ojos verde lagarto de Paches y pienso en lo diferentes que somos las personas en lo que a los ojos respecta.

—¿Podrías interpretar a Medea? —digo.

—Sí.

—¿La obra entera?

Mira el odre de agua.

—Sí.

—¿La escena de arranque?

—Sin duda.

—Venga, pues dale.

—¿Ahora?

—Eso es.

Mira a Paches.

—Vamos, Numa.

Numa tose, pide un poco de agua. Se la doy y toma un buen trago, se pasa una mano por la barba para secarse. A mitad del gesto, su expresión cambia, también su postura.

—¡Oh, por favor, que alguien escuche mis palabras! —dice Numa, con voz de mujer.

—No está mal.

Numa parpadea.

—Oh, por favor, ¿veis lo que ha hecho? Este hombre a quien amé, a cuyos hijos gesté y amamanté, mi leche y mi vida vertidas en su garganta, el hombre al que dulce amor le prodigué, ¿veis lo que me ha hecho? Abandonada estoy, sin calor en mi lecho, y hace frío, tanto frío, ¡es tanto el frío que padezco! ¿Lo veis? ¿Veis lo que me ha hecho?

Se detiene.

—¿Sigo?

—Claro.

Continúa. De vez en cuando se interrumpe, cuando se le olvida alguna palabra, masculla un poco, pero en general es impresionante. Muy diferente de cualquier otra cosa que hayamos visto. Paches y yo nos sentamos a escuchar a este desgraciado muerto de hambre, con medio cuerpo cubierto de piedras, y mientras escuchamos sucede algo. Las palabras y la voz se funden en armonía y, a la vez, él mismo se revela como dos cosas simultáneas, asimismo fundidas: un ateniense famélico, en efecto, pero también algo más, oculto hasta entonces, que ahora se alza. Él es Medea, la pobre princesa Medea de Colchis, que enumera sus quejas contra Jasón: cómo ella había formulado conjuros para que él consiguiera el vellocino de oro, cómo Jasón había matado a su hermano y traicionado a su padre para hacerse con su reino. Cómo él le había jurado su amor bajo los cielos estrellados, le había dicho que jamás la abandonaría y luego lo había hecho en cuanto surgió la oportunidad, se había largado con una mujer a la que doblaba en edad, había humillado a Medea, que vive ahora abandonada y no puede hacer más que vagar por Grecia, sola, desdichada. Al oír esto, me ofusca la injusticia y me vuelvo hacia Paches y lo maldigo. Le digo que es un cabrón. Que sin Medea nunca habría conseguido el vellocino de oro. Me tiembla la voz.

—¡Ella te quiere! —digo—. Parió a tus hijos. ¡Cabronazo!

—¿Cómo?

Es Numa. Ni rastro queda de Medea. Él y Paches me están mirando. Los dos cagados de miedo.

—Lo siento —digo—. Estaba improvisando un poco. Has estado increíble, Numa. Tendré que hablarlo con Gelón, pero estoy casi seguro de que el papel es tuyo. Buen trabajo. Tú también, Paches.

Parto dos tarugos de pan, uno para Numa, otro para Paches.

—Estoy muy impresionado —digo.

*

41

Donde Gelón, las cosas han progresado sin contratiempos. Tenemos un coro completo con quince atenienses, la mitad de los cuales dice haber participado en producciones oficiales en Atenas. No como protagonistas, sino en el coro. Para empezar, hacemos un fragmento del acto segundo, y Numa lo clava, lo hace mejor incluso que en el túnel. Mientras recita, yo me fijo en Gelón y veo cómo cambia de expresión con cada palabra de Numa. Finalizado el fragmento, Gelón lo abraza.

—Gelón, te presento a Medea —digo—. Medea, Gelón.

—Gracias —dice Gelón.

Le paso un brazo sobre los hombros a Paches, le revuelvo el pelo.

—¿Quién eres?

—Jasón.

Le doy más pan. El coro nos mira.

—¿Quién es?

—¡Jasón! —dice el coro, quince voces al unísono.

—Eres Jasón.

Paches asiente, mastica.

5

Seis niños a un lado del camino con espadas, cascos y palos blancos. Son lo primero que vemos desde que salimos de la cantera —un paseo solitario, sin otra compañía que las nubecillas de nuestro aliento—, y estos soldaditos prestan a la mañana un raro esplendor. Nos ordenan a gritos que levantemos las manos o nos destriparán como peces. Gelón y yo levantamos las manos, les pedimos que no nos destripen como peces. Uno de los niños se adelanta. El casco le queda demasiado grande, el metal le llega mucho más abajo de la nariz, pero aún deja ver unas mejillas chupadas y unos ojos grises.

—Bonita espada —digo.

—A callar —dice el niño—. ¿Quieres que te destripe?

—No, gracias.

—¿Y tú?

—En absoluto —dice Gelón.

Camina de un lado a otro, se acaricia la barbilla.

—¿Qué os trae por Siracusa?

—Somos siracusanos.

—Mientes.

—Por favor —digo—. Tened piedad.

—A mí me suenan atenienses —dice otro.

El niño sonríe.

—¿Qué sois, de Atenas? —Se vuelve hacia Gelón—. ¿Qué venís, a espiar?

—Nada de eso.

—Porque ya sabéis lo que les hacemos a los espías, ¿verdad?

—¿Destriparlos como peces?

El niño frunce el ceño, blande su palo blanco junto a mi barbilla y lo acerca a la de Gelón, que se aparta asqueado.

—Hostia, un hueso.

—¿Qué?

—Eso que tiene es un hueso.

Vuelvo a mirar; los extremos del bastón son nudosos y amarillentos; si te fijas bien, guarda gran parecido con el hueso de una pierna.

—¿Eso es un hueso?

El niño asiente. Sus compañeros lo vitorean y blanden sus propios huesos.

—¿De dónde los habéis sacado? —pregunta Gelón.

—¡Silencio!

El niño lo amenaza de nuevo con el hueso, pero Gelón le agarra la mano, se agacha, lo mira a los ojos y, despacio, con calma, repite la pregunta:

—¿De dónde los habéis sacado?

—¡Silen…!

—Estoy hablando muy en serio. ¿De dónde coño los habéis sacado?

El niño dice algo entre dientes.

—No te oigo.

—De allí. —Señala hacia detrás de sus compañeros.

Gelón le quita el casco, le da unas palmaditas en la cabeza. Los dedos se le pierden un momento entre los rizos dorados. Coge el hueso.

—No deberíais jugar con esto.

El niño asiente como si entendiera. Gelón tiene buena mano con los niños. Si se lo hubiera dicho yo, seguramente me habría arreado con el hueso. Gelón lo tira lejos. Lo oímos caer entre la hierba.

—Ahora sé un buen soldadito y enséñame de dónde lo has sacado.

El niño echa a caminar hacia sus compañeros, nos hace una seña para que lo sigamos. Los demás nos miran con recelo, sostienen con fuerza huesos y espadas, pero no dicen nada. Se ponen en marcha, con el niño al frente. Cuando llegamos a un árbol caído, saca un cordel atado a una ramita, lo hace girar en el aire, susurra. Seguimos adelante y él repite lo del cordel con más y más frecuencia. Piedras, arbustos, montones de tierra, hojas y lagartos reciben sus caricias. Cuando le preguntamos por qué parece nervioso, dice que no es nada. Gelón insiste y él masculla algo sobre enemigos poderosos y sobre que muchas cosas no son lo que parecen. Su mirada se desliza hacia el suelo, esperanza y vergüenza se confunden.

—Gracias por protegernos —dice Gelón.

El niño sonríe.

Llegamos a un bosque. Los árboles del borde están amarillos y quemados, y aún flota humo en el aire. Nos adentramos en el bosque hasta que este se oscurece y un agradable frescor nos rodea. El niño se detiene.

—¡Mira!

Seis esqueletos con armadura yacen entrelazados bajo un sauce, los huesos asoman como raíces pálidas entre los escudos y las hojas. La carne ha sido devorada tiempo ha por viento, sol o dientes, pero resta un olor fuerte y agrio en el aire.

—Atenienses —dice Gelón.

—Exacto —dice el niño.

Tira del manto de Gelón para que se acerque.

—Mira eso. Búhos grabados en todas partes, y mira, ahí tienes a la mismísima Atenea.

—No deberíais jugar con sus huesos, niños —dice Gelón.

El niño asiente, pero de repente su expresión cambia, mira a sus amigos y luego a Gelón, frunce el ceño.

—Qué cojones, son nuestros enemigos.

Gelón tarda una eternidad en responder, mira a los niños y los huesos. El sol atraviesa las ramas y le cae en la cara. Es guapísimo Gelón. Pero tiene un atractivo desolado, que es hasta mejor. Dirías que una cara como la suya solo puede mostrar satisfacción, pero basta un vistazo para descartar la idea. Su cara es un recordatorio viviente de que la belleza no lo es todo. Miradme, parece decir, aquí está Gelón, el divino y desolado Gelón, miradme y recordad que la belleza no lo es todo.

—No está bien —dice por fin.

El niño se frota la barbilla como si sopesara esas palabras.

—¿Tú crees?

Gelón asiente.

Les dejo a lo suyo y echo un vistazo más de cerca a los atenienses. No hay rastro de ninguna pira, así que no es probable que se trate de un entierro chapucero. Sin embargo, si los hubiéramos matado los siracusanos, no tendrían las armaduras, que se habrían tomado como trofeo. Es bien raro, la verdad. Me arrodillo y cojo un peto, tengo que tirar fuerte porque las costillas están cubiertas de no sé qué mierda pegajosa. La armadura es una preciosidad; búhos de plata sobre nubes de bronce. Artesanía de primera. Por esto pagarán un dineral en la ciudad. Arranco también un juego de grebas, les limpio la mierda pegajosa con agua de mi odre, las froto con unas hojas. Solo entonces me las pruebo. Un poco grandes, pero no me quedan mal del todo. Los niños tienen todos los cascos, así que tendré que pillarles uno si quiero el conjunto completo.

Me acerco a preguntar, pero están ocupados. El niño le está diciendo a Gelón que se llama Dares, y que él y sus tropas dejarán los cadáveres en paz. Devolverán todos los huesos. Dares pregunta si eso nos complace, y Gelón asiente con la cabeza. Le ha estado dando vueltas y piensa que los atenienses deberían tener una pira funeraria; no muy grande, lo justo para ennegrecer los huesos y poder rezar una oración. Es lo mínimo que cualquier griego se merece. Dares frunce el ceño. ¿Una pira para el enemigo? ¿Rezar una oración?

—¿En serio?

—Sí.

Dares se vuelve hacia sus compañeros.

—¿Qué decís vosotros? ¿Celebramos un funeral para estos cabrones?

No dicen nada. Aun sin palabras, sus caras expresan a gritos lo que opinan. Incluso debajo de los cascos se pueden ver sus muecas; desorbitan los ojos de rabia y parpadean una y otra vez. Dares repite la pregunta. Esta vez, un niño se adelanta. Es diminuto. Tan pequeño que sus compañeros casi parecen hombres en comparación; su casco es como una marmita en su cabeza. No puede tener más de seis o siete años. Los labios del chiquitín se mueven, pero yo no oigo nada.

—Más alto, Estrabón —dice Dares.

—Rezar no —dice el niñito; un gruñido tembloroso que apenas se oye sobre el ruido de los árboles mecidos por el viento.

Dares le pide que se explique.

—Ellos —la mano del niñito señala los montones de ramas y hojas—, ellos mataron a mi hermano. ¡Rezar no!

Las palabras suenan con eco, al reverberar en el casco marmita. Lo repite una y otra vez. Es de locos que un cuerpo tan pequeño albergue tanto sentimiento. Se mece atrás y adelante, sin dejar de señalar y de hacer amagos al aire. La mirada de los demás niños salta de él a los atenienses y, por un momento, ese niño diminuto con la voz rota es su líder. Varios empiezan a contar historias similares. Claman sobre primos perdidos en el mar, tíos masacrados y padres arrojados a fosas a unas millas de Siracusa. ¿Qué pira tuvieron ellos? ¿Qué oraciones? Dares llama al orden, pero de nada sirve. Corre de un lado a otro, patalea y agita los brazos. Nada. Parece haber perdido el control que tenía sobre ellos, pero de pronto hace algo extraño. Se acerca al niñito y se arrodilla. Los demás se callan al punto. Incluso a mí, ver a Dares de rodillas me parece antinatural, y deduzco por las caras de sus amigos que se trata de algo extraordinario. Dares toma al niñito de la mano.

—¿Querías mucho a tu hermano, Estrabón?

El niñito se muerde el pulgar, baja la mirada.

—Yo también quería mucho a mi padre, y ahora está bajo tierra, igual que tu hermano. Solo quedamos yo y mi madre, y es muy severa. Es una pesadilla, Estrabón. Pero ¿sabes qué? Que aun así creo que debemos rezar por estos atenienses. —Dares mira a Gelón—. Una oración y una pira no son para tanto. Y, bueno… Se me ocurre que a lo mejor la oración puede no ser solo por ellos, sino también por mi padre y por tu hermano. —Se dirige ahora a sus compañeros—. Podemos rezar por todos y hacer la pira por todos.

El niñito alza los ojos.

—¿Rezar por mi hermano?

—Sí, por tu hermano. ¿Qué te parece? ¿Lo hacemos? Si dices que no, es que no. ¿Lo hacemos?

Todas las miradas apuntan al niñito. Son muchos los debates que he presenciado en la asamblea en los que los oradores braman para dejar clara la extrema importancia del tema tratado. Que Siracusa se hunde y que solo con nuestros votos podemos reflotarla; sí, a debates así he asistido mientras se me caían los párpados y toda la asamblea se mecía bajo la brisa de los bostezos, pero esperar el veredicto de este chiquillo con armadura es casi insoportable. Siento cómo la sangre me fluye por la garganta y el sudor me chorrea de las palmas de las manos. ¿Qué va a ser, chiquillo?

Mueve los labios, pero no oigo nada. Dares sonríe.

—Más fuerte.

Todos nos inclinamos hacia delante.

—Vale, una oración.

Dares lo alza y lo abraza con fuerza. Parece que le hace daño, pero el niñito no se queja. Resiste mordiéndose el pulgar hasta que Dares lo devuelve al suelo.

—Eres genial, Estrabón. ¿Lo sabías?

El niñito no responde, se reúne con sus amigos arrastrando los pies. Desaparece detrás de una fila de niños que lo doblan en estatura. Obtenido su consentimiento, comienzan los preparativos. Para hacer la pira colocamos los cuerpos en dos hileras de tres, una encima de la otra. Sobre cada hilera echamos una capa de ramas y de corteza seca. Para que el fuego no se extienda, disponemos un cerco de piedras alrededor. Dares se ha autoasignado la labor de prender el fuego y se adelanta con dos piedras negras afiladas, que empieza a entrechocar. Con el ímpetu, se golpea un nudillo y brota una gota de sangre brillante, pero él no grita ni se detiene: se limita a seguir dando golpes. Saltan chispas y pronto baila una llamita; la leña menuda se consume y las ramas más grandes chisporrotean y crujen. Al principio hay más humo que fuego. Los niños tosen, pero poco a poco el humo se ilumina y palpita, las llamas asoman como lenguas rojas y lamen los huesos. Nadie dice nada, y durante largo rato los únicos sonidos son los de nuestra respiración y el de la hoguera.

—¿Decimos la oración?

Entre el humo veo al niñito, en pie sobre una roca. Tiene en la mano un caballo de juguete. Dares le dice que rece la oración que quiera. El niñito lo mira, luego mira el caballo de juguete. Tose y arranca a hablar, pero con voz tan floja que nos tenemos que acercar para oírlo.

—Bueno, Hades, te voy a hablar de mi hermano porque él es un poco tímido con los desconocidos y a lo mejor no te has dado cuenta de que anda por ahí abajo. Tiene el pelo castaño con brillos rojos, y es grande. No como yo. Grande de verdad, y fuerte y rápido, sabe hacer el pino y dar volteretas en el aire. —Se muerde el pulgar—. También es un buen trabajador. Pregunta a Androcles, el carpintero. Mi hermano trabajaba en su taller, y Androcles le dijo a mi madre: ese chaval trabaja bien, ese chaval no para. Madre dijo que Androcles habla fatal de todo el mundo menos de mi hermano. De verdad, Hades, es muy bueno y, si se lo pides, te hará sillas y mesas y todo lo que necesites ahí abajo. A mí me hizo esto.

Levanta el caballo de juguete para que todos lo veamos. La verdad es que es un trabajo bastante torpe y, si no fuera por la enorme silla de montar tallada, parecería más un perro que un caballo. El niñito lo aprieta entre las manos.

—Eso es todo lo que quiero decir. Gracias.

Los demás niños lo felicitan, le dicen que es un caballo precioso. Por primera vez esta mañana, el niñito sonríe. Tiene pocos dientes y muy torcidos, como si se los hubieran colocado al tuntún. Se mete entre sus amigos, grazna un agradecimiento, mira su caballo y rompe a llorar.

Se ha apagado el fuego. La leña se ha consumido y solo quedan huesos, que siguen ardiendo sin llama, y cenizas, y un olor desagradablemente dulce. Hace una hora que los niños se han ido al colegio; las armaduras están ocultas bajo ramas y hojas. Gelón está de pie a mi lado mientras empujo con un palito una mandíbula al rojo.

—Podemos venderlos —dice Gelón.

—¿El qué?

—Los cascos, las espadas. Vamos a necesitar dinero para la obra. Que quede profesional. Con máscaras y música. Como en Atenas.

Asiento y me acerco al escondite de los niños. Tardo un poco, pero encuentro un casco a juego con mi peto y me lo pongo. Ya tengo todo el equipo.

—Tienes razón —digo—. Necesitamos dinero.

6

La fragua de Konin está a las afueras de la ciudad, después de la puerta de la Victoria. Queda muy lejos de donde hemos estado con los niños, el sol ya está muy alto —blanco y gordo cual estrella glotona— y, con los sacos donde hemos guardado las armaduras atados a la espalda, nos estamos asando. Tomo un trago de mi odre de vino. Está tibio y crujiente. Aquí la arena se cuela en todas partes, hasta por la raja del culo, pero no es solo eso. El viento procedente de la ciudad se vuelve más desagradable a medida que Siracusa crece. Viene cargado de restos de alfarería rota, de paredes y techos que se desmoronan. A menudo tiene un color rojizo, en especial al atardecer. Hermócrates dice que debemos dar gracias por nuestro viento rojo. Que es una prueba de la prosperidad de Siracusa, de su crecimiento, pero Hermócrates es gilipollas, y a mí no me convence.

Llegamos a la puerta de la Victoria. Dicen que antaño fue hermosa. La construyeron para conmemorar alguna batalla contra Cartago, cargadita de resplandecientes dioses de bronce, pero casi todo ha desaparecido, fundido el bronce o robado, y no quedan más que partes sueltas, verdes por la acción de los elementos:

brazos, bocas y ojos tirados por el suelo, aferrando la tierra o mirando al cielo.

—Ahí está Konin.

No lo vemos todavía por el polvo que hay en el aire, pero olemos el fuego de leña de la fragua y oímos el tintineo del martillo. La proximidad a nuestro destino nos anima y apretamos el paso, y no tardamos en ver la masa de músculos que es Konin.

—¿Cómo va eso, Konin?

Deja de martillar y se asoma.

—¿Quién es?

—Proveedores de mercancía de calidad.

Antes de que llegaran los atenienses, la fragua de Konin no era más que una choza, pero la guerra le ha venido muy bien, y ahora la fragua abarca dos edificios de ladrillo y mortero. La choza ha pasado a ser un establo, pero no para una mula, qué va. El tío se ha comprado un caballo. A mí siempre me han fascinado los caballos, y mira que son caros, así que dejo la armadura en el suelo y me acerco al animal. Es una belleza, de capa castaña, con una estrella pálida en la testuz y ojos marrones y acuosos que te miran como si pudieran ver dentro de ti. No llevo nada de comer, así que le ofrezco un trago del odre.

—Dale vino al puto caballo, Lampo, y te juro que te rompo la otra pierna, cojo de mierda.

Me muerdo la lengua y me vuelvo hacia él con una sonrisa.

—No le sentaría mal. Al caballo de mi tío le encantaba tomar un trago de vez en cuando.

—Era un burro. Nadie de tu familia ha tenido un caballo en su vida.

No le respondo, pero si sigue por ese camino, ya veremos adónde llegamos.

—Tenemos unas armaduras para vender —dice Gelón poniendo un casco en el banco de trabajo de Konin.

—Yo fabrico armaduras. ¿Por qué voy a comprarlas?

—Porque eres una mierda de herrero.

Konin maldice, pero es la mirada de Gelón lo que me hace callar.

—Es broma —digo—. No te enfades.

—Un león no se enfada con la pulga que le pica las pelotas. Eres molesto, nada más.

Voy a decir algo, pero Gelón niega con la cabeza.

—Ahí me has dado, Konin. Muy agudo.

Konin escupe una masa de flema brillante que aterriza muy cerca de mí.

—Más agudo que tú, desde luego. —Se vuelve hacia Gelón—. No quiero la puta armadura.

Como si no lo hubiera oído, Gelón sigue sacando piezas. Una espada, un peto y un par de grebas que forman una pila sobre el banco de trabajo de Konin.

—Queremos deshacernos de todo.

—¿Qué coño eres, sordo o imbécil?

—¿Cómo dices?

—Que si eres sordo o imbécil. No me interesa.

Gelón mira fijamente a Konin.

—¿Algún problema? —dice Konin, pero ahora hay una veta de duda en su voz, y los dos se quedan mirándose un buen rato.

Se me eriza el pelo de la nuca y el corazón me late con fuerza porque ya no hay solo polvo en el aire, ahora también se palpa la violencia. Pero Konin agacha la mirada, escupe otra flema y sonríe con lo que podría pasar por amabilidad.

—No me lo tengas en cuenta, Gelón. Con este calor se me va la cabeza. Estoy de mal humor, nada más.

Gelón asiente y le ofrece un odre. Konin traga con ganas.

—Necesitamos dinero —dice Gelón—. Es artesanía de calidad. Ateniense. Lo puedes vender todo fácilmente.

Konin examina por fin la mercancía. Es mucho mejor que cualquier cosa que él pueda fabricar, pero nadie lo diría a juzgar por su expresión.

—No está mal —dice por fin—. Pero no puedo ayudaros. Me gustaría, Gelón, pero la verdad es que no necesito nada de esto.

La demanda es de armaduras de Siracusa. Grabadas con nuestros símbolos. No con putos búhos. Tendría que fundirlo todo para fabricar algo nuevo, y ya tengo más bronce del que necesito. Solo podría pagaros a precio de coste. Sería un robo.

Gelón está perplejo.

—¿No hay nadie a quien le pueda interesar?

Konin hace el paripé de pensarlo. Por supuesto, va a decir que no, pero de repente se le cambia la cara y enseña los dientes en una sonrisa canina, como un chucho al que le llega el aroma de un hueso.

—En realidad, sí que hay un tipo. Un mercader extranjero llegó a la ciudad hace una semana. Al parecer, colecciona material de la guerra. No importa de qué bando. Él os lo podría comprar.

—¿Dónde lo encontramos?

Konin se encoge de hombros.

—Su barco está en los muelles. Al menos ayer estaba. Es fácil de reconocer. El único mercante con ariete de guerra. Un ariete ateniense, ni más ni menos. Dicen que hizo que unos buceadores lo sacaran de un barco hundido en el puerto grande.

A Gelón se le ilumina la mirada.

—Gracias, Konin.

Ya nos hemos puesto en marcha, con los sacos de armaduras cargados a la espalda, cuando Konin nos llama.

—¡Esperad!

Pararse con este calor es peor que caminar, y maldigo entre dientes.

—No las limpiéis.

—¿Perdón?

—Se os puede ocurrir que es buena idea darles una buena limpieza y sacarles brillo, pero no. El tipo es un poco particular. Por lo visto, prefiere el material de guerra tal y como está.

—¿Con toda la sangre y las manchas? —pregunta Gelón.

—Exacto —dice Konin.

—Hay que joderse —digo—. ¿A quién nos estás mandando?

Konin arruga el ceño.

—A un comprador rico. A él os estoy mandando.

—Gracias, Konin —dice Gelón.

Continuamos. Acarreamos la mercancía y el sudor nos corre por la espalda en salada abundancia. Cuando oímos el mar, Gelón se para, posa las armaduras y las espadas en una roca, maldice. Por el camino habíamos limpiado y pulido cada pieza. Parecía de sentido común que un peto resplandeciente valdría más que uno asqueroso.

—Joder —dice Gelón.

—Mira. —Señalo un resto de mugre ambarina en el interior de una greba—. Eso promete.

Gelón lo examina y niega con la cabeza.

—No es suficiente.

—¿Cómo íbamos a saberlo? En cualquier caso, ese coleccionista me da mala espina. Ya hay que ser raro, vamos…

Me callo de golpe. Gelón ha sacado un cuchillo, no sé si del bolsillo o de entre lo que queremos vender, y se ha hecho un tajo en el brazo izquierdo.

—¿Estás loco? ¡Tío, para!

Se forma una burbuja de sangre oscura y estalla sobre los cascos y las espadas. Cae más aún, y más rápido, casi a chorro, y las espadas y el resto de piezas parecen cobrar vida bajo su efecto, florecen encarnadas.

—Tío, ya está bien.

Me arranco una manga de la túnica para hacer un vendaje, pero me aparta. Apesta a hierro, y Gelón está pálido. La sangre salpica la arena, él me quita el jirón de tela y yo le ayudo a vendarse, aprieto fuerte.

—Te vas a matar. No hay obra de teatro que merezca esto.

Gelón sonríe. Su primera sonrisa en mucho tiempo, y aunque me he llevado un buen susto, me alegra verla. Rezuma convicción, como si una sabiduría profunda respaldara el sentimiento. Me estrecha la mano y aprieta. Es fuerte el cabrón, me duele, pero no pienso quejarme. El dolor es bienvenido; lo único que siento es su amistad.

—Lo que estamos haciendo es poesía —susurra—. Si fuera fácil no significaría nada.

Me pasa un odre de vino y bebemos mientras esperamos a que la sangre se seque.

7

Lo poco que vi de la guerra fue en este puerto. Por culpa de mi pierna, no valgo una mierda como soldado de infantería. Pero aquí sí jugué un papel. Me acerqué con un bote de pesca a un trirreme ateniense y ensarté a unos pocos remeros a través de los agujeros de los remos. Fue emocionante, pero raro. No veías a quién alcanzabas, solo sentías cómo se hundía la jabalina en un cuerpo, y cómo el gran remo daba una sacudida y se iba frenando a medida que la vida que había tras él se extinguía, hasta que el remo dejaba de moverse, y entonces sabías que el pobre desgraciado había muerto. No parece gran cosa, pero las grandes hazañas se forjan a base de la acumulación de poca cosa, y aquella batalla fue la mayor de todas las hazañas. Eso dice Diocles. Cuando los atenienses perdieron en tierra, su única esperanza era el mar. Intentaron abrirse paso a través del puerto, pero nosotros no estábamos por la labor. Debía de haber quinientas naves en el mar aquel día, tan apretujadas que veías a los soldados pasar de una a otra como si marcharan sobre tierra firme. Si los atenienses hubieran conseguido abrirse paso, ahora estarían de regreso en Atenas con sus familias, a lo mejor hasta en el teatro. No pudriéndose en las canteras. Pero no fue así.

La tarde ha refrescado y se está bien aquí. La superficie azulada del mar se mece suavemente y cuesta imaginar los bosques de barcos hundidos que hay debajo, una segunda ciudad. Gelón se ha parado y se ha quedado mirando a una mujer esbelta de pelo negro que está inclinada sobre una cesta de fruta. Un par de avispas están intentando posarse en los higos, y ella alza la cabeza para espantarlos. El rostro de Gelón se desmorona. Supongo que, si ves lo que quieres ver, el pelo y la complexión de la mujer podrían pasar por los de Desma, pero tiene los ojos demasiado pequeños, y la nariz no se parece en nada.

—¡Directores! —le canturreo al oído, y él asiente, pero el rubor grisáceo de sus mejillas delata que tiene la cabeza en otro sitio, y me lo tengo que llevar a rastras como a un niño pequeño.

Estamos en el sector mercante de los muelles y los marineros están descargando mercancías. Hay pilas de tejidos teñidos de tan llamativos colores, tonos y matices que hacen que hasta el más espectacular de los cielos parezca aburrido. Te aturde. Los olores te martillean la nariz. Especias mezcladas con la peste a sudor de los barcos esclavistas, y enormes cantidades de comida y de bebida que chorrea de tinajas mal selladas. Esto es justo lo que Gelón necesita. Cuando éramos niños, bajábamos aquí casi todos los días y paseábamos por el enorme puerto con los brazos entrelazados y las narices ensanchadas por los aromas. Si queríamos la experiencia completa, cerrábamos los ojos. Babilonia cobraba vida en nuestras cabezas, y Menfis y Cartago y muchos sitios más. Gelón me describía lo que veía, y yo hacía lo mismo; construíamos esas ciudades entre los dos, palabra a palabra. Los mercaderes se cabreaban con nosotros porque no mirábamos por dónde íbamos y a menudo nos chocábamos con ellos, y de vez en cuando nos llevábamos un tortazo, pero ¿qué más da eso si has visto las putas pirámides? Paso un brazo sobre el hombro de Gelón y cierro los ojos.

—Estamos en Egipto, tío. Ahí delante está la Esfinge. ¿La ves?

Se aparta bruscamente.

—¿Cuándo vas a espabilar, Lampo?

Nunca. La verdad es que a veces sigo viniendo aquí, a olfatear y pasear y perderme en otros mundos y, al igual que cuando era pequeño, me pregunto si los lugares reales son como lo que me he imaginado, y sufro una punzada de dolor porque algo me dice que no lo sabré nunca, pero aun así es divertido.

—Allí —dice Gelón.

Cerca del extremo de los muelles hay una nave con un ariete de guerra. No es un trirreme, sino un inmenso barco mercante, y el ariete está fuera de lugar. El bronce está torcido como una nariz rota y cubierto de manchas, y cuelgan de él unas hilachas pringosas de algas, pero el ariete no es lo único que está hecho un desastre. La madera del casco está mal ensamblada y es muy oscura, como si hubieran tenido que aplicar capas extra de alquitrán para que no se caiga a pedazos. Si este tipo tiene dinero, no cabe duda de que no se lo gasta en su barco. Miro a Gelón y veo que piensa lo mismo.

—Más rico que Craso, el tío.

—Cállate. Estoy harto de tanta negatividad, Lampo.

—Eh, que era broma. Ya sabes que yo soy positivo.

No responde. Hay varias personas en cubierta, ninguna muy atareada.

Una escala cuelga de la borda y Gelón trepa por ella. Voy tras él, subimos a bordo; la tripulación nos rodea de inmediato, y parecen nerviosos.

—¿Qué queréis? —ladra un tipo alto y fibroso con una cicatriz dentada que le atraviesa la garganta como una sonrisa.

—Somos comerciantes —digo— y nos gustaría comentarle nuestra mercancía al capitán de esta nave.

El de la cicatriz nos mira de la cabeza a los pies.

—Está ocupado.

—Le queremos vender unas armaduras —dice Gelón—. Armaduras atenienses, de la guerra, sin limpiar.

Los ojos del tipo alto reflejan algo que quizá sea interés.

—Enseñádmelas —dice. Las palabras se le atragantan en esa garganta jodida que tiene.

—Somos comerciantes serios —digo— y solo mostramos nuestros productos a quien tiene autoridad para adquirirlos.

Arremete a por las armaduras y Gelón lo aparta de un empujón. Todo pasa muy rápido. El tipo alto se está cayendo y al instante siguiente se ha girado en el aire y ha puesto un cuchillo contra la garganta de Gelón. Yo doy un paso, pero noto que un filo me presiona el vientre; si me muevo, habrá sangre.

—Esto es intolerable —digo—. Pienso quejarme a la asamblea.

Los tipos nos rodean de manera que, aunque alguien esté mirando desde el muelle, no verá nada más que sus espaldas.

—Suelta el saco.

Yo ya he soltado el mío, así que se lo deben de estar diciendo a Gelón. Todavía tiene el cuchillo contra la garganta, pero aferra el saco con más fuerza que nunca, blancos los nudillos.

—No.

El tipo alto parece un poco sorprendido por la respuesta, pero sonríe satisfecho.

—No os estamos robando. Dejadlo todo aquí y volved luego. Si el jefe está interesado, os pagará. Si no, os lo volvéis a llevar.

—Y una mierda.

El tipo deja de sonreír y su expresión pasa a ser de fatiga, casi de resignación, y eso es lo que más me asusta de todo.

—¡Tío, dáselo! ¡Por favor!

Gelón me mira sorprendido.

—Somos directores, ¿no? —digo—. Yo no puedo dirigir sin ti. Dáselo.

Frunce el ceño, pero acaba soltando el saco. Un casco escarlata rueda por la cubierta y un marinero lo coge.

—Mirad esto —dice sonriendo—. Al jefe le va a encantar.

Envainan las armas y nos mandan a empujones hacia la escala, y yo apenas puedo caminar en línea recta, noto las piernas blandas, insustanciales, pero Gelón se detiene para decir algo por encima del hombro.

—Volveremos esta noche a por nuestro dinero o las armaduras.

La tripulación se ríe y a mí me da un retortijón y siento que estoy a punto de cagarme de miedo. Tiro de Gelón y poco después estamos en tierra firme, y la gente circula indiferente.

—Están pirados —digo, alejándome del barco a toda prisa.

Gelón se queda atrás, y es una de las primeras veces en nuestra vida en que yo ando más rápido que él.

—Por aquí —dice—. Necesitamos que nos den presupuesto.

—¿Presupuesto?

—Del vestuario y las máscaras. Necesitamos saber cuánto nos van a costar, así sabremos hasta dónde negociar cuando volvamos.

—¿Negociar? Qué coño dices. Si vuelves aquí, conmigo no cuentes. Esos tipos están muertos por dentro. Son de los que te abren el gaznate y se ponen a jugar a los dados mientras tú te desangras.

No responde; se encamina hacia el taller de máscaras y vestuario a un paso que no puedo igualar.

Lo sigo.

8

Solo hay una tienda de teatro en Siracusa. En realidad no está abierta al público, pero Alekto, la propietaria, nos deja pasar por su vieja amistad con mi madre. La tienda era de su esposo y la llevaron juntos hasta el día en que él se largó. Eso fue hace veinte años, yo todavía era un niño. No ha habido noticias suyas desde entonces. Corren toda clase de rumores, pero mi favorito es el que dice que ella lo mató y usó la piel para fabricar atrezo. Y esto no es lo más raro que se puede decir de Alekto. Lo más raro es que continuó al frente de la tienda. Había otros tres talleres de vestuario en Siracusa cuando desapareció su marido, y el propietario de cada uno de ellos le ofreció a Alekto comprarle el negocio o, aún mejor, casarse con ella. De joven era un pibón, pero tanto a las propuestas de negocio como a las de matrimonio respondió que no, gracias. Era su tienda y ella seguiría al frente, y además creía que su esposo volvería algún día, ¿y entonces qué? Aunque he oído que esto lo decía con un tonillo raro. En cualquier caso, se quedó con la tienda y no se ha vuelto a casar. Al cabo de dos años, la tienda de Alekto se consideraba la mejor opción a la hora de adquirir material teatral. Al cabo de diez, era la única opción. Había expulsado a los demás del negocio.

Llamo un par de veces a la puerta, pero al final Gelón la empuja y se abre. La casa es enorme, cuatro pisos contando el sótano, pero el equipamiento teatral hace que parezca más grande todavía. No se ven las paredes porque las cubren los decorados de diferentes obras. A mi derecha hay algo que debe de ser el Olimpo: grandes nubes y hermosos rayos de sol, espesos y dorados como la miel. A la izquierda, las almenas de alguna ciudadela, seguramente Troya: hay manchas de sangre en el muro encalado como cortes de cuchillo en piel pálida, y arqueros diminutos en las torres. Está tan bien hecho que casi me pongo nervioso al pasar por delante, como que si no salgo por piernas voy a acabar igual que Aquiles. Delante tenemos la mejor escena de todas: el Hades. El río Estigia, para ser exactos, con el agua verde y agitada por las caras y los brazos que asoman de ella. Me recuerda a las estatuas de la puerta de la Victoria, pero es más hermoso. La luz sobre el agua es diferente a todo lo que yo haya visto en este mundo, y aun así me resulta familiar. Gelón dice que eso es lo que consiguen las mejores obras de teatro. Si hay suficiente verdad en ellas, la reconocerás aunque en un primer momento todo te parezca una locura, y por eso nos importa tanto Troya, aunque por lo que sabemos puede que solo fuera un invento de Homero. Me acerco al río verde repleto de almas y, por un momento, es como volver a casa.

—No lo toques, que se está secando.

Es Alekto. Ni idea de dónde ha salido, pero por algo es su casa.

—Buenas tardes, hermosa doncella —digo haciendo una reverencia como un aristócrata, y me rasco un poco de mugre de la túnica.

A Alekto se le escapa una risita y niega con la cabeza.

—Sigues siendo tonto del culo, por lo que veo.

No respondo.

—Hoy tenemos mucho trabajo —dice—. Lo siento, pero no puedes andar por aquí distrayendo a la gente. No es nada personal.

—No es eso —se apresura a decir Gelón—. Hoy es diferente.

Alekto lleva ropajes rojos que arrastra por el suelo, de un tejido escarlata que brilla como si estuviera vivo. Debe de ser una pieza de vestuario que se está probando. Circula el rumor de que hace mucho actuó en una obra, cuando su marido aún andaba por aquí, y que él le echó una bronca que no veas. Dicen que interpretó a la protagonista y que lo hizo de incógnito para que nadie la reconociera, pero que el público gritó pidiendo más; era la mejor Clitemnestra que habían visto nunca. ¿Es verdad? No lo sé. Me parece desvergonzado incluso para ella, pero a menudo la he visto probarse el vestuario, y se sabe las obras antiguas mejor que cualquiera y cuando está de humor te agasaja con un fragmento escogido.

—Somos directores. —Me pongo recto, echo los hombros hacia atrás y, con una voz sospechosamente parecida a la de nuestro antiguo jefe de la fábrica, le suelto—: Venimos en calidad de directores para comprobar la calidad de tus servicios con el propósito de...

—Calla.

—Pero, Gelón...

—Mira —dice Alekto—, no tengo tiempo. Dime de qué se trata, pero rápido.

—Estamos montando una obra —dice Gelón.

Alekto estalla en carcajadas, pero se sofrena.

—Espera. ¿Va en serio?

—Claro.

Menea la cabeza, en gesto más compasivo que otra cosa.

—¿Qué obra?

—*Medea* —dice Gelón, casi en un susurro.

—¿Y dónde, si se me permite la pregunta, vais a montar *Medea*?

—En la cantera.

—Por supuesto. Un agujero putrefacto. Perfecto para un espectáculo. ¿Y quién va a actuar? Vosotros dos, supongo.

—Los atenienses —digo—. Ya hemos hecho el casting y tenemos actores en condiciones. Gente que ha hecho teatro de verdad en su tierra. Unos putos profesionales. Te vendrá bien la publicidad, Alekto. Reconocerás que lo suyo es que nos hagas un descuento.

Alekto guarda silencio un buen rato. Siempre me ha parecido una persona a la que no es fácil sorprender. Alguien que sabe ver las cosas desde todos los ángulos, así que rara vez se la puede pillar desprevenida, pero me parece que esta vez la hemos impresionado de verdad. Nos mira a uno y a otro, como a la espera de algo, y luego se acerca a un armario y saca una jarra y tres copas, las llena de vino y nos da una a cada uno. Yo me bebo la mía de un trago, pero Gelón se limita a agarrar la suya, con tanta fuerza que temo que vaya a romper la arcilla.

—Mirad —dice ella—, me caéis bien, chicos.

—Qué coño chico. Treinta años tengo —digo.

—¿Tantos? Madre mía, el tiempo vuela. Parece que fue ayer cuando tu madre te ponía en mi regazo y me pedía que te cantara. Eras una preciosidad de bebé. ¿Lo sabías, Lampo?

—Sigo siendo un bellezón. —Le guiño un ojo—. Pero ya vale de andarnos por las ramas. Somos directores y no hemos venido a hablar del pasado sino a hacer negocios.

La misma mirada compasiva de antes.

—Sí, a ver, la cosa es que, en realidad, vosotros no sois directores. Sois un par de alfareros en paro que apenas podéis juntar unos pocos óbolos entre los dos. Y esos pobres desgraciados de las canteras no son actores. Aunque en algún momento de su vida lo fueran, de eso hace mucho tiempo.

—¿Qué son, entonces?

Duda.

—Son muertos de hambre. Víctimas de una muerte lenta porque nuestra asamblea está loca, y en cuestión de unos meses no quedará ni uno. Condenados, eso es lo que son.

Sus palabras penden en el aire y nosotros dos bajamos la mirada, incómodos. Yo hago como que sorbo vino, pero tengo la copa vacía.

—Eres dura de pelar —le digo.

—Por eso tenemos que hacerlo —dice Gelón con sentimiento—. Tienes razón, están condenados, y en unos meses habrán muerto. Por culpa de la guerra, pueden pasar años hasta que volvamos a ver una obra ateniense en Siracusa. Hay gente que dice que cuando Atenas caiga, y va a caer, los espartanos la arrasarán hasta los cimientos. ¡Puede que nunca volvamos a ver sus obras! —La copa se le quiebra en la mano y el vino salpica el suelo—. Que sepamos, esos de las canteras pueden ser todo lo que queda del teatro ateniense, al menos en Siracusa. —Hace una pausa y se mira el brazo, el lugar donde se hizo el corte, lo escruta como si las palabras que necesita pudieran estar ahí—. Y no es solo *Medea*. Los atenienses me han dicho que antes de que dejaran Atenas, Eurípides escribió una nueva obra. Una obra sobre Troya. Sobre las mujeres de Troya después de que la ciudad cayera. Nadie en Sicilia la ha visto. Una obra de Eurípides completamente nueva. Vamos a hacer las dos. *Medea* y *Las troyanas*. No podemos permitir que desaparezcan, ¿lo entiendes? Tenemos que…

—¿Tenemos que qué? —dice Alekto, con la voz más dulce que nunca.

—Mantenerlos con vida y representar la obra.

Para lo que suele hablar Gelón, esto ha sido un discurso largo, y lo ha dejado sin aire, pero mira fijamente a Alekto, desafiante. Yo no sabía nada de una segunda obra, y me duele un poco que me lo haya ocultado.

—¿Algo más? —dice Alekto.

—No.

Ella no responde de inmediato; asiente para sí, le da otra copa a Gelón y se la llena de vino.

—Yo también quiero.

Me mira como si se hubiera olvidado de que estoy aquí. Me llena la copa con descuido.

—Muy bien —dice por fin.

—¿Muy bien qué?

—Os proporcionaré lo que necesitéis. —Gelón le estrecha la mano—. Hay un pero —dice con firmeza—. No os alegréis tanto. A lo mejor se os cambia la cara cuando sepáis mis precios. Aquí no hay nada barato. Yo solo fabrico lo mejor.

Gelón asiente ansioso.

—¿Cómo vais a pagar?

—¿A crédito? ¿Podemos darte una parte de los beneficios?

—Calla, Lampo. Conseguiremos el dinero. Dinos cuánto y nosotros lo conseguiremos.

Ella lo observa un buen rato.

—Capaces sois.

Pasan a hablar en detalle de lo que hace falta. El vestuario de cada personaje, cuántas máscaras, la madera y la pintura que se usarán para fabricarlas. ¿Pelucas? Si las queremos, ¿de qué material? El pelo de cabra es el más barato y el humano el más caro. Yo escucho al principio, pero pronto pierdo el hilo, así que cojo a hurtadillas la jarra de vino de la mesa y me voy a dar una vuelta por las otras estancias: más vestidos, espadas de madera y cetros. Un gato lame la pintura dorada de una corona de mentira y la lengua le brilla. En la última estancia, los fondos pintados dejan paso a los bancos de carpintería. Hay serrín en el suelo y brillan los formones y las limas. Es la estancia donde fabrican las máscaras y en ella hay tres tipos. El corazón del negocio. Mi madre me dijo que son esclavos de Libia que el marido de Alekto compró baratos cuando eran niños. Eso fue hace una eternidad, los libios ya están creciditos, tienen canas y todo. Hay que joderse. Hace nada eran unos niños que tallaban Agamenones y Ateneas y tenían toda la vida por delante, y ahora son unos viejos, siguen tallando a los mismos reyes y dioses, pero ya poca vida les queda por delante.

—No vayáis a aflojar el ritmo, muchachos —digo—. Tengo un encargo importante.

Alzan los ojos, solo uno asiente. Sinvergüenzas. Qué falta de respeto.

—¿Qué materiales usáis?

Me miran otra vez. Nadie dice nada y siento cómo me sube el cabreo hasta que uno carraspea.

—Fresno, señor. Entre otras cosas. Lino también. Depende del personaje.

—Buena elección —digo.

Parecen hermanos. Altos y elegantes cuando se yerguen (aunque rara vez se yerguen, tienen la espalda curvada como una hoz por pasar tanto tiempo encorvados, porque el laborioso trabajo de fabricar máscaras te obliga a estar sentado casi siempre), y tienen las manos bonitas. Es curioso. Palmas suaves y rosadas como la pezuña de un gatito, no rasposas como las mías o las de Gelón, pero tienen los ojos enrojecidos e irritados por el serrín y los vapores de la pintura.

Habitualmente, no me detengo mucho a hablar con estos chicos, pero como hoy vengo en calidad de director, se me ocurre que puede venirnos bien averiguar un poco más sobre ellos antes de aflojar la pasta. Les pregunto si son hermanos y el tipo que me respondió antes me mira y dice que no lo sabe.

—¿Cómo podéis no saber si sois hermanos? —digo.

—Nos vendieron cuando éramos muy pequeños —dice, y los otros le dirigen miradas de desaprobación, pero o no se da cuenta o no le importa, él sigue hablando—. Mataron a todos los hombres de nuestro pueblo, y pensaron que obtendrían un precio mejor si nos vendían junto con nuestras madres. Nos enviaron a la ciudad más cercana para vendernos, pero en realidad la ciudad más cercana no estaba cerca. Tuvimos que atravesar un desierto, y por el camino sucedió el desastre.

—¿Qué pasó?

—El desastre. No me acuerdo exactamente, pero el hombre que nos conducía tuvo problemas. Una tormenta de arena y hombres, hombres violentos, bandidos, supongo. Se llevaron a todas nuestras madres, nuestras madres, joder. Así que, cuando llegamos a la ciudad, estábamos medio muertos, delirando de fiebre y de sed, y habíamos olvidado quiénes éramos. Éramos todos muy pequeños.

—¿Cuántos erais?

—No estoy seguro, un montón, todos los niños del pueblo. ¿Unos veinte?

—A mí no me preguntes. No tengo ni idea.

—Lo siento, es que no sé.

—¿Qué pasó después? —digo.

—Nos trajeron en barco a Sicilia, y a tres de nosotros nos compró Meliso. No sé dónde está mi familia.

—¿Meliso?

Parpadeo.

—El esposo desaparecido de Alekto.

—Claro. Entonces, ¿algunos eran hermanos tuyos?

Se pone un poco triste cuando lo digo, tarda en responder, posa la máscara que estaba pintando.

—No puedo saberlo, de verdad, pero podría ser. Había una niña a la que vendieron en Catania. Era mi hermana. Al menos eso me dijo antes de que la vendieran. No me acuerdo bien, pero recuerdo que me dijo: «Soy tu hermana, Lakintha, y te quiero. Nunca me olvides».

—Qué bueno.

Le ofrezco un trago de la jarra, pero niega con la cabeza y vuelve al trabajo. Me quedo mirándolos un rato hasta que alguien me da una palmadita en el hombro. Es Gelón. Alekto está con él.

—Escoge una —dice Alekto.

—Todavía no tengo dinero —dice Gelón.

—Te dejo una a crédito —dice ella—. Solo una, así que escoge bien.

Gelón no necesita que se lo digan dos veces, ya está inspeccionando las máscaras. Tarda una eternidad, y algunas son piezas espléndidas, auténticas bellezas, así que me sorprende cuando escoge una pequeña.

—¿No quieres una máscara de reina para Medea? ¿Una de héroe para Jasón?

—Esta —dice Gelón sosteniéndola entre las manos.

—Interesante elección. Es para un actor que interprete a un niño pequeño. Complicada de fabricar. Es mucho más fácil hacer una de monstruo o de dios. La infancia es sutil.

Gelón guarda silencio, observa la máscara. La sujeta con mucho cuidado, como si tuviera miedo de dañar la madera o de rallar la pintura.

—Helios —susurra.

Hago como que no he oído eso y le paso la jarra.

—Directores, tío —digo—. ¡Eso es lo que somos!

—Sí —dice, pero no toma un trago; sigue mirando fijamente la máscara, y yo me espero a que se le pase.

9

Empieza a llover poco después de salir de la tienda de Alekto. Una llovizna que gana cuerpo y fuerza hasta robarle toda la alegría a la ciudad, y un ventarrón que hace que los edificios viejos silben y parloteen como borrachos en una taberna y le da al cielo un aire quejumbroso. Las calles son estrechas, se enroscan y entrelazan como culebras, y me estremezco cuando algo me agarra del tobillo.

—¿Os apetece una canción, amigos?

Es un viejo sin piernas. Lleva un ladrillo atado con cuerdas a cada rodilla; supongo que le hacen de botas; así se protege los muñones.

—No, gracias —digo.

—Venga —dice Gelón lanzándole un óbolo.

El viejo hace una inclinación de cabeza y el pelo se le moja en un charco.

—Os cantaré un relato que os hará llorar.

—¿No te sabes ninguno alegre?

—Deja que cante lo que quiera.

—Gracias, hijo. Esta es una historia triste, pero más habitual de que lo imaginaríais.

El viejo se aclara la garganta y comienza:

Había una vez un hombre que a nadie le importaba. Había una vez un hombre ¡que a nadie le importaba! Mucho sentía y mucho amaba, pero no, creedme, ¡a nadie le importaba!

—Vamos, Gelón. Es malísimo.

—Silencio.

Le tiro del manto, pero él no se mueve, así que nada, me pongo cómodo. Gelón tiene debilidad por la gente así. Incluso su Desma, con lo guapa que era, tenía la nariz rota. Hay una taberna justo al lado, con música —música de verdad— y antorchas en la puerta, y las llamas bailarinas y las canciones alegres contrastan con el viejo, que apenas puede moverse, y cuando bajo la vista para mirarlo él está mirando a Gelón, cantándole su historia.

No me queda más remedio que escuchar. Ahora jarrea y la calle se está inundando, porque este barrio está en pendiente y nosotros estamos al fondo del todo. El agua fluye hacia abajo, se estanca a nuestro alrededor y nos cubre las botas; las calles se están embarrando y todo se vuelve resbaladizo. El viejo también se está hundiendo, el barro le cubre los ladrillos y le mancha la punta de la barba gris, tiñéndola de un color intenso que le presta una asquerosa suerte de juventud mientras él grazna su canción, y yo le voy pillando el gusto. Unas pocas personas se han congregado a nuestro alrededor. Al principio se reían, se daban codazos entre ellas sonriendo, pero a medida que avanza la canción cesan las risas, y me parece a mí que el viejo se ha metido a más de uno en el bolsillo.

Está claro que es la historia de su vida, aunque nunca llega a decirlo. Estos desgraciados suelen cacarear fragmentos de Homero o juntar al tuntún trozos de poemas famosos, como los atenienses en la cantera, con el cerebro ablandado por el hambre y la locura, mezclando personajes de diferentes mitos que entrechocan en sus historias como olas en el mar. Esto es diferente. Es la vida del hombre en forma de canción y, aunque su vida no tiene nada de especial, la canta para que todos la oigan, lo da todo, y yo eso lo admiro.

Una infancia dura, por decirlo suavemente. Dice que su madre estaba mal de la cabeza y que lo asfixiaba con una cuerda las noches en que su padre, un remero, no estaba en casa. Y después su madre siempre lloraba y le decía que no era más que un juego, no se lo digas a papá, y le compraba dulces y juguetes. Aún tiene la cuerda, la lleva atada a la rodilla izquierda. No sé si es verdad, pero todos le miramos la rodilla izquierda, y no cabe duda de que la cuerda está deshilachada, reducida por el desgaste a poco más que unas hebras grasientas y negras, una cuerda mucho más vieja que la de la rodilla derecha.

Se escapó de casa en cuento pudo, ¿qué remedio? Pensó que podría ser remero, como su padre, pero era demasiado joven para los barcos de guerra, así que encontró trabajo en una galera que transportaba el mejor queso de Siracusa a Italia y Grecia. Canta sobre el sudor y sobre el hedor en las bodegas, repletas de quesos apilados por encima de la cabeza, y de cómo las ratas siempre conseguían esconderse entre los quesos y no asomaban el hocico hasta que ya estaban en alta mar. La cosa se puso tan seria que, en Regio de Calabria, el capitán cambió una caja de su mejor mercancía por un gato gigantesco al que los remeros apodaron Áyax.

Le dedica tres buenos versos a Áyax, el gato: enfrentamientos cuerpo a cuerpo con ratas especialmente terroríficas y un verso muy raro en el que Áyax trepa al mástil y otea el horizonte. Luego vuelve a cantar sobre sí mismo.

Abandona el mar y consigue un trabajo de cantero. Se le da bien y prospera. Se casa con una encantadora pelirroja de Corinto y tienen una hija. La canción se vuelve casi alegre, y hay una parte adorable sobre cómo él le cantaba a su hija para dormirla. Una canción dentro de otra, es precioso. Por supuesto, la trama da un vuelco. Cae en la bebida y una noche vuelve a casa y se descubre junto a la cuna con una cuerda alrededor del cuello de la niña. Todavía no la ha apretado, así que la niña sigue durmiendo tranquila, pero el horror y la vergüenza se apoderan de él como un veneno, y a la mañana siguiente se larga y nunca vuelve a ver a su familia. La canción termina con él a bordo de un barco que vuelve a Siracusa, las moscas zumban sobre sendas heridas de flecha en sus piernas y él se pregunta si su hija estará bien. Y a continuación pasa lo más raro de todo. La cuerda de su rodilla se pone a brillar y a palpitar como la llama de una hoguera, y él comprende que su sufrimiento, lo que le pasó con su madre y todo cuanto vino después, ha sido un plan divino, que hasta la peor parte era sagrada, pero entonces la cuerda se oscurece, y él levanta la vista al cielo y ve que solo ha sido una nube que ha dejado asomar a la luna. Y deja de cantar.

Le llueven ovaciones y plata, y él inclina la cabeza y recoge las monedas brillantes del barro, pero rompe a llorar. Porque en su mano, entre las embarradas monedas de plata, hay una de oro.

—¿Quién ha sido tan generoso?

—Una canción fabulosa —dice alguien a mi espalda—. ¿Alguien te ha dicho alguna vez que deberías cantar de manera profesional?

—¿Perdón?

—Con tu talento podrías llegar muy lejos. ¿Formas parte de alguna compañía?

—¿Una compañía? —dice el viejo.

—Sí. ¿Tienes representante?

El viejo mira la moneda de oro.

—No.

—Pues tenemos que hacer algo al respecto. Me alojo en la casa de Diocles. Ven mañana por la mañana a cantar tu canción. Estoy seguro de que le gustará mucho. Y después podemos hablar en detalle sobre tu futuro. Vas a ser un éxito.

—Vale.

Miro hacia atrás para ver quién cojones ha hablado. Es un tipo alto con un largo manto de piel forrado de púrpura. Por lo oscuro que está, no le veo bien la cara, solo el brillo de los aros en las orejas y de los dientes.

—Y esa cuerda que llevas en la pierna, ¿es cierto que tu madre te asfixiaba con ella?

El viejo no dice nada, pero el brillo húmedo de sus ojos me hace pensar que seguramente sí.

—Una pieza fascinante. Me encantaría comprarla.

—¿La cuerda?

—Sí. Por supuesto, te remuneraría con generosidad. ¿Qué te parecen cinco monedas de oro?

Al viejo casi se le salen los ojos de las órbitas. Cinco monedas de oro es una locura. Aun así, me sorprende su respuesta.

—No está en venta. Lo siento.

—Diez.

—¿Cómo?

—Diez monedas de oro.

Diez es una puta fortuna. Con diez tendrá para comida y priva un montón de tiempo. No le hará falta cantar. Con diez de oro podrá alquilar una bonita estancia en el centro durante un año, con un buen fuego, donde estará bien cómodo y a salvo de los elementos, y se le ve en los ojos que se lo está pensando, en las mejillas, en las uñas con las que araña la moneda que tiene en la mano.

—No puedo —dice por fin—. No puedo.

La gente se ríe, pero es una risa entremezclada con confusión. ¿Qué cojones? ¿Diez monedas de oro por esa cuerda?

—¿De veras no tiene precio?

No hay respuesta.

—No importa. Es una pena, pero aun así quiero presentarte a algunas personas del mundillo. Hablar del futuro. Sé puntual mañana. Te aguardan grandes cosas.

—Gracias.

El viejo desaparece por un callejón arrastrando sus ladrillos y, cuando miro hacia atrás, su mecenas tampoco está.

—¿Qué ha sido eso? —digo.

Gelón se encoge de hombros, sé que tiene la cabeza en otro lado.

—¿Tomamos un trago?

Niega con la cabeza.

—Yo vuelvo al barco.

—Deja ya esa mierda. Vamos, hombre…

—Escucha —dice—. No hace falta que tú vuelvas, pero yo voy a ir. Ya has oído a Alekto. Nos fabricará lo que necesitemos, pero no será barato.

Le digo lo mismo que antes. Que es un suicidio y que nos rajarán el pescuezo y nos tirarán por la borda, pero de nada sirve. Menea la cabeza.

—Espera —digo en un arrebato de inspiración—. Le podemos robar al tipo ese. Le quitamos la cuerda y se la vendemos a ese rico cabrón que se aloja donde Diocles.

Es difícil sostener la mirada que me lanza Gelón.

—¿Qué pasa? Estoy buscando soluciones. Alguna que no implique que nos maten.

—A un hombre no se le roba su sufrimiento —dice Gelón tranquilamente—. Le pertenece.

Niega con la cabeza y echa a caminar hacia los muelles. Me quedo clavado en el sitio. Puede que sea por el miedo a esos cabrones del barco, pero también hay algo más. Es esa mirada que me ha echado. Otros me han mirado así toda la vida, pero Gelón nunca. Como si yo no fuera nada. Solo lo he sugerido para salvarle el pellejo, y él va y me mira así. Bueno, pues que le den por culo. Pero esos cabrones se lo van a cargar. Doy un paso. Gelón va desapareciendo a lo lejos. Solo distingo su particular forma de caminar, la cabeza inclinada hacia delante y el ritmo de marcha, y de repente ya no está, la oscuridad se lo ha tragado, y susurro:

—Que te den por culo, Gelón.

Me largo.

No hay mucha gente esta noche en el Dismas. Un pescador está sentado en la silla de Homero, limpiando un gancho con un trapo. Cuando me ve se escabulle a otra silla, pero vuelve cuando se da cuenta de que Gelón no viene conmigo. Huele a pintura y me fijo en que gran parte del mobiliario ha cambiado: hay mesas de madera pulida y hasta un par de sillas con almohadones. Es raro, pero al menos la esclava guapa está atendiendo las mesas. Lleva el pelo recogido en una coleta con un gran pañuelo verde, y veo en su brazo la cicatriz que tantas ganas tengo de tocar.

—¿Cómo va todo?

Levanta la vista. Algo en su expresión me dice que no le termina de molestar verme, pero aun así sigue restregando las mesas.

—Vienes solo —dice—. Nunca te he visto por aquí sin tu amigo.

—No es mi amigo. Es un gilipollas con el que venía antes.

Alza una ceja.

—Me estaba preguntando —digo— si Dismas te deja salir de vez en cuando o te tiene siempre trabajando.

—Siempre trabajando.

—¿Te gusta?

Se encoge de hombros.

—Está bien. Es mejor que el campo.

—Eres demasiado guapa para el campo.

Se ríe. Le digo que estoy pensando en abrir mi propio local y que, si lo hago, puede que necesite una chica como ella. Mira mi manto y mis botas. Parece que le hacen gracia o algo.

—Pero esa cicatriz… Te afea un poco, eh.

Deja de sonreír.

—Vaya, que podría ser peor, pero sí que te afea. Y los dientes también. Ahora que lo pienso, quizá estuvieras mejor en el campo. ¿Eres fuerte?

No hay respuesta. Se limita a frotar la mesa, pero tiene una de esas caras en las que el sentimiento se desborda de cada rasgo, y yo quiero besarle la cicatriz y decirle que es preciosa, pero ni de coña. Lo que hago es agarrarle un brazo, palpar el músculo y decirle que parece fuerte, buena para trillar el trigo y para traerme una jarra de lo más barato que tenga.

El vino está agrio y hago una mueca al beberlo, pero el sabor casa bien con mi ánimo. Me imagino a Gelón con un cuchillo en la garganta y doy un trago. Hay un par de aristócratas en el rincón, jugando a los dados y armando mucho jaleo. Sus mantos son los más espléndidos del bar, y su perfume se mezcla con los olores del pescado y la pintura fresca, dando como resultado algo extraño y novedoso. No me gusta. Es cierto que el Dismas era un nido de pulgas, pero era nuestro nido de pulgas. Está entrando demasiado dinero en la ciudad, y me parece que estamos perdiendo algo, pero a lo mejor solo digo eso porque yo no he ganado nada. Treinta años y sigo viviendo con mi madre. No es exactamente lo que había planeado, pero ya basta de lamentarse. Estoy bebiendo. Estoy vivo. Una vez más, me viene una imagen de Gelón, esta vez desangrándose en la cubierta del barco. Miro a mi alrededor. La esclava está en la mesa de los aristócratas recogiendo copas vacías. Uno le toca el culo y los demás sueltan aullidos. Ella ni siquiera le aparta la mano, se limita a quedarse con la mirada perdida mientras el chico la magrea. Hurto la vista. No es asunto mío. Me concentro en lo que estoy haciendo y me relleno la copa; un escarabajo cae de la jarra y nada a braza en mi buen caldo. Agita como loco las negras patitas y se me pasa por la cabeza que debería echarle una mano, empujarlo soplando hasta el borde de la copa para que pueda trepar y salvar la vida, honrarle con un *deus ex,* pero la vida no funciona así. Siempre estás solo, y el escarabajo tiene que aprenderlo. Gelón y yo no somos amigos. No es más que un gilipollas con el que venía antes. Crece el barullo en el rincón y veo que el aristócrata la ha agarrado y la ha forzado a sentarse en sus rodillas. Me acerco, no sé muy bien por qué.

—Es Aquiles —dice uno de los aristócratas—. ¡Échate una libación con nosotros!

Debe de ser uno de los chicos con los que Gelón y yo nos emborrachamos, pero no lo reconozco.

—¿A ti esto te gusta? —le digo a la esclava.

No me responde, sigue mirando al frente como si estuviera en otro sitio.

—Venga, ya está —digo—. Nos lo podemos pasar bien de muchas formas esta noche sin necesidad de agobiar al personal. ¿Verdad, amigos?

Me miran un poco confusos. El chico que la está agarrando no la suelta. Es bastante fornido, tiene un bigotito rubio y ojos azules y acuosos.

—Aquiles, tío, no nos cortes el rollo —dice el mismo de antes—. Siéntate y tómate una.

Lo miro con atención y, de repente, caigo. Tiene el pelo mucho más corto, rapado casi a ras de cráneo como el de Gelón, pero las pestañas largas y los ojos grises lo delatan: es el hijo de Hermócrates.

—Una y las que hagan falta —contesto—. Pero me gustaría que aquí mi amigo la dejara volver a su trabajo.

El sobón del bigote frunce el ceño y mira a sus colegas. El brazo con el que la sujeta por la cintura se afloja un poco, pero no llega a soltarla.

—Es mi cumpleaños —dice mirándome fijamente.

Sus ojos acuosos me calibran, como si quisiera calcular hasta qué punto supongo una amenaza, y luego sonríe de oreja a oreja y le estruja una teta tan fuerte que a ella se le escapa un grito de dolor.

—Qué coño —dice—. Si le gusta.

Sus amigos se ríen. Hasta el hijo de Hermócrates se ríe a carcajadas mientras se sirve otra copa. Le arranco la jarra de la mano y bebo de ella. Todos se callan.

—Delicioso —digo—. Mucho mejor que el agua sucia que yo estaba tomando. Está bien compartir una libación con mis conciudadanos. Yo estoy en la ruina y vosotros, amigos, sois la élite. Un trago de esto vale más que toda mi ropa, pero todos somos siracusanos. Somos hermanos, ¿o no?

Silencio.

—¡Por la democracia!

Vacío la jarra hasta el fondo, parte del vino me chorrea barbilla abajo, y luego hago como que les voy a pasar la jarra para una libación, pero no llego a hacerlo. En lugar de eso, se la estrello en la cara al tipo del bigote, que va a parar al suelo chillando. La esclava se escabulle y desaparece detrás de la barra. Todos los aristócratas se han levantado, dispuestos para la matanza, y reculo un poco.

—Te vamos a reventar —dice un capullo larguirucho.

Son cuatro y, si se lo proponen, estoy jodido. Pero noto a alguien detrás de mí. Es el pescador que estaba en la silla de Homero. Lleva el gancho en la mano, con la punta reluciente, y los aristócratas lo miran de reojo.

—No hay huevos —gruñe.

Por un momento parece que va a haberlos, pero él lanza un golpe al aire y los cuatro retroceden hacia la puerta.

—Buenas noches, ciudadanos —digo guiñándoles un ojo—.
¡Nos vemos en la asamblea!

Uno dice algo sobre romperme las piernas, otro sobre derribarme la casa, pero el que más me inquieta es el hijo de Hermócrates. Él no me amenaza ni grita, se limita a fulminarme con sus fríos ojos grises, susurra algo a sus amigos y se van.

—Gracias, tío —digo.

El pescador se mete el gancho en el bolsillo.

—No iba dejar que esos hijos de puta tocaran a un parroquiano.

Poco después estamos sentados a su mesa bebiendo vino agrio. La esclava está detrás de la barra y nos mira sin perder detalle. No sé interpretar su expresión y me pregunto qué estará pensando. No soy una persona violenta y, ahora que ya ha pasado todo, me entra el tembleque. Cuando levanto la jarra para volver a servir, va a parar más vino a la mesa que a las copas. Tengo muchas ganas de hablar con ella, así que bebo a toda prisa para poder ir a pedirle más.

—¿Y dónde anda Gelón? —pregunta el pescador—. Siempre es bueno contar con él en una pelea.

—Que le den por culo a Gelón. Es una víbora. Nunca te fíes de él.

Se queda desconcertado y yo fuerzo una sonrisa y le pregunto si me puedo sentar en la silla de Homero.

—Por supuesto —dice levantándose—, te lo has ganado.

Tomo asiento despacio, disfrutando de los crujidos de la madera cuando cargo mi peso sobre ella. «Si Gelón estuviera aquí, lo tumbaría de un golpe, pero seguramente ya está muerto. ¡Ja!» Froto con la mano la inscripción de bronce donde dice: «La silla de Homero». Sigo sonriendo, pero se me cae el alma a los pies. Cuando éramos niños, no había mucho teatro en Siracusa, no para la gente como nosotros. La poesía épica lo era todo, al menos para Gelón, y se puede decir que, si no hubiera sido por Homero, nunca nos habríamos hecho amigos. Un día, después de la escuela, anunció que iba a ser cantante; todos los demás niños se burlaron de él menos yo. Yo dije que por qué no, que también a mí me gustaría serlo. El problema era que necesitábamos dinero. Ningún cantante te enseña gratis sus poemas, así que improvisamos. Yo vendí el telar de mi madre y Gelón la llana de su padre. Gelón se ganó una paliza, pero mi madre se echó a llorar, y yo le dije que no se preocupara, que iba a ser cantante y que ella podía dedicarse a no hacer nada a partir de entonces. La memoria de Gelón era como la tierra: lo absorbía todo. Un cantante aceptó tomarlo como aprendiz, pero el padre de Gelón no quiso ni oír hablar del tema. Gelón era el hijo de un alfarero, con eso estaba todo dicho.

Yo dije «No te preocupes, cantante, yo seré tu aprendiz», pero él pasó de mí. Aquella noche Gelón y yo nos pateamos la ciudad, fuimos de una punta a otra, diez u once años tendríamos, y le pregunté qué íbamos a hacer. Y él sonrió, tenía los ojos amoratados por los golpes, un labio roto, y empezó con el primer canto de la *Odisea*. Durante un rato, no me preocupó ser pobre o que mi madre estuviera sola porque mi padre se había largado de casa y que encima ahora yo la había traicionado. No me preocupó nada salvo las palabras que salían de su boca. Desde entonces, nos volvimos inseparables. Incluso cuando se casó y tuvo un hijo, me mantuvo cerca, como si yo formara parte de su familia. Y ahora aquí estoy, borracho, pavoneándome por lo que le he hecho a un aristócrata de mierda, mientras mi mejor amigo se puede estar muriendo desangrado. Me levanto y farfullo una disculpa. El pescador parece confuso, puede que hasta ofendido. Mala suerte. Porque ahora mismo Gelón está en ese barco, y está solo.

11

Está cayendo una buena tormenta. Las olas rompen en la playa y, cuando las nubes dejan ver la luna, se derrama una luz espesa y amarilla, y algunas olas parecen la cola o el rostro de una criatura marina. El barco del coleccionista, a lo lejos, tiene incluso peor pinta de noche. El maderamen está negro y alabeado, la vela repleta de agujeros, y sus bordes deshilachados arañan el aire como un animal herido. Me pongo a temblar, no sé si por la lluvia o por el miedo. En cubierta se balancean unos faroles colgados de ganchos y unas sombras deambulan, seguramente la tripulación.

—¿Quién anda ahí? —dice una voz rota.

—Soy yo —digo, intentando sonar tranquilo.

—¿Y quién coño eres tú?

—Un mercader. Vine antes con unas armaduras…

—Ah, sí, dijo que a lo mejor venías.

—¿Quién?

—Tu amigo. Está a bordo, con nuestro jefe.

Me quedo allí plantado como un imbécil, sin avanzar ni retroceder, hasta que la voz me dice:

—¿Subes o qué?

Digo que sí y me dirijo a la escala. Está empapada y la noto endeble, como si la cuerda se fuera a desintegrar entre mis dedos. Aun así, me las apaño para subir. Igual que la última vez, la tripulación me rodea de inmediato. Las lámparas que se balancean de los ganchos arrojan una luz inestable sobre las caras, pero distingo cuchillos, cicatrices y ojos.

—¿Llevas armas?

—No, nada.

Me cachean igualmente, y los muy cabrones no se cortan un pelo. Lo que he dicho es cierto. No llevo nada, y el tipo asiente satisfecho y abre la trampilla con una anilla de hierro que hay en la cubierta.

—Andando —dice—. Tu amigo está abajo. Te acompaño.

Tengo náuseas, pero sonrío y sigo al tipo. De inmediato, noto un olor raro. Dulzón con una nota acre. El tipo recorre un pasillo, pasa por delante de varias puertas; es muy raro, nunca había visto un barco así. Tiene habitaciones, como una casa, vamos, y casi se me olvidaría que estoy en el agua si no fuera por el cabeceo, la ligera inestabilidad del mundo mientras sigo al marinero hasta que se detiene y llama a una puerta.

—¿Quién es? —dice una voz familiar.

—Traigo al otro —dice el guardia.

Abre la puerta. El interior está a oscuras, salvo por unas pocas lámparas que chisporrotean en un rincón. A mis ojos les cuesta un poco acostumbrarse porque el ambiente está cargado del humo del aceite, pero poco a poco se me habitúa la vista: alfombras escarlatas, un par de divanes como los que se ven por las ventanas de las casas de los aristócratas. Gelón está en uno, con un cáliz en la mano. Un puto cáliz de oro. Frente a él, repantigado en el otro diván, el tipo que quería comprar la cuerda del pobre vagabundo. Lo reconozco por los aros de las orejas y los dientes blancos. Así que este es el coleccionista. Doy un paso y me hundo en una alfombra tan gruesa que me llega por encima de los tobillos.

—Has venido —dice Gelón frunciendo el ceño, pero sé por su mirada que se alegra de verme, que está aliviado incluso.

—Pues claro.

El coleccionista me contempla y sonríe. Tiene los dientes ridículamente blancos y rectos; aun así, hay algo animal en ellos. Más apropiados para las fauces de un bicho grande del bosque que para un mercader que está picando uvas.

—Toma asiento —dice.

Tomo asiento, y los cojines son tan blandos que estoy hasta incómodo. Siento como si hubiera plantado el culo en una nube y fuera a caerme en cualquier momento. El tipo nota mi incomodidad, porque sonríe.

—¿Vino?

—Gracias.

Se abre una puerta detrás de nosotros y un sirviente anciano entra cojeando, cargado con una bandeja donde lleva otro cáliz de oro y una jarra. El viejo resuella mientras me sirve y parece tan frágil que creo que se va a desplomar, pero me llena la copa y se retira por la misma puerta por la que ha entrado.

—¿Está bien ese hombre?

De nuevo, la sonrisa blanca resplandeciente.

—Agenor es más joven de lo que aparenta.

—Aparenta unos cien años.

—Exacto. Tiene noventa y dos.

No sé si es broma o no, y tomo un sorbo de vino mientras examino lo que me rodea. La habitación está decorada con cuadros, pero no los veo bien a la luz de las lámparas. Solo distingo algún detalle del más grande, que parece ser de Hércules y la Hidra, aunque no puede serlo porque Hércules está siendo devorado.

—Bueno —digo—, tenemos unas armaduras áticas magníficas…

—Ya está hecho —me interrumpe Gelón—. Lo ha comprado todo.

Miro más atentamente al coleccionista. Es difícil estimar su edad. Tiene la cara pálida, apenas arrugada, y el pelo oscuro, largo y brillante, pero hay algo viejo en los ojos, en el cuello.

—La sangre fresca ha sido un buen toque —dice—. Nadie había hecho eso hasta ahora.

—Esa sangre era de la guerra —digo.

Sonríe.

—Claro que sí. ¿Tú luchaste en la guerra?

Generalmente miento cuando me hacen esa pregunta. Les suelto un rollo sobre abatir a hoplitas atenienses con la onda, pero algo en la mirada de este tipo me dice que sabrá que es una trola. Que mis mentiras no harán más que divertirlo.

—La verdad es que no.

Asiente y toma un largo trago de vino. Me fijo en que su copa es de plata, no de oro, y le digo que es muy generoso por su parte dejarnos las de oro a Gelón y a mí.

—Tu agradecimiento es innecesario. Yo prefiero la plata.

—Estás de coña.

Eso le hace reír, aunque es una risa contenida y no sé si genuina.

—En la tierra de donde vengo, creemos que la plata es la sangre de la noche. Las estrellas son de plata. La luna es de plata. ¿Qué es de oro?

—El sol —dice Gelón.

El hombre lo mira y asiente mostrando su acuerdo. El vino es dulce pero espeso y fuerte, y noto que se me sube a la cabeza. Habitualmente, me encanta emborracharme a costa de algún rico de mierda, pero esta vez no, y si lo que dice Gelón es verdad y ya hemos vendido las armaduras, no veo razón para seguir aquí.

—Se hace tarde —le digo a Gelón—. Mañana madrugamos.

El coleccionista parece sorprendido.

—¿Os vais tan pronto? ¿No os termináis las copas?

—Claro que nos las terminamos —dice Gelón.

El tipo sonríe y da unos golpecitos en el mamparo que tiene detrás. El sirviente viejo vuelve a entrar cojeando con una jarra llena y procede a rellenarnos las copas hasta el borde.

—¿De dónde eres? —digo, más por romper el silencio que porque me interese.

Su mirada revolotea como si se lo estuviera pensando.

—¿No recuerdas de dónde eres?

Más dientes blancos relucientes.

—Es una pregunta complicada: ¿de dónde eres? Puede significar cosas distintas según la persona. Por ejemplo, ¿te refieres a dónde nací o a cuál es mi hogar? A veces es el mismo sitio, pero a menudo son diferentes.

—Hablas raro.

Se ríe, la misma risa contenida de antes, casi como si no la dejara salir del pecho, y dice que es este un mundo raro, y que cualquier discurso que trate de describirlo puede incurrir fácilmente en lo extraño, cuando no en lo incomprensible.

Yo no sé qué responder, así que me decido por preguntar:

—¿Dónde naciste?

—La menos interesante de las preguntas, pero responderé. Nací en las islas de Estaño.

—Nunca he oído hablar de ellas.

—Al norte —dice Gelón—. Es donde conseguíamos el estaño para fabricar bronce. Cerca de la Atlántida.

—¿La Atlántida? Sí, hombre.

—¿Eres escéptico? Me parece bien. Opino que es muy sano reservarse el juicio, pero tu amigo tiene razón, al menos en parte. No sé si será verdad lo de la Atlántida, aunque es lo que se rumorea. Las islas de Estaño están muy muy lejos de aquí. Muy al norte; es otro mundo completamente distinto. La lluvia que cae ahora mismo, ¿te parece fuerte?

—Un puto diluvio.

—Imagina una tierra donde siempre llueve. Tormentas como esta a diario. Eso son las islas de Estaño, pero también son el lugar más verde que puedas imaginar. En mi tierra, dejas caer una piedra al suelo y crece un árbol.

—¿Por qué te fuiste?

Cierra los ojos con fuerza y luego permite que los párpados se abran lenta y lánguidamente, cual pétalos a la luz del amanecer.

—Es una historia triste. Te rompería el corazón.

Toma un trago largo y vuelve a hacerse el silencio. Gelón parece tener otro de sus ataques de melancolía y mira fijamente su copa. El coleccionista nos contempla satisfecho.

—¿Qué te trae por Siracusa?

—Heráclito dijo que la guerra es la madre de todo, y mi visita forma parte de su progenie.

—¿Eres esclavista?

Hace una mueca de desagrado y por un instante creo haberlo ofendido, pero sus mejillas se relajan y sus ojos oscuros recuperan el brillo juguetón.

—No, no, qué ordinariez. Es cierto que compro cosas y vendo cosas y, de vez en cuando, algunas de esas cosas son personas, pero nunca utilizaría una actividad infrecuente y desagradable para definirme a mí mismo. En realidad, es el mundo lo que me interesa. El mundo en todas sus formas y con todos sus moradores.

Intercambio una mirada con Gelón y le hago un gesto para que nos larguemos, pero parece que no lo pilla.

—¿Has estado alguna vez en la India? —dice el coleccionista.

—La verdad es que no. ¿Dónde está eso?

—Dionisio —dice Gelón, con la cabeza gacha—. Es adonde viajó Dionisio, más allá de Persia.

El coleccionista asiente entusiasmado.

—Correcto de nuevo. —Se vuelve hacia mí—. Parece que tu amigo posee un conocimiento del mundo mucho mayor que el tuyo. —Y le pregunta a Gelón—: ¿Sabías que las historias de Dionisio fueron lo que me atrajo aquí? Quería recrear su viaje.

Algo cambia en su tono, de pronto habla con rapidez. Un caudal de palabras brota de su boca casi al ritmo de un poema. Dice que su sueño era seguir la misma ruta que Dionisio, hasta el corazón del Indo. De todos nuestros dioses, el único que le gusta es Dionisio: el dios de la tragedia, el vino, la música y la locura. El único que murió y resucitó. ¿Qué sabiduría obtendrá aquel que siga el camino de semejante dios? Necesitaba averiguarlo. Le llevó años y le costó una fortuna, pero lo logró. Llegó al mismísimo corazón de la India.

Ya no está tumbado, sino en pie; camina arriba y abajo por la alfombra escarlata y nos habla en susurros de su viaje. Dice que estaba claro por qué fue allí Dionisio. Esa gente es sabedora de verdades que siempre permanecerán ocultas para nosotros. Quizá podamos alcanzar a imaginarlas en el transcurso de un sueño o algo así, quizá las vislumbremos por un instante como un pez plateado en un oscuro lago, que desaparece cuando apenas has podido atisbarlo, pero a nosotros ese atisbo no nos sirve de nada; los indios sí que saben. Dice que en la India hay serpientes tan largas como un barco, y que no tienen colmillos, te tragan entero, y dice que una vez vio a una comerse a un niño. Tardó una eternidad, pero lo consiguió, y durante unos instantes se oyó al niño dentro de la serpiente. Fue un momento de pura locura, mirar a los ojos de la serpiente mientras oía la voz del niño agonizante, cada vez más débil hasta que cesó por completo. Debemos ir si tenemos la oportunidad. Nos encantará la India. Gelón no responde, se limita a beber con la cabeza gacha. Yo digo que suena bien. El tipo asiente cortésmente, pero me doy cuenta de que mi opinión le importa una mierda.

—¿Crees en los dioses? —pregunta de súbito, mirando a Gelón.

A Gelón la pregunta parece pillarlo por sorpresa, o a lo mejor es que está demasiado borracho como para comprenderla.

—¿Se hallan nuestras vidas gobernadas por un orden divino, o es esto todo cuanto hay? —Se pellizca la carne del brazo, toma un mordisco de fruta, el zumo le chorrea entre los nudillos—. ¿Tú qué opinas?

—No lo sé —dice Gelón.

—¡Eso no basta! Imagina que la vida de tu amigo estuviera en juego. Digamos que él morirá si no me das una respuesta. Y que la respuesta tiene que ser aquello que realmente crees. ¿Qué me dirías?

—Venga ya.

—Silencio —me interrumpe, esta vez sin un ápice de humor.

Parece que Gelón se lo está pensando. Su mirada deambula por la estancia y se detiene sobre la máscara que le regaló Alekto, que tiene en el regazo.

—Todo pasa por un motivo —dice con calma—. Incluso si los dioses no saben lo que están haciendo. Algo hay que sí lo sabe.

El coleccionista sonríe y se vuelve hacia mí.

—Tu amigo profesa fe, aunque no me convence. ¿Y tú qué dices? ¿Son reales los dioses?

—Son reales —digo—. Y tú eres gilipollas.

Eso parece hacerle gracia, porque se ríe mucho, con esa risa extraña y silenciosa, como si tuviera un pájaro atravesado en la garganta.

—Sois geniales vosotros dos. Esto no se lo he enseñado a nadie en Siracusa, pero creo que ha llegado el momento. —Rebaja la voz hasta convertirla en un susurro, aunque en la estancia solo estamos nosotros—. ¿Os gustaría ver a un dios?

Ni Gelón ni yo respondemos, lo que parece desconcertarlo un poco. Como si hubiera esperado emoción o sobresalto, cualquier cosa menos silencio.

—No es un ardid. Podéis pensar que mi pregunta ha sido especulativa, como la que podría hacer un vulgar sofista, pero en realidad era una prueba, y la habéis superado. Escuchadme bien: tengo un dios a bordo de esta nave y, si deseáis verlo, solo tenéis que decirlo. Muchos dicen creer en los dioses, pero pocos han llegado a ver en su vida terrenal a uno, y si lo han visto, no lo han reconocido, pues los relatos nos dicen que a los dioses les encanta disfrazarse, pero aquí y ahora, a vosotros se os presenta una oportunidad única. La más única de las oportunidades. Ver a un auténtico dios en su forma divina. ¿Vais a aprovecharla?

Todo mi ser dice a gritos que no, y estoy a punto de responder cuando oigo a Gelón decir:

—Sí. Yo quiero verlo.

El coleccionista da unos golpecitos en el mamparo que tenemos detrás. El viejo entra incluso más despacio que antes, y el coleccionista le dice que nos enseñe al dios de inmediato, y el viejo asiente, cojea hasta el mamparo del que cuelga el cuadro de la Hidra, presiona la cabeza que está engullendo a Hércules, se oye un clic y el mamparo se abre. Nos hace una seña para que lo sigamos, y obedecemos.

12

L a cámara a la que nos conduce es alargada, oscura y estrecha de cojones. Debe de estar cerca de la proa, porque se
vuelve más angosta a cada paso que damos. Hay faroles de arcilla desperdigados por el suelo, pero la mayoría no emite luz,
quizá porque el suelo está mojado y el cabeceo del barco los ha
volcado. Solo un par sigue ardiendo; sus llamas vacilan y se retuercen como criaturas atormentadas. El viejo avanza resollando,
y sus movimientos, torpes y vacilantes, contrastan de un modo
siniestro con las sinuosas llamas y el susurro del agua que mece
el barco. La cámara está atestada de cajas de madera. La mayoría
están selladas, pero hay una o dos abiertas, y me quedo un poco
rezagado para echar un vistazo. Son más armaduras. Un yelmo
con una grieta en la coronilla, de donde asoman mechones de
pelo castaño, escudos destrozados y espadas sucias.

La cámara, de pronto, se llena de humo y de un olor dulce, y
el viejo tose mientras agita unos palitos con brasas naranjas en
la punta.

—¿Qué cojones?

—Incienso —dice Gelón—. ¿Para el dios?

El viejo asiente y deja caer los palitos al suelo; sisean al apagarse.

—Esto es un honor —dice resollando.

En el extremo de la cámara hay una caja más grande que las demás. Mucho más, y no es cuadrada como el resto, sino circular: parece una tina de baño, pero con una tapa asegurada mediante cerrojos de metal y una cadena oxidada que cuelga hasta el suelo. El viejo tira de la cadena, sin aliento; la tapa de la caja cruje, se mueve, pero no mucho, y Gelón se ofrece a ayudarlo. El viejo parece indeciso y primero dice que no, pero al cabo de unos pocos tirones flojos más, cede la cadena a Gelón, que tira fácilmente de ella, y la tapa se desliza hacia atrás como si estuviera engrasada.

—Lampo, ven.

Me acerco, la sangre me zumba en los oídos. La caja está llena de agua turbia en la que flotan espirales de algas verdes.

—A lo mejor quiso decir bacalao, y no dios —digo.[1]

El viejo parece ofendidísimo, pero guarda silencio. Se agacha detrás de la caja, saca una larga pértiga de metal con un gancho romo en el extremo, la hunde en el agua sin dejar de resollar, y de pronto nos llega un olor raro. No desagradable, pero sí fuerte y extraño. De repente es como si todo hubiera cambiado. Como si se hubiera abierto una fisura y otro mundo se estuviera colando por ella, y el agua empieza a brillar y palpitar. El viejo, que sigue resollando, vuelve a clavar la pértiga, y el brillo se intensifica, y percibo un atisbo de algo que se mueve bajo la superficie, algo que parece una piel ondulante. El olor se vuelve más fuerte y la sangre me martillea las sienes. El instinto me grita que me largue cagando leches.

—¡Vámonos! —le digo a Gelón.

No responde, mira absorto el agua escalofriante.

Le tiro del manto, pero está paralizado, no hay manera de moverlo.

—Tú sabrás, tío. Yo me largo.

[1]. La duda del personaje surge de la similitud entre la palabra inglesa para bacalao, *cod,* y la palabra inglesa para dios, *god. (N. del T.)*

Salgo corriendo. El coleccionista no está por ninguna parte, y al cabo de un instante subo las escaleras y me encuentro de nuevo en la cubierta. La tripulación está jugando a los dados y levanta la vista. Por un momento pienso que se van a lanzar a por mí, pero solo me saludan con la cabeza. El tipo con la cicatriz en la garganta hasta me pregunta si quiero jugar con ellos. Digo que no, gracias, y me siento muy tonto de repente, porque ahora el aire fresco del mar me da en la cara y el pánico ha pasado, así que me quedo allí plantado mirando cómo lanzan los dados de hueso sobre la cubierta, cómo ganan y pierden a la luz de la luna, hasta que alguien me agarra por el hombro. Es Gelón; tiene manchas empapadas en la túnica.

—Hora de irnos —dice.

Está pálido de cojones, y no es que tartamudee, pero sí le tiembla la voz.

—Vale —digo.

La tripulación nos desea buenas noches, bajamos por la escala y nos alejamos a toda prisa del barco, pero apenas hemos dado unos pasos cuando oímos la voz del coleccionista a nuestras espaldas. Yo no me quiero parar, pero Gelón me obliga.

—¡Buenas noches! —dice el coleccionista—. Estoy seguro de que va a ser un placer trabajar con vosotros.

Nos hace un gesto de despedida que Gelón devuelve, y entonces pasa algo raro. Toda la tripulación se pone en pie, nos dice adiós también con un gesto y nos desea buenas noches como si fueran niños obedientes.

—¿Qué cojones está pasando?

—Despídete —dice Gelón.

Decimos adiós con la mano mucho rato, y luego nos damos media vuelta y echamos a caminar a paso ligero, alejándonos de los muelles de vuelta a la ciudad, sin decir nada. Gelón no vuelve a abrir la boca hasta que no llegamos al cruce de la Achradina.

—Extiende las manos.

—¿Por qué?

—Tú hazlo.

Extiendo las manos y Gelón saca una bolsa cerrada con un cordón. Está tan apretado que tiene que soltarlo con los dientes. Las manos se me llenan de monedas de oro, hasta que tengo un montón resplandeciente.

—Joder —digo—. ¿Qué significa esto?

—Productor —dice Gelón sonriendo—. Tenemos productor.

—Anda.

Es muy raro, ahora mismo tengo más oro en las manos del que he tenido en toda mi vida. Años de salario de alfarero delante de mis narices, pero solo puedo pensar en lo que había en el barco, y le pregunto a Gelón si era cierto. ¿Era un dios?

Su sonrisa se desvanece.

—¿Lo era o qué?

Mira al cielo y sus ojos brillan como plata a la luz de la luna. Resplandecen, joder, parece un dios él mismo, y recuerdo la canción del viejo, porque entonces una nube tapa la luna y Gelón vuelve a ser el mismo de siempre.

—Sí —dice en voz baja—. Había un dios en ese barco.

13

De buenas a primeras, estamos forrados. Me sorprende de pronto lo necios que hemos sido. Unos directores sin productor son como un barco sin velas: el viento es a la navegación lo que el dinero al mundo del teatro, y hasta ahora estábamos en la puta miseria. Tuireann, pues ese es el extraño nombre de nuestro productor, opina que montar una obra con los atenienses es una idea genial. Por lo visto, el teatro le fascina desde siempre, pero asociaba su pompa superficial con una ausencia de riesgo que lo desalentaba a la hora de invertir. Con nosotros por fin ha dado con un espectáculo de su gusto. La verdad es que albergo mis reservas respecto a Tuireann, y habla de una manera muy particular, pero tiene dinero y sabe reconocer el talento, y con eso nos basta por ahora.

Gelón y yo abordamos las cuestiones prácticas sin demora. Preguntas que habíamos venido postergando una y otra vez porque no nos podíamos permitir las respuestas se exponen rápidamente frente a una jarra de tinto de Catania, y definimos sin rodeos lo que necesitamos para hacer las cosas bien.

Máscaras y vestuario para el coro y el reparto principal: veinte en total.

Decorados: dadas las características de la cantera, ni nos plateamos la posibilidad de un tejado ni de un escenario, y tampoco de bancos, pero sí que hay espacio para uno o dos fondos que podemos colocar sobre la pared de piedra.

Música: no necesitamos un ditirambo ni nada de eso, pero algo habrá que hacer. Una tragedia sin música es como un sol que no calienta: algo muerto y estéril. Cuando los hombres parten a la guerra, lo hacen al ritmo de la música. Cuando zarpan en pos de costas mejores y reman para adentrarse en el vasto azul, lo hacen al ritmo de la música. Hasta nuestro corazón late a un ritmo, y el director que no lo tenga en cuenta no está teniendo en cuenta lo que nos hace humanos.

Comida: al final de la lista, pero quizá lo más importante de todo. Tenemos que dar de comer a los atenienses si queremos que la obra se haga realidad. Y esto, por varias razones, es lo más complicado, pues no se trata de una única compra sino de muchas a lo largo del tiempo, y lo que es peor, compras que hay que transportar hasta la cantera bajo la mirada de los guardias. Pues sí, nos damos cuenta de que el mayor reto va a ser alimentar a los atenienses y, mira por dónde, cuando decidimos de qué tarea se ocupará cada uno, Gelón insiste en que él organice la parte del material de teatro con Alekto y yo use mis contactos para conseguir la manduca.

—¿Qué contactos?

—Tu primo trabaja en el mercado, ¿no?

—No me puede ni ver.

—Pero es pariente tuyo.

Que Gelón quiera ir adonde Alekto no es ninguna sorpresa, pero a mí me parece que al menos deberíamos ir juntos, hacer las cosas entre los dos y paso a paso, no trocear el trabajo y repartirlo como si fuéramos carniceros. Estoy a punto de decírselo cuando me lanza una bolsa bien llena. Echo un vistazo al interior, y hay plata, sí, pero la mayor parte es oro.

—Ahí hay bastante para dar de comer a veinte personas durante varias semanas —dice Gelón—. Nuestros actores tienen que estar bien alimentados, nada de cebada barata. Quiero trigo y queso del bueno. ¿Estamos?

—Sin problema —digo, notando el agradable peso de la bolsa cuando me la ato al cinturón.

Quedamos en la entrada trasera de la cantera dentro de un par de horas y nos ponemos en marcha.

Es maravilloso sentir el peso de un monedero lleno cuando sabes que en realidad no te pesa, sino al contrario: te eleva por encima del resto de la gente, aunque avances más lento por la carga. El mercado está abarrotado. No solo con los compradores de costumbre; hoy en día también tenemos turistas en la ciudad. Hay un grupo de cartagineses junto a la piedra donde decapitaron a Nicias. La piedra tiene manchas de algo que parece savia violeta, y un cartaginés la toca y aparta la mano como si se hubiera quemado. Los acompaña un guía, que está soltando el rollo de que Nicias suplicó clemencia, una trola de mierda. Yo estuve ahí. Casi todos los siracusanos estuvimos ahí, porque Nicias era el hombre más rico de Atenas, el mayor de sus generales, pero aquel día estaba a nuestra merced. Fue de locos. El verdugo empezó cortando trocitos del ropaje púrpura de Nicias con un cuchillo curvado, como si podara una planta, hasta dejar el pecho pálido al descubierto, y Nicias se echó a temblar. Aun así, lo que cuenta el guía es mentira. Nicias no estaba en su mejor momento, pero no suplicó. Lo único que hizo fue pedir perdón a Atenas. Dijo que, aunque él nunca había querido venir aquí, había hecho todo cuanto estuvo en su mano para ganar la guerra. Luego susurró algo una y otra vez, pero no lo pude oír. El verdugo, un tipo legal con el que luego me tomé unas copas, me dijo que estaba susurrando «Melisandra». El nombre de su novia, supongo. Estoy a punto de increpar al guía por sus mentiras, pero caigo en la cuenta de que el pobre no hace más que ganarse el pan, y lo miro con algo parecido a la compasión mientras él tartamudea mentirijillas. El mundo es duro y no todos podemos ser directores.

Saco la moneda de plata más pequeña de la bolsa, un óbolo o algo así; se la lanzo, le da en la cara, y él cierra los ojos, se palpa la mejilla y de inmediato se arrodilla en el barro para recogerla. Los cartagineses me miran mal, molestos porque he interrumpido su visita guiada, pero les guiño un ojo y me largo a buen paso. Tengo negocios urgentes que atender.

Voy directo a la zona donde se colocan los molineros. El olor cambia, aquí es más rico y avellanado por el chisporroteo del humo de leña. Los diferentes tipos de grano se apilan en tarros y brillan como el oro. Mi primo es el tipo fibroso del puesto más grande, tiene la mirada penetrante y ansiosa y los labios agrieta-dos. Es el hijo pequeño de mi tía, y estos últimos años ella ha usado la prosperidad de mi primo para machacar a mi madre.

—¿Qué tal, primo? —digo.

Hace como que no me oye, sigue pasando grano a paladas de un tarro al de al lado, los ojos achicados por la concentración, como si estuviera esculpiendo algo.

—Ojalá pudiera darte palique —digo—, pero hoy he venido por negocios. Tú me entiendes.

Eso le hace sonreír.

—Claro, Lampo. ¿Vas de camino al tribunal para otro traba-jillo de jurado o qué?

El tribunal está frente al mercado, y es cierto que, desde que cerró la fábrica, he estado haciendo de jurado a cambio de los pocos óbolos que pagan. Pero está feo que lo mencione.

—¿Sabes lo que eres, Esquirón?

No responde.

—Un puto estúpido.

Sonríe y se lame los labios.

—¿Ah, sí? —Mira a su alrededor, al puesto repleto de clientes, los tarros desbordantes de grano, como diciendo: «¿A ti esto te parece una estupidez?».

—Sí, pero es que es aún peor. Eres uno de esos idiotas poco comunes que se creen unos genios solo porque han progresado un poquito, y para eso no hay cura que valga. Estás jodido, Esquirón. Míralo, el rey de los cereales. Puto subnormal.

Ya no sonríe, y varios clientes nos están escuchando. Me parece oír a un par de ellos reírse por lo bajo. Esquirón asiente para sí mismo y suspira.

—¿Algo más?

Este suele ser el momento en que le pido algo de comer a crédito, y se lame los labios disfrutando por anticipado de su negativa. Me suelto la bolsa del cinturón, la lanzo al aire y, joder, el tintineo que emite al caerme en la palma de la mano es la mejor música que he oído en mucho tiempo.

—Sí que hay algo más. Quiero dos sacos de tu mejor trigo. Nada de esa cebada de mierda.

—Vale, muy bueno, Lampo. Pero ahora tengo trabajo.

Saco una moneda de oro. Son preciosas. Nada que ver con las monedas griegas que se ven habitualmente. Persas, por la pinta. El rey que hay en el dorso es feo, el cabrón, con cuernos y todo, pero yo no querría hacerlo enfadar.

—Más trabajo vas a tener ahora —digo—. Que sean tres sacos de trigo. Vamos, vamos. Que tengo prisa.

No despega los ojos de la moneda de oro, que hago girar sobre los nudillos. Por su expresión, sé que está confuso, y yo vivo para estos momentos. Quiere mandarme a tomar por culo, acusarme de haberlo robado, pero Esquirón adora la pasta por encima de todas las cosas, y hoy yo tengo pasta. Al cabo, la codicia vence al cabreo, y Esquirón entrechoca los talones.

—Bueno, Lampo, es un pedido grande. No tengo tres sacos de trigo. Quiero decir que no tengo toda esa mercancía a mano.

—Qué pena. Quería que quedara todo en familia.

Devuelvo la moneda de oro a la bolsa y la cierro con el cordón.

—¡Espera! —dice—. Si me das una hora te lo consigo. Si tienes mucha prisa, puedo darte una parte en cebada.

Hago una mueca de asco.

—¿Cebada, tío? Tengo que dar de comer a gente importante. No a burros.

—Lo siento, Lampo, por supuesto. Entonces trigo. Yo te lo consigo. Dame solo una hora. Vuelve dentro de una hora y lo tendré todo empaquetado y listo para que te lo lleves.

Simulo pensármelo, saco otra vez la moneda y la hago girar sobre los nudillos.

—Hay que ver —digo con reticencia— las cosas que llegamos a hacer por la familia.

Dicho esto, me largo y, por pasar el rato, me dirijo a la zona más cara del mercado, adonde van de compras los aristócratas. Es otro mundo. Huele diferente; hasta el sudor de la gente huele distinto. Más sano y más dulce, porque no está mezclado con mugre y porque mana de gente bien alimentada. Las caras no están tan arrugadas. La gente no se da tantos empellones. Puede uno moverse. Si alguien tropieza contigo, te pide disculpas. Aun así, me fijo en que yo recibo más golpes que los demás, y más miradas. No tienen más que verme para saber que soy diferente. Mi ropa, y seguramente la manera en que miro las cosas boquiabierto, como si todo fuera nuevo para mí, me delatan. Aquí hasta los esclavos visten mejor que yo. Voy a parar a un puesto de túnicas, de colores intensos y muy variados, amarillo yema de huevo, verde bosque y hasta una con motas de un púrpura oscuro como la carne de *murex,* pero mi favorita es una túnica de un azul como el de un rayo que atraviesa el cielo al anochecer. En cuanto la cojo, alguien se planta detrás de mí.

—No se toca.

Me doy la vuelta y es un tipo gordo embutido en un manto ceñido con un broche de plata. Me mira de la cabeza a los pies para asegurarse de que su valoración ha sido acertada, e inmediatamente lo repite:

—No se toca.

Abro la bolsa y dejo caer unas monedas en la palma de la mano.

—Acabo de llegar de Babilonia —digo—. ¿Aceptas moneda persa?

—Sí, señor —tartamudea, con los ojos como platos—. Por supuesto que sí.

Salgo del puesto ya vestido con la túnica azul eléctrico, y con un cinturón magenta de piel de ciervo con una hebilla de bronce enorme que tiene grabadas unas palabras de un poema que, según el mercader, es de los primeros de Homero. La bolsa se ha aligerado, pero el peso de la hebilla lo compensa, así que la sensación es más o menos la misma de antes. La gente me mira diferente ahora. No soy uno de ellos, pero ya no recibo tantos empujones, y los tenderos que antes me observaban con suspicacia ahora me ofrecen a gritos su mercancía, pero yo me mantengo imperturbable. Lo de antes ha sido un lapsus tonto; el dinero tiene un fin muy estricto. Pero, por otra parte, visto desde otro ángulo, ¿no se puede decir que es un gasto justificado? Ahora soy director. Todo el mundo sabe que cuanto más tienes, más consigues. Esta ropa seguramente nos ahorre dinero a la hora de negociar precios, y eso me consuela de camino al puesto de Esquirón, pero me paro de golpe. Hay algo horrible en el suelo. Algo que da auténtica grima: mis botas. La piel está hecha trizas y siento los guijarros a través de las suelas. Antes no tenían tan mala pinta, pero ahora, con la nueva túnica, pegan menos que Zeus montado en un burro. Me detengo donde un zapatero y pido un par decente.

Se toma su tiempo antes de responder, así que otra vez saco el oro y me pongo a hablar de los Jardines Colgantes, y el cabrón se vuelve educadísimo de pronto y saca varios pares para que me los pruebe. Elijo uno de resistente cuero marrón, y el zapatero parece complacido con mi decisión, empieza a decir algo, pero se calla.

—¿Qué pasa? —pregunto.

Parece avergonzado, dice que lo olvide, que era una idea tonta.

—Eso lo diré yo.

—Bueno —dice—, tengo un lote de botas recién llegado de Egipto. Para el cliente más entendido. El cuero de vaca está bien, pero para un mercader que ha estado en Babilonia, para un hombre de su categoría, bueno, hablando sin rodeos, no es lo mismo que el cocodrilo.

—¿Cocodrilo? —digo.

El zapatero asiente.

—Sí. Resistente pero asombrosamente flexible. Hablando sin rodeos, esta temporada lo que se lleva es el cocodrilo.

Saca las botas más verdes que he visto jamás. Unas pequeñas protuberancias cubren la piel y reflejan el sol en ellas con llamas verdigrises, y cuando las toco es como acariciar algo bello y mortífero.

—¿Cuánto? —digo sin aliento.

Me dice el precio, y es absurdo. Más de lo que gano en un año como alfarero. Por supuesto, le voy a decir que no, que me llevo las otras, así que es una gran sorpresa para mí cuando la palabra «Envuélvemelas» sale de mi boca.

Él asiente como si yo hubiera tomado la única decisión sensata y empieza a envolverlas, pero lo detengo porque me las quiero llevar puestas, y cuando salgo del puesto doy algún traspié porque las botas de cocodrilo tienen un tacón altísimo, pero le pillo el tranquillo, y es una sensación extraña, como si el mismo suelo hubiera cambiado ahora que lo miro desde más arriba.

Estoy en el barbero. Un barbero de aristócratas, donde hacen cortes a la última moda; cinco dracmas por cortarte el pelo y afeitarte. Una locura. Una semana de alquiler en el centro de la ciudad, y niego con la cabeza y me río. Ni hablar. Pero, de alguna manera, termino en una silla acolchada pidiendo el corte que lleva Diocles, alisado hacia atrás con aceite de almendra y rapado en las sienes, y el barbero dice «Por supuesto, señor, por supuesto».

Ahora me muevo a mis anchas por el mercado y, aunque ya no estoy en la parte pija, es muy raro: nadie tropieza conmigo. Es como si una barrera invisible e indestructible se hubiera levantado a mi alrededor, y aunque el mercado está muy concurrido, tengo todo el espacio que quiero. Hay un carro junto al puesto de mi primo, y el conductor está descargando tarros de grano. Debe de ser mi trigo. Esquirón me ve y me pide por señas que me acerque, pero doy media vuelta. Que se joda. Puede esperar. Hay alguien más a quien tengo que ver.

El Dismas está vacío. Solo hay un pescador curtido por la intemperie, que está comiendo bazofia fría sentado en un taburete y levanta la vista y regurgita una flema de asco cuando entro. Ese pegote amarillo en el suelo es mejor bienvenida que un buen abrazo, pues en él veo el resentimiento de un parroquiano hacia un aristócrata. Voy tranquilamente hacia la barra. La esclava la está lustrando con un trapo sucio. Tiene ojeras, se mueve lánguida, hay manchas de sudor en su bata gris, pero de todas formas está imponente.

—Una jarra de lo mejor, mi faraona.

Me mira y la confusión tensa su gesto, como si yo fuera una pregunta sin respuesta. La barra es de bronce pulido, y mi reflejo me devuelve la mirada. Mi pelo ya no parece un nido mal hecho, sino que es una lustrosa obra de arte, los mechones rizados uno por uno y aceitados. Tengo una pinta cojonuda.

—¡Eres tú! —dice riendo, pero no hay rastro de burla en su voz; solo sorpresa, y algo más.

—He estado muy ocupado los dos últimos días. Una serie de empresas que requerían toda mi atención. Un cargamento que ha llegado y cosas así.

—Creía que eras alfarero.

Eso me deja cortado hasta que me acuerdo de que yo no le he dicho cuál es mi profesión.

—¿Has estado preguntando sobre mí o qué?

Se sonroja un poco. Cuesta distinguirlo por lo morena que es, pero sin duda sus mejillas están un poco más rosadas.

—No es eso. Pero alguien dijo que habían cerrado tu fábrica y que te habías quedado sin trabajo.

Quién habrá sido el cortarrollos. Deja una jarra de tinto de Catania sobre la barra y me sirve una copa. Le digo que se sirva otra para ella y le enseño la plata. Dice que prefiere el vino blanco y yo le digo que saque otra jarra de ese.

—Pues sí. No te voy a mentir. Al principio fue duro, pero al final no hay mal que por bien no venga. —Tomo un trago—. Necesitaba diversificarme, ¿entiendes? Como decía Heráclito, la guerra es la madre de todas las cosas, y mi fortuna es parte de su progenie.

Ella toma un sorbo de vino, con finura, pese a ser una esclava, y un brillo húmedo le cubre los labios.

—¿A qué te dedicas ahora?

—Uf, a muchas cosas. Importo especias, paño, esc… —Iba a decir esclavos, pero me callo—. Todo lo que se te ocurra, seguro que he invertido en ello. La clave es la diversificación. Pon todos tus huevos en la misma cesta y seguramente te quedes sin ninguno.

No parece acabar de creerse mis palabras, pero asiente a lo último que digo.

—Eso es verdad. No se puede depender de una sola cosa.

—Brindo por eso.

Levanto mi copa y, cuando la entrechoco con la suya, las puntas de nuestros dedos se rozan. Es un contacto fugaz, prácticamente nada, pero tengo un escalofrío.

—¿Estás bien?

—Sí, sí, solo pensaba en el pasado.

—Eso es mejor no hacerlo demasiado —dice, y parece que habla en serio.

—Cierto. Lo que importa es el presente. Esta ciudad ha cambiado más en el último año que en los veinte anteriores. La gente no tiene que seguir siendo la misma que era antes.

Sus ojos son vivos y brillantes, y toma otro sorbo de vino. Le pregunto de dónde es y duda, pero al final dice, o más bien susurra:

—De Sardis, en Lidia.

—Esa es la ciudad de Creso, ¿no?

Asiente, y hay un aire melancólico en su mirada.

—¿Conociste a Creso?

Se ríe y niega con la cabeza.

—Claro que no. Murió hace mucho. Pero he visto su palacio. Los persas lo quemaron casi todo, pero hasta lo poco que queda es más grande que cualquier cosa que haya por aquí.

Aprieta la mandíbula al decir esto, se le notan los músculos tensos junto a las orejas, y tiene una mirada extraña. Me parece que se siente orgullosa y, por alguna razón, ese orgullo por un palacio que está a miles de kilómetros de aquí y que nunca volverá a ver me pone triste, pero también hace que ella me guste todavía más.

—Sin duda. Nuestra ciudad no tiene mucho que ver, pero eso va a cambiar. No puedes dar un paso sin que algún gilipollas subido a una escalera te grite «¡Cuidado!». Creo que prosperaremos.

Voy a pagar, pero ella niega con la cabeza y rechaza el dinero, ni siquiera se fija en el oro que le enseño.

—Los tipos de la otra noche —dice vacilando—. No tendrías que haber hecho eso, pero gracias.

—No hay de qué. Fue divertido.

Sigue un silencio incómodo. Busco en mi cabeza más preguntas sobre Lidia, pero no doy con ninguna, así que digo:

—Lo que dije la última vez no iba en serio.

—¿Qué dijiste?

Sé por su mirada que se acuerda perfectamente.

—Cosas feas que no pienso repetir. Quería decir lo contrario de lo que dije, no sé si me explico.

—¿Entonces no tendría que estar en el campo?

—Ni aquí tampoco.

Dejo las palabras en el aire. Ella me mira fijamente, con los labios abiertos, preparados para responder.

—¿Ese es Lampo? ¡Dile que tiene prohibida la entrada!

Una puerta se abre de par en par detrás de ella y un tipo calvo entra a zancadas. Es Dismas. Hace una eternidad que no lo veo. Antes se ocupaba de todo en el bar. Servía las mesas, las fregaba, cocinaba la sopa y cantaba las canciones. Pero esa época pasó. Ha abierto un local elegante en el centro y el tipo que vigila la puerta solo deja entrar a aristócratas. De todas formas, Dismas tiene mal aspecto. Antes era un gordo jovial, pero sirvió como hoplita en la guerra y aquellos meses cociéndose dentro de la armadura le hicieron perder peso demasiado rápido. La piel de la cara y del cuello le cuelga blandengue, casi como si se estuviera derritiendo.

—¿Lampo? —dice como si pudiera haberse equivocado.

Se queda perplejo ante las botas de cocodrilo y la túnica azul eléctrico.

—Me alegro de verte, Dis. Cuánto tiempo.

—Tienes prohibida la entrada —dice, aunque con tono dudoso.

—¿Ah, sí? —Finjo un bostezo—. ¿Prohibida la entrada al sitio al que llevo viniendo diez años?

—Agrediste a un cliente.

He visto a gente abierta en canal en el Dismas. Hubo uno al que las tripas se le salieron como salchichas, que tuvo que coserlo un sastre porque el médico no tenía hilo suficiente, y aun así al que lo apuñaló le sirvieron sin problema al día siguiente. Se lo recuerdo a Dismas, pero él niega con la cabeza.

—Me podrían haber cerrado el local. ¿Sabes quiénes eran esos chavales?

—Ni lo sé ni me importa —miento.

Le brillan las mejillas. Tienen el brillo que era tan habitual cuando más gordo estaba, pero ahora no es por la comida sino por la rabia. Probaré con otra táctica.

—Lo siento —digo—. Lo siento de verdad. No volverá a pasar.

—Ya sé que no. Es lo que significa tener prohibida la entrada. Significa que no vas a volver por aquí. Y ahora, ¿te largas por tu propio pie o tengo que llamar a Chabrias?

Saco una moneda de oro y la planto en la barra con tanta fuerza que hace clang, y con eso me aseguro de que Dismas se quede mirándola. La dejo ahí un momento y luego se la lanzo. Intenta atraparla, pero es demasiado lento, y la moneda le rebota en el pellejo flácido de la garganta y cae al suelo. Se agacha, la recoge, la muerde.

—De vuelta a las viejas costumbres —digo—. El apetito de este hombre era famoso. Una vez lo vi comerse un ternero él solito.

Las comisuras de los labios de la chica empiezan a curvarse, pero las frena antes de llegar a sonreír.

Dismas se saca la moneda de la boca.

—Es oro macizo, Lampo. ¿De dónde lo has sacado?

Me encojo de hombros y abro la bolsa para que vea el contenido.

—Vive aquí dentro —digo—. Pero no se lleva bien con las demás monedas. Menos con su hermana gemela. —Saco otra de oro—. Se me ocurre que a lo mejor les puedes dar un buen hogar en tu bolsillo. ¿Me equivoco?

La primera moneda ya ha desaparecido, ahora tiene los ojos fijos en la segunda.

—¿Sigo teniendo prohibida la entrada?

Menea la cabeza y se ríe.

—Por supuesto que no, Lampo. Ya me conoces. Me sulfuro y tengo que desahogarme. El padre del crío montó un follón, pero ya se le pasará. Este sitio no sería lo mismo sin Gelón y sin ti.

Le lanzo la otra moneda y la atrapa.

—Cuida de estas dos —digo—. Son buenas chicas.

El oro desaparece rápidamente. En algún momento de la conversación, la chica también ha desaparecido.

—¿Cómo se llama? —pregunto.

—¿Quién?

—Esa propiedad tuya con la que estaba hablando.

Duda como si se lo tuviera que pensar.

—Lira.

—Lira de Lidia. Suena bien.

—¿Cómo?

—Lidia. Es de allí. Coño, eres su propietario, ¿ni siquiera sabes eso?

Dismas me mira como si sopesara volver a prohibirme la entrada, pero al final solo asiente.

—Por supuesto. Había muchos de Lidia en venta cuando la compré. Ya no se ven tantos. Supongo que esas cosas vienen por rachas.

—Claro, claro.

Saco algo de plata y pido más vino de Catania y lo que sea que Dismas tome. Ya no queda ni rastro de animosidad y me da la murga sobre los dolores de cabeza que le provocan los que le están construyendo su nueva casa. Unos contratistas corruptos están usando ladrillos de filfa que ya han empezado a romperse.

—A mí no me van a engañar —dice haciendo girar el vino en su copa—. Me ha costado mucho trabajo ahorrar lo suficiente. No ha sido fácil, ¿sabes?

—Te has ganado todo lo que tienes. Eso está claro.

Frunce el ceño, pero me doy cuenta de que le complace lo que he dicho.

—Respecto a la chica —digo como sin darle importancia—, ¿qué te parecería si la sacara por ahí algún día de estos? A dar un paseo o algo así. Estaría dispuesto a pagarte.

Dismas me dedica una inmensa sonrisa de comemierda.

—Lo sabía. Si lo que quieres es un polvo, se lo digo ahora mismo. Hay un cuarto en el piso de arriba.

He soñado con esta chica todas las noches. Y ahora lo único que tengo que hacer es decir que sí, darle unas monedas a Dismas y subir. Así de fácil.

—No —digo—. Gracias pero no, tío. A lo mejor cuando salgamos, si se tercia, pero es que me gusta hablar con ella, ¿sabes? Es una chica interesante.

Dismas suelta una risita y coge un puñado de aceitunas de un tarro que hay en el mostrador, se las mete todas en la boca, los dedos le brillan de aceite. De pronto, todo parece sucio, como si lo hubieran restregado con grasa, y tengo ganas de romper algo, pero no lo hago. En lugar de eso, miro mis botas de piel de cocodrilo, la izquierda torcida por culpa de mi pie. Son una exageración, la verdad, como los vestidos de Alekto, y cierro los ojos.

—¿Qué te pasa, tío? Si lo que quieres es dar un paseo, perfecto, llévatela a una puta excursión al monte, a mí qué me importa. ¿Quieres que la llame?

—Ahora no puedo. Estoy ocupado.

—¿Cuándo? Esta noche no. Por las noches la necesito aquí, ya sabes.

—Por la tarde. Pasado mañana. Pasaré a buscarla.

—Muy bien, Lampo.

Vuelve a soltar una risita, y de verdad creo que voy a pegarle.

—¿Qué pasa? —digo, de lo más tranquilo.

—Nada, solo que es gracioso. La guerra ha traído muchos cambios, y sé que nada me debería sorprender, pero un nuevo Lampo… Reconozco que no me lo esperaba.

—Pues ya ves —digo, y me doy cuenta de que la chica está en un rincón limpiando mesas. Que seguramente nos ha estado escuchando todo el tiempo.

Vuelvo al mercado. No sé cuánto tiempo he estado en el bar, pero he tomado unas copas y me duele un poco la cabeza, lo habitual cuando empiezas a beber al mediodía y paras en seco antes de tiempo. Hay un olor acre en el aire, pero tengo que darme prisa si quiero solucionarlo todo. El puesto de Esquirón está muy tranquilo, ahora que ya ha pasado la hora punta de la tarde. Cuando me ve parece molesto, pero se contiene y me hace una seña. Ahí tiene el trigo, en unos tarros bien apilados. Es del mismo color que el sol cuando empieza a caer, dorado con un tono rojizo, y huele de maravilla.

—El mejor grano de toda Siracusa —dice orgulloso—. Ha sido una pesadilla conseguirlo, pero te dije que lo haría. ¿Por qué has tardado tanto?

—Negocios.

Me pregunta en qué negocios ando metido, y yo tengo la cabeza espesa y no sé ni lo que digo, pero debe de tener algo de sentido porque asiente y me pregunta cómo voy a llevarme el grano.

—¿Tienes un carro o algo?

Lo tiene, pero me lo cobrará aparte. Qué sorpresa.

—En total son cuarenta dracmas —dice.

Voy a coger la bolsa, pero me doy cuenta de que hay un problema. Sigue ahí, bien enganchada al cinturón de piel de ciervo, pero no pesa nada, casi no tintinea al levantarla.

—¿Cuánto has dicho?

—Cuarenta. Antes vi lo que tenías. Era más que suficiente.

No quedan más que ocho monedas en la bolsa. ¿Qué ha pasado con las demás? ¿Me han robado o qué? Pero ya sé que no me han robado. La he cagado pero bien.

—Oye, eso es un poco caro, primo —digo—. Pensaba que me harías una rebaja.

—No es caro, Lampo. Es lo que cuesta el producto. Ya te lo dije. Además, tienes dinero. Lo he visto.

—Me han robado —digo—. Esta ciudad se va al traste. Algún cartaginés hijoputa, seguro. Ocho monedas es todo lo que te puedo pagar. Lo juro.

Esquirón echa espuma por la boca. Me grita que ocho monedas ni siquiera cubren los costes, que perderá dinero y que no es justo.

—Lo tomas o lo dejas.

Me sorprende un poco cuando dice que lo deja, y ahora me toca a mí ponerme a sudar porque Gelón se va a enfurecer si me presento con las manos vacías. Tartamudeo que somos parientes y que necesito que lo haga por mí. Esquirón se anima. Va a perder dinero y, técnicamente, eso le viene mal, pero en cierto modo se ha recuperado el equilibrio. Yo le estoy pidiendo un favor, y él se relame y asiente como si el mundo que había enloquecido de manera pasajera hubiera recobrado el sentido.

—Por ocho solo te puedo dar un saco de cebada.

Protesto, pero la verdad es que estoy aliviado. La cebada es comida, y la comida es vida. Gelón tendrá que escatimar, pero al menos Paches y sus compañeros tendrán algo de comer. Ya no hay ninguna posibilidad de que Esquirón me deje el carro, sin embargo, así que tengo que apañármelas yo solo con el saco de cebada, y empiezo a arrastrarlo por el suelo, y la gente me mira porque voy vestido como un aristócrata y estoy haciendo un trabajo de esclavo.

—¡Hasta pronto, primo! —grita Esquirón a mi espalda.

Salgo del mercado con el saco a cuestas y me meto entre las calles, y el polvo que levanto me va directo a la cara, pero me importa una mierda. Llego al camino de tierra que lleva a la cantera de Laurium, ahora a paso de tortuga y causando graves daños a mis botas de piel de cocodrilo, y veo a Gelón esperándome en el cruce. Pero no está solo. Hay seis niños con él. Reconozco inmediatamente a Dares.

—¿Por qué? —dice Gelón al ver el saco, mis botas y todo lo demás.

Le digo que me han robado en el mercado, que un ratero me lo birló casi todo, y que esto es lo que he podido pagar. Me preparo para recibir un golpe que no llega. Gelón sacude la cabeza, más apenado que furioso, y su decepción me duele más que cualquier golpe. Señala al sol, rojo e hinchado, que rueda por el cielo como rodó la cabeza de Nicias por la plaza hace unos meses.

—Esta noche no comerán por tu culpa.

—¿No podemos bajar ahora?

—Es muy tarde. Van a salir las ratas, y sería peligroso para ellos.

Hace una seña a los niños. Dares y sus amigos protestan, pero Gelón ya ha echado a caminar de vuelta a la ciudad, y los niños lo siguen.

Yo no.

Yo me siento encima del saco a ver cómo el sol rojo se hunde en las canteras y susurro una promesa que espero poder cumplir.

14

*Dos sacos de cebada.
Ocho quesos frescos.
Diez odres de vino.
Doce odres de agua.
Cuatro tarros de aceitunas.
Copas y cucharas.*

Los niños nos esperan en el mercado. Rondan incansables a nuestro alrededor mientras compramos lo que hay en la lista y me doy cuenta de que, en algún momento, han empezado a acarrearnos las cosas. Uno lleva un cuenco, otro un queso y otro un odre, sin dejar de silbar ni de reírse. Estoy a punto de romper a maldecirlos cuando Gelón anuncia la noticia: los niños van a formar parte de la producción. Dice que toda obra en condiciones necesita ayudantes, y que estos niños son perfectos. Además, su escuela acaba de cerrar por obras y el trabajo evitará que se metan en líos. Dares asiente a cada palabra. Yo no digo nada. Me parece una idea pésima, pero cuando a Gelón se le mete algo en la cabeza no hay manera de sacárselo, así que los niños son ahora ayudantes de producción, me guste o no. Es un paseo extraño el de esta mañana. La luna sigue en el cielo, una fina hoz más grande y nítida que el débil sol. Theros se marchó hace tiempo. Más que caer de los árboles, las hojas se desgarran de ellos. Todas rojas y esparcidas por los caminos como estrellas sangrantes bajo el cuchillo lunar. Los niños arman escándalo, hablan y cantan, pero al acercarnos a la cantera la gravedad del sitio los aplaca. Dares es el único al que no le cambia el ánimo. No se despega de Gelón y no deja de hacerle preguntas sobre teatro.

De repente, una música rompe el silencio. Una música preciosa proveniente del otro lado de la colina, y apretamos el paso. Yo subo con los niños casi a la carrera, pero cuando llegamos a la cima la música se para y lo único que queda son los graznidos de los cuervos y un viejo con un enorme sombrero de paja sentado en una piedra. Tiene una carretilla al lado y un perro canelo atado con una cuerda y meneando la cola.

—¿Eras tú el que tocaba? —pregunto.

El viejo me mira como si no entendiera la pregunta. Gelón abre la bolsa y le da al vejete unas monedas, y el pequeño Estrabón acaricia al perro mientras el resto de los niños cargan la comida en la carretilla y la cubren con una lona. Retomamos la marcha. El viejo y Gelón no han cruzado ni una palabra, y empiezo a preguntarme si solo he oído la música en mi cabeza. Le pregunto a Gelón qué cojones está pasando y responde entre dientes algo sobre alguien que vendía una carretilla. Ya hemos llegado a la cantera. El vigilante de la entrada arquea una ceja al ver a los niños y la carretilla, pero la plata que le da Gelón le calma los nervios.

—A partir de ahora vendremos casi todos los días.

—Vale, sí —dice el vigilante guardándose el dinero.

—Algunos días oirás música, pero tú no te preocupes. Solo es parte de la producción.

—Vale, eh… ¿Cómo?

Gelón suaviza la voz y la baja a un susurro. Le dice al vigilante que no hay nada de lo que preocuparse. Estamos llevando a cabo una labor importante. El vigilante parece un poco asustado, pero Gelón, sin dejar de susurrar, le dice que es teatro. Estamos rescatando la última obra que se conoce de Eurípides, tío, y tú puedes formar parte de ello. El guardia parece indeciso, pero el tono de Gelón lo tranquiliza, además de las monedas de plata extra y el odre hinchado que yo le doy, y cuando nos ponemos otra vez en marcha nos desea buena suerte.

Hubo un tiempo en que ser vigilante de las canteras era una bonita fuente de ingresos. La gente quería bajar a ver a los grandes atenienses encadenados, pero han pasado los meses y los atenienses ya no son una gran atracción. Las visitas son cada vez menos frecuentes y ser vigilante de las canteras no es lo que era. Creo que le hemos pagado de más.

Un número nada despreciable de atenienses debe de haber muerto desde la última vez que estuvimos aquí. Mientras empujamos la carretilla, a menudo tenemos que desviarnos para rodear montones de piedras. Son tumbas que ellos mismos hacen cuando muere uno de los suyos. De hecho, ahora mismo se está celebrando un entierro. Unos pocos atenienses acarrean piedras, gruñendo bajo el peso de algunas no más grandes que un puño. Tienen que sujetarlas con las dos manos, apretadas contra el pecho, como una madre acunando a un bebé. Los niños los miran en silencio. Como de costumbre, Dares es el primero en hablar.

—¿Esos son los atenienses? —dice incrédulo.

Gelón asiente y los niños se miran entre ellos, indecisos. Está claro que no es lo que esperaban. Los poderosos invasores, los ejecutores de sus padres, hermanos y tíos. ¿Son de verdad esos esqueletos andrajosos que se abrazan a piedras?

—Hambre —digo—. Hasta los dioses necesitan comer.

Dares asiente como si lo comprendiera, y creo que lo comprende, pero los demás niños siguen boquiabiertos. Estrabón, el chiquitín que rezó una oración por su hermano, es el que está más perplejo de todos. Se separa del grupo casi como un sonámbulo, con las manos extendidas hacia delante, como si quisiera comprobar que los atenienses son reales, pero uno de sus amigos lo coge de la mano y lo devuelve junto a los demás.

—Cuando estemos aquí, no podemos separarnos —dice Gelón—. El que no haga caso está despedido, ¿entendido?

Dares asiente repetidas veces y se vuelve hacia sus compañeros.

—¿Lo pilláis?

Los otros cinco niños gritan que lo pillan, y seguimos adelante. Yo empujo la carretilla y los niños marchan a los costados, así que casi parecemos parte de la procesión fúnebre de los atenienses. Si supieran lo que hay en la carretilla, ¿qué harían? Aunque parecen demasiado débiles para ponerse violentos, puede pasar de todo. Por eso hemos tapado la comida. Lo único que ven es una lona deshilachada, y me resulta extraño que la vida esté pasando junto a ellos mientras transportan piedras para el funeral; semanas o hasta meses de vida pasan rodando a su lado, pero no lo saben. A veces es mejor, pienso yo, no saber.

Encontramos a Numa en el mismo túnel que la otra vez. Paches se presenta poco después. La última vez les dejamos una bolsa pequeña de avena, y los dos tienen mejor aspecto.

—¿Habéis estado ensayando?

No responden.

Miran a los niños. Los niños los miran a ellos.

—Chicos, estos son Paches y Numa. Dos de los mejores actores que vais a conocer en vuestra vida. Paches y Numa, os presento a los chicos.

—Serán los ayudantes de producción —dice Gelón.

Los ayudantes y nuestros actores siguen mirándose los unos a los otros con recelo.

De pronto, Dares retira la lona de la carretilla.

—Debéis de tener mucha hambre —dice, y corta para cada uno una gruesa tajada de queso.

Curioso fenómeno, el hambre. ¿Es la carencia el origen de todos los amores? ¿Es ella la causante de la emoción? No una presencia, sino una ausencia. ¿Hay que vaciarse para poder llenarse? No soy filósofo, pero eso es lo que pienso cuando a Numa y a Paches se les desorbitan y les brillan los ojos y aferran el queso. Hasta la serenidad de Dares se tambalea al verlos atacar la comida. Cuando se acaba el queso, les doy vino y unas tazas de cebada, que ellos esconden debajo de unas piedras en el túnel.

—Bien pensado —digo.

El coro no tarda en llegar. Les damos de comer antes del ensayo. Los niños reparten bebida y comida, mientras Gelón les explica a todos que estos son los ayudantes de producción y que a partir de ahora formarán parte del grupo. Algunos miembros del coro parecen confusos, pero la mayoría se limita a asentir y comer con ansia. Le digo a Dares que se asegure de que cada uno reciba algo más para luego. Se reparte queso, vino y aceitunas. La comida penetra en ellos como el néctar o la fe, y sus piernas y sus rasgos recuperan algo parecido a la vitalidad, así que cuando les pregunto si están dispuestos a ensayar la segunda escena, responden casi ilusionados.

Alguien carraspea detrás de nosotros.

Gelón se ha subido a la carretilla y dice que, antes de empezar, le gustaría pronunciar unas palabras. Esto es lo que dice:

15

La primera vez que vi una obra, yo tenía siete u ocho años. No fue de Eurípides. Fue de Sófocles. *Edipo Rey*. Esa fue la primera que vi. Era un niño y me senté en las rodillas de mi padre y vi al rey de funesto destino tratar de averiguar quién había matado a su padre, y sufrí mucho por él. Imaginé cómo se debía de sentir, y apreté la mano de mi padre y le dije que yo nunca lo mataría. Mi padre me dijo que guardara silencio.

Gelón se ríe de forma extraña.

—Aquella noche me sentí muy mal. Lloré y tuve fiebre. ¿Por qué habían permitido los dioses que Edipo matara a su padre, se casara con su madre y se cegara a sí mismo? ¿Por qué dejaron que pasara cuando estaba claro que era un buen hombre? ¿No podrían haberlo impedido? ¿Eran débiles los dioses? ¿Acaso no les importaba? Lloré, no lo entendía, ¿pero sabéis qué? Recordé entonces que Edipo era bueno. Que, a pesar de haber hecho y padecido todas aquellas cosas espantosas, él seguía siendo bueno; daba igual si a los dioses les importaba o no. Y recuerdo que aun siendo solo un niño pensé que eso era muy triste y hermoso. Incluso en lo peor que pudiera acontecer bajo el cielo había dignidad, y me sentí menos solo. Creo que, por encima de todo, yo era un niño solitario.

Toma un trago de vino, tose.

—Amo Atenas. Creo que siempre amaré la ciudad que engendró aquella obra. Ahora prefiero a Eurípides, pero os he hablado de *Edipo* porque fue la primera obra que me emocionó. No os odio. ¿Cómo iba a odiaros? Aunque sé que vinisteis para esclavizarnos. No os puedo odiar. Creo que cualquier ciudad que nos haya dado obras así alberga algo digno de ser rescatado. Por eso estoy aquí. —Gelón mira a su alrededor—. Creo.

Los atenienses lo miran fijamente. Nunca he oído hablar tanto a Gelón desde que murió su hijo. Nunca me había contado esa historia. Los atenienses están desconcertados. No creo que hayan entendido todo lo que ha dicho, pero han pillado lo esencial. El tipo ese de la carretilla ama su teatro. Lo ama con desesperación y, en cierto modo, eso le hace amarlos también a ellos, y por eso, más que por cualquier otra cosa, estamos todos aquí.

Derrotados y famélicos como se encuentran, lo normal sería que les importara una mierda que un siracusano ame el teatro ateniense, pero no es así. Basta echar un vistazo a sus caras para apreciarlo. Para atisbar algo que yo no veía desde que me enfrenté a estos mismos atenienses dos años atrás en la batalla, cuando vestían armaduras resplandecientes. Ahora ha vuelto a sus ojos, aunque de una forma mucho más débil: orgullo. Esta gente está orgullosa de ser ateniense. No dura mucho, pero es inconfundible, y en parte bello e insensato.

Cuando Gelón salta de la carretilla, se le acercan lentamente. Sus espaldas están un poco más erguidas. Un anciano ateniense de pelo y barba largos y plateados le pregunta con qué escena quiere que empecemos. Gelón dice que lo que ellos quieran, algo que al principio me parece raro, pero me doy cuenta de que es para fortalecer su confianza en sí mismos. Eligen una de las disputas dialécticas. La escena en que Medea le cuenta por primera vez al coro que planea matar a sus hijos y el coro le responde que es una madre horrible. Y yo recuerdo la noche en que Gelón me dijo que quería hacer esto. Cantó una canción del coro de *Medea*. Era de unas pocas escenas después, cuando los niños ya están muertos, y de repente tengo la extraña impresión de que el tiempo se disuelve, de que entre el futuro y el pasado no media separación, que son solo diferentes fragmentos de una única canción que nunca ha dejado de sonar, que cobra sentido al ser oída. Doy un trago de vino y se lo paso a Paches, pero casi no bebe. Le pregunto qué pasa y dice que quiere tener la cabeza despejada para la escena. Sí, las cosas se están poniendo raras. Numa no se aclara con la peluca, que está muy enredada, y Gelón tiene que abrírsela a la fuerza.

—Pronto tendremos buen material —dice Gelón—. Se lo he encargado a Alekto. Tiene la mejor tienda de teatro de Siracusa.

Numa asiente y se coloca la peluca lo mejor que puede. Igual que la otra vez, comienza a transformarse, de manera sutil al principio, una inclinación de la cabeza, una mirada, pero al final hasta su forma de respirar ha cambiado, y ni siquiera ha dicho una palabra cuando a uno de los niños se le escapa un grito de miedo. Es Estrabón. Uno de sus amigos le tapa la boca con la mano y lo estrecha en sus brazos. Numa ha desaparecido, solo queda Medea. Le dice al coro que no piensa dejar a los niños con vida. Eso sería dejarle algo a Jasón. Si un hombre tiene algo, siempre puede construir más. Es como el granjero cuya cosecha se malogra, siempre puede plantar nuevas semillas, pero si se lo arrebatas todo, si envenenas la tierra para que nada pueda volver a crecer, entonces está completamente acabado. Y, sin embargo, a medida que pronuncia las palabras, te da la sensación de que Medea está hablando de sí misma: declarando lo que le han hecho a ella, no tanto lo que ella va a hacer.

Es el turno del coro, y nos volvemos para escuchar su respuesta. No tienen pelucas. Ni vestuario. Se supone que son unas acaudaladas nobles de Corinto, pero entre lo que se supone que son y lo que son media un abismo que solo se atrevería a saltar alguien que deseara una muerte horrible. Las cadenas que llevan prendidas a los tobillos tintinean cuando arrastran los pies en un intento por bailar. Me dan lástima. No tienen música, y el coro, más que cualquier otro elemento de la obra, necesita música para cobrar vida.

—Estamos en ello, chicos —digo—. No os preocupéis. Pronto tendréis música de verdad. Tan estridente que un ditirambo parecerá una nana a su lado. Esto es solo para practicar.

El coro asiente sin dejar de mover los pies en una especie de giga. Gelón canturrea la que debe de ser la música de la escena porque, por un momento, Numa se sale del personaje y sonríe entusiasmado, pero luego vuelve a desaparecer y regresa Medea, que mira desafiante al coro. Gelón canturrea más alto. No es lo mismo que tener músicos con instrumentos, pero algo es algo, y el ritmo surte efecto. Lo noto. El anciano del pelo plateado es el mejor. Lo vive de verdad, se da palmadas en la rodilla y anima a los demás. Parece que se les pega parte de su vitalidad, porque el coro empieza a moverse más rápido y las cadenas se retuercen como serpientes a sus pies, y a lo mejor son imaginaciones mías, pero parece que el tintineo sigue el compás del canturreo de Gelón.

—No puedes hacerlo —canta el coro—, son tus hijos. Va en contra de la ley divina.

—¿Divina? —grita Medea apuntando al cielo—. ¿No soy yo la nieta del dios sol cuya luz brilla ahora sobre vosotras? ¡No me habléis de la ley divina! Mirad al sol. Ilumina todas nuestras acciones, sin distinción. —Medea gira sobre sí misma y hace una reverencia.

El coro clama que es contra natura. Que incluso los lobos del bosque protegen a sus crías.

—No puede ser. Quizá el sol brille sobre todas las cosas, pero lo hace para que los dioses vean mejor nuestras acciones y puedan juzgarlas.

Gelón canturrea más fuerte y me doy cuenta de que no es el único. Dares se le ha sumado, vacilando al principio pero cada vez con más confianza, y otros niños siguen su ejemplo y se les unen. No todos tienen su sentido del ritmo ni su facilidad para pillar la melodía, así que, en muchos aspectos, la música empeora, pero las voces de los niños logran un extraño efecto, difícil de expresar con palabras, pero que todos notamos. Como si la voz de los hijos de Medea, su música, se uniera a la del coro para suplicar a su madre que les perdone la vida. Es perturbador, se me ponen los pelos de punta, y el debate continúa: el coro contra Medea. Y aunque la superan en número por quince a uno, es su voluntad la que se impone, y los argumentos del coro flaquean, mientras que el canturreo de los niños sube y sube de volumen, y cerca del final se le añade una nota curiosa. Es la voz de Estrabón, el más pequeño, pero aun así su vocecita aguda se alza por encima de las demás, y pienso que a lo mejor tenemos entre manos algo bueno de verdad. Podría ser una obra de teatro en condiciones. Somos directores, sí señor, pero de repente todos dejan de cantar y el coro huye, asustado.

—¿Qué cojones es esto? —brama alguien a nuestra espalda.

Un tipo enorme se nos acerca. Porra al hombro y mirada demente. Es Biton.

—Buenas tardes, Biton —digo forzándome a sonreír—. ¿Cómo va todo?

No responde, solo mira a su alrededor. Lo observa todo tras un velo de furia: Numa con peluca, el coro refugiado a lo lejos, la carretilla de comida. Sin embargo, la rabia se aplaca y se diluye en desconcierto cuando ve a los niños.

—¿Qué está pasando aquí? —dice.

Hago un intento de hablar, pero Gelón me corta y da un paso adelante.

—No es asunto tuyo, Biton. No queremos problemas.

Biton mira a Gelón. Hace tiempo se llevaban bastante bien. El hijo de Biton trabajaba en nuestra fábrica, y a veces íbamos a pescar.

—¿Estáis dando de comer a estos cabrones?

Gelón le explica que esta gente puede ser cuanto queda del teatro ateniense. Que estamos organizando una función para mantener vivo a Eurípides, porque Atenas puede arder hasta los cimientos si los espartanos la asedian.

Un brillo salvaje alumbra la mirada de Biton ante la mención de Atenas en llamas, pero se extingue de inmediato, sustituido por otra cosa.

—Estáis dando de comer a estos cabrones. Ese de ahí es hijo de Anquises. —Señala al niño rubio que reparte el queso—. Los atenienses mataron a su padre. Y aquel pequeño es Estrabón. A su hermano le clavaron una lanza por la espalda cuando ya se había rendido. Yo lo vi. ¿Traéis a estos niños para que den de comer a los asesinos de sus familias? Tío, ¿esto qué coño es?

El punto débil de Biton ha sido siempre el zumo de uva, así que saco un odre.

—Pareces muerto de sed, Biton —digo—. Métete esto entre pecho y espalda.

Me lo tira al suelo de un manotazo y lo pisotea hasta que revienta y el vino nos salpica las rodillas. Me agarra por cuello y me levanta en el aire.

—Vuelve a ofrecerme vino y te abro la puta cabeza, Lampo.

Gelón se acerca y Biton me suelta. Me derrumbo en el suelo, resollando.

Se encaran. Gelón es alto y fibroso, pero Biton es enorme y está más fuerte que un buey. No hay muchas personas por las que yo apostaría contra Gelón en una pelea, pero Biton es una de ellas.

—¡Ya vale! —dice Dares.

Se interpone entre los dos a empellones, tiene un par de huevos el cabroncete.

Biton agacha la mirada hacia el niño. Tiene saliva en los labios y ni siquiera estoy seguro de que vea a Dares.

—Mi padre y tu hijo sirvieron juntos —dice Dares, estirando el brazo para tocar el de Biton—. Eran buenos amigos.

A Biton le tiemblan las mejillas y aprieta el puño, y pienso «Joder, no, le va a pegar al niño», pero no lo hace. Retrocede despacio.

—Esto no va a quedar así, Gelón, ¿me oyes? La próxima vez no te libras, con niños o sin ellos.

—Cuando quieras, Biton. No tienes más que avisar.

Biton asiente.

—Descuida. Vas de duro, pero a mí no me engañas. Sé que estás fingiendo. Te conocí de niño, y ya entonces eras débil. Todo el rato llorando y cantando cancioncitas como una puta nena. Eres un blando, Gelón, y se lo voy a demostrar a todos.

Biton tiene un tic nervioso y la mirada ausente, como un mar a oscuras durante un eclipse. Es capaz de cualquier cosa. La tierra está baldía, ninguna semilla volverá a crecer en ella; tenemos nuestra propia Medea.

—Hasta pronto, Gelón.

Se echa la porra al hombro y se aleja. Compadezco al prisionero que se cruce con él esta noche. Hasta Gelón parece afectado, y varios niños están al borde de las lágrimas. Estrabón abraza su caballo de juguete en busca de consuelo. El reparto se lo piensa un poco, pero al final todos vuelven. Paches es el primero, seguido por Numa y el anciano, y luego el coro va llegando con cuentagotas. Aunque están de los nervios, y el graznido de un cuervo casi los hace salir corriendo de nuevo hacia un túnel.

—No os preocupéis por Biton —digo—. Lo que pasa es que él es más de Sófocles.

Nadie se ríe, pero Gelón me mira como si se alegrara de que lo haya dicho. Asiente y arranca a canturrear la música de la escena. Al principio solo, luego se le une Dares. El coro sigue el ritmo con los pies, y el tintineo de las cadenas se funde con la música y la intensifica. Numa anda de un lado a otro ante ellos. Aún no es Medea, pero tampoco él mismo. Finalmente, Estrabón empieza a canturrear también, con el caballo de madera apretado contra los labios como si fuera un instrumento musical. Recomienzan la escena desde el principio, y a lo mejor la visita de Biton ha infundido la energía y el terror que la obra requiere, porque sale incluso mejor que antes, más salvaje, más triste, más desesperada, y yo pienso que esto va en serio.

Somos directores.

16

L e digo a Gelón sin rodeos para qué necesito el dinero. No
suena muy bien: dame oro para que Dismas me deje llevarme a su esclava a la playa una hora. Me va a mandar a tomar por
culo, está claro, pero había que intentarlo.

—De acuerdo.

—¿Cómo?

Saca una bolsa y me da un puñado de monedas.

—Hay un rincón —dice en voz baja—. Una pequeña cueva a
kilómetro y medio de la puerta Achradina.

—Vale.

—Yo y Desma íbamos allí cuando empezamos a salir. El mar
está tranquilísimo y de noche se ven las luces de la ciudad, pero estás a solas. Hay delfines también. Es precioso, Lampo.

Quiero darle un abrazo y decirle que nunca me olvidaré de
esto, pero no lo hago. Me guardo el dinero y digo que estaré
de vuelta para el ensayo y le recomiendo llevar un arma porque
Biton va a cumplir su palabra.

—Y yo la mía.

—Claro, tío. Tú puedes con él, pero es mejor estar preparado.

Gelón frunce el ceño, y creo que sabe que miento, pero no dice nada y cada uno se va por su camino.

No voy directamente al Dismas. Antes paso por mi casa y me pongo la túnica azul eléctrico y las botas de cocodrilo. En la mesa hay un ánfora con aceite de oliva y me echo un poco en la palma de la mano y me lo restriego en el pelo y la barba, rizando los mechones lo mejor que puedo. No tengo espejo para comprobar el resultado, así que esto es lo que hay. Mamá tiene un terrenito en la parte de atrás. No es un jardín exactamente, apenas da para cultivar un par de verduras para los guisos y flores con las que adornar la ventana. Este año casi no hay flores por la sequía, y no quiero llevármelas porque la pobre lleva meses cuidando de ellas, se hace varios kilómetros al día hasta el pozo de la ciudad para regarlas, pero mala suerte. También quiere nietos. Arranco de raíz las pocas que están abiertas y vuelvo adentro a ponerme un poco más de aceite en los rizos y en la barba.

Ahora estoy listo.

Todavía faltan horas para el ajetreo de la noche y el Dismas está tranquilo. Él mismo está tras la barra, sacando brillo a las copas.

—Qué elegante, Lampo —dice—. La tienes arriba, preparándose. ¿Algo de beber?

—No, gracias —digo.

—¡Lira! —grita—. Muévete. Ya está aquí.

Dismas se vuelve hacia mí, muy sonriente él.

—Son tres dracmas. Y la quiero de vuelta para el anochecer. A esa hora esto se llena y yo no voy a estar.

Le doy el dinero.

—Muy agradecido.

Hoy no hace mucho calor, pero el sudor me corre por las mejillas. Me lo enjugo, pero tengo la mano aceitosa, y me tiembla.

—Bueno, ponme una rápida.

—¿Tinto de Catania?

—¿Tienes algo más fuerte?

Dismas saca una botella oscura con trocitos de naranja flotando en un líquido color arcilla y apenas me llena el fondo de la copa.

—¿Solo esto?

—Hazme caso. Pruébalo.

Me lo bebo de un trago y me dan arcadas de inmediato.

—Joder —suelto—, ¿esto qué es?

—De Escitia. Lo uso sobre todo para limpiar, pero me ha parecido que lo necesitabas.

Es repugnante. Me quema la garganta y el pecho, pero, junto con el dolor, noto que algo se destensa. Los nervios siguen ahí, pero ya no son serpientes retorciéndose en mi estómago, solo gusanos normales y corrientes, y recuerdo que ella no es más que una esclava. Lampo, lo tienes controlado. Es una puta esclava.

—Aquí la tienes.

Se abre la puerta detrás de la barra y Lira entra con recelo, con timidez incluso. Se ha puesto un vestido verde holgado, de un tejido tan fino que es casi transparente. No lleva el pelo recogido como cuando trabaja, sino que los rizos morenos y brillantes le cubren los hombros, y reculo como si me hubieran lanzado un puñetazo. No puede estar más buena, joder.

—Para ti —digo, dándole las flores.

—¿Qué se dice? —dice Dismas.

—Gracias. Son muy bonitas.

Se las acerca a la nariz.

—Os quiero de vuelta al anochecer.

Dismas nos acompaña hasta la puerta, como si fuera el padre de la chica. Y yo me imagino que eso es lo que está pasando. Que es una siracusana y yo la estoy cortejando a la manera tradicional, y su viejo nos da su consentimiento. Parece que funciona, noto que me sube el ánimo, hasta que Dismas se inclina y le susurra al oído.

—Cuida de él. Todo lo que quiera hasta que empiece tu turno.

Ella asiente y huele de nuevo las flores, como si quisiera taparse la cara, y salimos a la calle.

Los últimos días el cielo ha tenido un tono rojizo, con la cantidad de polvo que levantan las obras las calles están neblinosas, no se ve a pocos metros de distancia, y a veces tengo miedo de perderla entre la gente, pero se pega a mí. Mis dedos rozan los suyos y, por instinto, la tomo de la mano, y ella aprieta la mía, y sonrío de felicidad, pero recuerdo lo que ha dicho Dismas, todo lo que quiera, y le suelto la mano. Me pregunta adónde vamos y le digo que ella decide. Adonde tú quieras, responde, y durante un rato la conversación va en círculos, igual que nosotros, que ya llevamos dos vueltas al mercado, hasta que me acuerdo de la cueva de la que me habló Gelón y pienso que por qué no.

—Al mar —digo—. Vamos al mar, pero antes voy a comprar provisiones.

Esquirón está en su puesto, lamiéndose los labios y voceando el precio del grano. Se me ocurre pavonearme delante de él con Lira del brazo para joderle el buen humor, pero no lo hago. Solo conseguiría que mamá se enterara de la peor manera posible. Además, no necesitamos trigo ni cebada, solo algo de beber. Me apetece tinto de Catania, pero sé que a Lira no le gusta el tinto, así que pillo también un blanco italiano que el vinatero dice que está causando sensación. Sin duda, mi bolsillo siente la pérdida del buen número de monedas que tengo que aflojar para comprarlo. Para picar, compro una hogaza recién horneada de pan de centeno, todavía caliente, con trocitos de aceitunas negras. Le añadimos algo de queso fresco que Lira elige y nos ponemos en marcha hacia la cueva.

Es un buen paseo. La playa está llena de piedras que pinchan, y ella tiene que parar un par de veces para sacarse una del zapato. Le pido una de las piedrecitas y, aunque le desconcierta mi petición, me la da. Es redonda, pulida por el mar, de un color amarillo intenso, y le digo que esta piedra vale una fortuna.

—¿En serio? —pregunta, con un leve interés.

—Sí —digo—. Se dice que a la diosa Lira se le metió en el zapato hace mucho mucho tiempo.

Es patético, pero es lo que hay. Ella menea la cabeza y dirige la mirada hacia el mar. El cielo está nublado y la superficie del agua, en lugar del azul habitual, tiene un color como el del hierro fundido. Aún hay gente bañándose, cabezas y alguna que otra mano pálida o un pie que asoma entre las olas metálicas.

—¿Nadas?

Me mira como si se lo tuviera que pensar.

—¿No sabes si sabes nadar?

—Sabía de niña. Pero hace años que no lo intento.

—Esas cosas nunca se olvidan.

Dejo eso en el aire y seguimos avanzando. Hay un altar dedicado a Proteo un poco más adelante. Solía estar muy concurrido durante la guerra, porque todo al que le tocaba servir en un barco venía a hacer una ofrenda, pero ahora está mucho más tranquilo. El sacerdote que cuida del altar está sentado en los escalones, jugando con un gato atigrado. Sostiene en alto un pliegue de su manto y lo sube y lo baja de forma que siempre queda justo fuera del alcance del gato, y sonríe cuando el animal salta y yerra, como si acabara de engañar al mismísimo Hermes.

—Valiente imbécil —digo—. No me extraña que la gente pierda la fe.

—¿Falta mucho?

Queda un kilómetro y medio más o menos, pero no se lo digo.

—¿Estás cansada?

—No, no. Me está gustando el paseo. Es por los zapatos. Son un horror. Tengo otra piedra sagrada, si te interesa.

—Pásamela.

Me da una piedra con bordes afilados. Del gris del cielo, pero me la guardo de todos modos. Durante el siguiente kilómetro no decimos gran cosa, caminamos en silencio. Pero no es un silencio fruto de la comodidad; no, es uno de esos silencios tensos, en los que sientes palpitar los pensamientos del otro y las frases que mueren antes de salir de los labios. Quiero hablar, pero no se me ocurre nada apropiado, así que le pregunto si tiene otra piedra en el zapato.

—Creo que no —dice—. Te aviso cuando la tenga.

Estamos llegando al sitio que me dijo Gelón. En los acantilados hay cuevas que quedan a la vista cuando baja la marea. Algunos dicen que es donde los cíclopes tuvieron prisionero a Odiseo. Supongo que por eso empezó Gelón a traer aquí a Desma. La verdad es que es un sitio bonito, pero Gelón siempre necesita algo más. La mayoría de la gente cree en los mitos porque los asociamos a lugares reales, y el mito se suma a lo que existe de verdad, pero con Gelón sucede lo contrario. Él necesita las historias para creer en lo que tiene delante de las narices.

—Dicen que Odiseo cegó al cíclope en esa cueva.

—Vaya.

—Ahora no se ve bien por la marea.

Asiente con educación, pero me doy cuenta de que está pensando en otra cosa. La esclava se aburre.

—¿Crees que volverás a ver Lidia alguna vez?

Me mira sobresaltada, con los ojos despiertos de repente.

—No lo sé —dice.

—Debe de haber pocas posibilidades... —Me paro—. Aquí nos quedamos.

Ha vuelto ese rubor a sus mejillas, desde las orejas hasta la mandíbula. Se me ha olvidado traer una manta, así que nos tenemos que sentar en las piedras mojadas, y dispongo el banquete. El cierre de uno de los odres de vino estaba flojo y parte de la hogaza se ha empapado. Arranco el trozo y lo tiro, y casi de inmediato hay un violento aleteo cuando las gaviotas se lanzan en picado a por él. A lo mejor se emborrachan.

—No creo que vuelva nunca.

Está mirando al frente, más allá del mar de color vino. Me remuerde la conciencia, pero, aun así, algo dentro de mí me dice: tú sigue, que vas bien.

—Eres realista —digo—. No lo creo yo tampoco.

—Antes estaba convencida de que sí. De que pasaría algo. Mi padre vendría a buscarme. Dismas se enamoraría de mí y me liberaría. La guerra… —Se ríe—. Ni te imaginas cuánto quería que Atenas ganara la guerra. ¿Te acuerdas de los panfletos que lanzaron por la ciudad?

—¿Sabes leer? —pregunto sorprendido.

Asiente y toma un sorbo de vino.

—En Lidia enseñan a leer a las mujeres. Yo leía mucho, pero lo mejor que he leído nunca fueron aquellos panfletos. *Atenas ha venido a liberaros.* Seguramente era mentira, pero una se aferra a cualquier sueño.

—Pero es genial eso. Que sepas leer, digo. Tiene mérito.

Niega con la cabeza.

—El griego es fácil. El persa es el complicado.

Me da vueltas la cabeza.

—Joder, qué lista.

Sonríe. Es su primera sonrisa genuina desde que empezamos el paseo, y toma un trago largo de vino y me lo pasa. Está fresco, es afrutado y tiene algo más que no sé describir. Supongo que ese algo más es ella.

—Me enseñó mi padre —dice—. Trabajaba en el Gobierno.

—¿Eras una aristócrata?

La pregunta la confunde, así que reformulo:

—¿Eras rica?

Tuerce el gesto, como si ser rica no tuviera importancia. Y se pone a hablar de su padre. No era rico, podría haberlo sido de haber querido, pero eso era demasiado fácil, demasiado vulgar.

Él quería conocimiento, toda clase de conocimientos. Las mareas, la envergadura de las alas de una mosca, la razón por la que las hojas de los árboles son verdes y los movimientos de las estrellas. No había tema que no le interesara a su padre, era capaz hasta de predecir los eclipses. Un figura, su padre, y yo aprieto los dientes tan fuerte que me duelen.

Está más animada de lo que la he visto nunca en el bar y me explica cómo se produce un eclipse lunar. Coge una piedra blanca y dice que es la luna, y luego me habla que si de ejes, que si de rotaciones, y de que no hace falta recurrir a los dioses para explicar tales fenómenos. Mueve mucho las manos y le brillan los ojos. Acerco la mano al brazo con el que sostiene la piedra y toco rápidamente la piel marcada por el hierro.

—Lo siento —digo—. Había una avispa.

Se tensa de golpe, y parece que no sabe si continuar o no.

—Sigue.

Sigue, al principio con recelo, pero no tarda en recuperar el brío y la intensidad de antes. El viento le echa el cabello oscuro sobre los ojos y ella se lo aparta, se le quedan granos de arena en las cejas.

—Sabía predecir eclipses —digo—. Pero no supo predecir que su hija iba a ser una esclava. Menudo adivino.

Eso le ha dolido; una arruga pálida le cruza la barbilla.

—Yo no he dicho que fuera adivino. Era todo lo contrario.

—No te pongas así, que estaba de broma. Toma una aceituna. —Le paso una, pero no la coge. Mira el cielo. Las nubes son oscuras y delgadas; se mueven como insectos—. Termina lo que estabas diciendo de los eclipses.

Niega con la cabeza.

—No quiero.

—Acuérdate de lo que dijo Dismas. Me tienes que dar todo lo que quiera. Quiero que me hables de los eclipses.

Tiene las flores de mamá en el regazo, y cojo una y se la coloco en el pelo.

—Venga.

—No —dice—. Puedes tomarme, pero no volveré a hablar de eso.

No se me ocurre ninguna respuesta. Nos quedamos en silencio. A seis metros por lo menos, una roca pálida asoma del agua. Es alargada, parece una mano. Una mano de nereida. Cojo un guijarro y es como si de repente tuviera una revelación. Si le doy a la roca, entonces todo saldrá bien con Lira. Si no, mi vida se irá a la mierda. Apunto lo mejor que puedo y lanzo. Va a pasar de largo, y siento que algo dentro de mí se retuerce, pero, ya sea por el viento o por alguna otra cosa, el guijarro vira a mitad de vuelo y cae con un golpe húmedo sobre la roca pálida, un sonido más propio de haber golpeado carne que roca. El corazón me late con fuerza: es la elegida.

—Eres preciosa.

Un suspiro casi resignado, y vuelve la cara hacia mí, cierra los ojos como a la espera de un beso.

—No tan rápido —digo—. Creo que hemos empezado con mal pie.

—Para nada. Te entiendo perfectamente.

—No. De verdad que no. Mira, la cuestión es que me gusta escucharte. Todas esas cosas sobre los eclipses y la armonía de los números, me gusta escucharlas, pero también hay otra parte de mí que es puro veneno y que no deja de susurrarme al oído mientras tú hablas. Se cree mejor que tú, Lampo. Piensa que eres un gilipollas en paro y con un pie zopo, aunque haya venido a pasear contigo por la playa. Un paseo a paso de caracol porque eres cojo. Te acompaña porque has pagado a su dueño, pero en realidad sabe que ella, esclava o no, es de alcurnia, y que tú eres un mierda, y todo esto lo oigo en mi cabeza y quiero ponerme a gritar, pero me aguanto. Digo cosas que te hagan sentir parte del dolor que yo siento. Soy una puta escoria.

Este arrebato la pilla por sorpresa, pero cuando termino asiente. No sé si para darme a entender que me comprende o porque está de acuerdo en que soy escoria. Parto un trozo de pan, más por hacer algo que por hambre, y me lo meto en la boca y finjo que mastico.

—Tenía ganas de venir hoy —dice sin mirarme.

—¿Cómo?

—Tenía ganas de venir a pasear contigo. Me apetecía.

—No tenías alternativa.

—No —dice—. No tenía alternativa, pero que me apetezca sí depende de mí. A eso Dismas no me puede obligar.

La franja de rubor en las mejillas se intensifica, me mira y vuelve a apartar los ojos.

—Yo no sé leer —digo.

—¿Cómo?

—No sé leer. Mi padre se largó de casa cuando yo tenía dos años. Mi madre hizo todo lo que pudo, pero al final me tuvo que sacar de la escuela para ponerme a trabajar. Mi amigo aprendió a leer por su cuenta, y varias veces ha intentado enseñarme, pero no ha funcionado. Creo que contigo sí podría funcionar.

Parece darle vueltas.

—Dismas no me lo permitiría.

—Te permite venir aquí.

—Esto lo entiende. No creo que entendiera que yo te enseñase a leer.

—Entenderá el dinero.

Levanta el vino y toma un sorbo delicado, luego se inclina para coger una piedra. La misma piedra blanca que ha usado para representar la luna. Mira alrededor, se pone en pie.

—Ven.

La sigo, caminamos hacia el agua y nos paramos en la franja de arena mojada. Escribe algo en la arena con la piedra, despacio y meticulosamente.

—¿Lo ves?

Miro los símbolos y sé que es griego, pero nada más.

—¿Qué dice?

—«Lampo». Mira, esto es una L y luego viene una A. Seguro que sabes…

Miro fijamente lo que ha escrito; es extraño, una locura. Nunca lo había visto escrito. Se ven nombres escritos en estatuas, en óstracos, en las puertas de los templos, pero son de los ricos y los famosos. Están tallados en piedra. Aunque a lo mejor es adecuado que mi nombre se escriba en la arena, y antes de que ella pueda explicarme las demás letras, llega una ola, nos moja los pies y, cuando retrocede, las letras ya no están.

—Te quiero —digo, y yo mismo me sorprendo.

—¿Qué?

Creo que la he asustado.

—He dicho que te quiero. ¿Qué te parece?

—Me parece que no tiene sentido. No nos conocemos.

Miro hacia el mar y no encuentro respuestas, ni allí ni en el cielo. Todo está vacío, de repente todo está muy vacío. No hay ni un pájaro, y se oye un trueno.

—Es una señal. Zeus opina que deberíamos estar juntos.

La más mínima expresión de una sonrisa, y luego una negación.

—No son más que nubes cargadas de humedad. Cuando chocan unas con otras es como una colisión. Piensa en las carreras de cuadrigas, cuando chocan entre ellas y se produce un sonido. Mi padre escribió un tratado al respecto.

—Pero también puede ser una señal. ¿Por qué no va a ser las dos cosas? —Unas gotas frías de lluvia me caen en la cara. Otro trueno, más cercano. Seguramente deberíamos irnos, pero todavía no—. ¿Y si te compro?

Va a decir algo, pero las palabras mueren en sus labios.

—Ahora no tengo suficiente dinero, pero la ciudad está cambiando mucho, muy rápido, en serio. Puedo conseguir el dinero si tengo la motivación adecuada. Sé que podría. ¿Y si te compro y te libero? ¿Qué tal suena eso?

Suena bien. Para saberlo, basta con mirarla a los ojos, que de repente son dos oscuras lunas de esperanza, pero al momento se convierten en sendas rendijas de sospecha. Como si temiera que fuera una broma.

—No me puedo fiar de ti.

¿Qué responder a eso? Tiene razón. Yo no me fío de mí mismo. Me he fallado y he fallado a los demás demasiadas veces como para fiarme, pero si hubiera algo en lo que creyera de verdad, si quisiera algo de la misma manera que Gelón quiere las cosas, con tanta intensidad que tienen que cumplirse... Si alguna vez ha habido algo así para mí, es ahora, y es ella.

—No te puedes fiar de mí. Es verdad.

Eso no se lo esperaba.

—Exacto —dice, como zanjando la cuestión, pero hay una nota de decepción en su voz.

—Pero, al margen de que te fíes o no, ¿y si pasa?

—No te entiendo.

—No tienes ninguna razón para fiarte de mí. Pero supongamos que me las apaño para conseguir el dinero, y que Dismas accede a venderte. ¿Lo aceptarías?

El viento arrecia. El mar es una infinita manada de lobos que desgarra la orilla, y tenemos que retroceder para no empaparnos. Veo que mueve los labios, pero no oigo bien lo que dice y tengo que pedirle que lo repita. Me inclino hacia delante para estar más cerca, la huelo por debajo del olor a salitre.

—No tendría opción. Si me compraras, sería tu propiedad.

Joder. Me dan ganas de zarandearla. ¿No podría mentir un poco por lo menos?

—Pero ¿y si te doy la opción? ¿Entonces qué? Podrías volver a Lidia o podríamos empezar una vida juntos, tú y yo.

Lo rumia. Sus pensamientos titilan en el fondo de sus oscuros ojos y se le mueven los músculos de la garganta cuando se dispone a hablar, pero se traga las palabras y sigue dándole vueltas. Solo ahora caigo en lo obvio. Al margen de lo que ella quiera, me dirá que sí, porque ¿qué otra salida tiene? Unos pocos años más en el Dismas, toqueteada por todos, mientras conserve el atractivo. Y luego, quién sabe. Dismas no tiene pinta de ser un sentimental. La venderá, y lo que yo dije la otra noche se hará realidad. Acabará trillando trigo en el campo. Puede que ella vea algo de esto en mi expresión, porque frunce el ceño y niega con la cabeza.

—¿Qué?

—Mi vida no es tan mala como piensas. Puede que a ti no te parezca gran cosa, pero es mi vida, y podría ser peor. ¿Cómo puedo saber que no sería peor contigo?

—Joder. ¿Tan malo soy?

—Soy sincera. No sé si lo eres, pero soy sincera. Así soy yo.

Esto no está yendo como yo había previsto. Pero en el fondo de mi cabeza una vocecilla me susurra que su reticencia es buena. Es de las sonrisas y del entusiasmo de lo que hay que desconfiar, así que no rompo a maldecir como me gustaría. La tomo de la mano y ella se aparta un poco, pero no se suelta. Su calidez me sorprende, en contraste con el frío de la lluvia. Deslizo los dedos sobre su muñeca y noto latir la sangre.

—Así eres tú —digo—. Lo comprendo, y espero que tú me comprendas a mí. Es cierto que no soy gran cosa, y si tú fueras libre quizá ni te lo plantearías, pero vamos a hablar claro. Ahora no tengo suficiente dinero, pero trabajaré como un loco para conseguir la cantidad que haga falta para comprar tu libertad. Luego, tú decides. Si quieres largarte, te largas. Si quieres quedarte conmigo, esto es lo que hay. Un alfarero con un pie zopo, pero creo que contigo podría ser algo más. Creo que nunca he tenido nada por lo que trabajar, nada en lo que creer, en realidad, y un hombre necesita eso por encima de todas las cosas. Me partiría la espalda por ti, trabajaría hasta despellejarme los dedos si fuera por nosotros, y no solo por mí.

Intento enderezar el pie, pero no hay manera.

—Pues eso. Dicho queda.

No me atrevo a mirarla. Pero sigue ahí, oigo su respiración, incluso a pesar del viento, y es acelerada e irregular.

—De acuerdo —dice, casi para sí misma.

—¿Qué? —Me inclino hacia ella—. ¿De acuerdo qué?

—Si cumples tu palabra y me liberas, me quedaré aquí contigo y haré todo lo que pueda.

—¿En serio?

Asiente, y tiene lágrimas en los ojos, aunque no sé si de alegría o de tristeza. Le corren por las mejillas y se unen a la lluvia, y pienso que esto es lo más cerca que nunca nos encontraremos del cielo.

—Ahora estamos juntos. Nunca volverás a estar sola.

Aparta la mirada y caminamos de vuelta al Dismas.

17

El gallo todavía no ha cantado cuando me levanto y camino a tientas y descalzo por el frío suelo de piedra, todo lo sigiloso que puedo para no despertar a mi madre. Me meto la caja debajo del brazo y salgo en silencio a las calles plateadas. Plateadas debido a la luz de la luna, una hoz pequeña y rodeada de nubes, pero que brilla con fuerza inusitada. Un perro encadenado mea contra una tapia, gruñe a mi paso, pero algo en la extraña quietud me resulta acogedor. Como si, haga lo que haga, no pudiera equivocarme. Retrocedo sobre mis pasos, guiado por la luz de la luna que se refleja en la cadena y en los colmillos del perro. Se le agrandan los ojos de miedo y de rabia, pero alargo despacio la mano, le acaricio la cabeza y, aunque no deja de gruñir, el gruñido baja de volumen hasta un ronroneo amable.

—Buen chico —digo.

Menea la cola alegremente, azota el aire, y le rasco detrás de las orejas, y me lame la palma de la mano. Esto ha estado bien, y echo a andar complacido con el mundo y con mi lugar en él. Es muy temprano. No hay nadie en pie, solo yo y el perro, y un par de pájaros que cantan a la noche. Hace frío. Frío de verdad, y tiemblo mientras camino, olfateo el aire hasta que noto el primer indicio de sal y oigo las olas. Aquí se ve mejor, por el brillo de las estrellas y de la luna reflejados en la superficie del mar, y avanzo hasta el agua y me lleno las manos de estrellas y me mojo las mejillas con ellas para darme buena suerte. El agua está más templada que el aire, pero aun así es vigorizante. A lo lejos se recorta la silueta del Dismas, inmenso a la luz de la luna. Claro está que cerró hace mucho, pero no vengo a por una copa. El perro guardián está en el escalón de la entrada, dormido.

Al oír mis pasos se sacude, levanta el cuello y le tiembla la oreja derecha. Me doy cuenta de repente de que la única razón por la que acaricié a aquel perro fue como preparación para este. El perro de Dismas es grande y ruin; lo tiene encerrado mientras el bar está abierto, pero lo suelta por la noche. Cada quince días más o menos muerde a algún pobre desgraciado, pero la mayoría de la gente sabe que es mejor evitar el sitio a partir de cierta hora, y esa hora ha pasado hace mucho. No llevo ningún hueso, solo un poco de pan seco en el bolsillo, y se lo tiro. Lo olfatea un par de veces, pero nada más. No aparta la mirada de mí.

—Tranquilo, chico.

Me gruñe y se me pasa por la cabeza dar media vuelta. No hay ninguna razón que me obligue a hacer esto ahora mismo. Pero abro la caja y miro dentro, y pienso que no. No voy a renunciar a una esperanza nada más que por una pequeña dificultad. Es raro, pero el miedo desaparece, y justo entonces al chucho le cambia la cara. Nada drástico. No es que de pronto se ponga a dar brincos y a menear la cola, pero deja de gruñir. Lampo, el domador de bestias. Estoy hecho un puto Hércules. Sigo adelante, sin ni siquiera menguar el paso, porque lo tengo todo controlado, y le acaricio la cabeza.

—Hola, chico —digo—. ¿Qué tal?

Me muerde. Me clava los dientes hasta el fondo, y suelto un grito apagado, tanto de dolor como de sorpresa.

—¡Hay que joderse!

Me suelta y se dispone a saltar a por mí, directo a la garganta, pero no lo hace. No sé por qué, ni me quedo a reflexionar sobre ello. Me largo a paso ligero y siento el calor de la sangre en el pliegue del codo. «Hibris», pienso. Los dioses me han humillado, como a Hércules, pero pensar esto me sube un poco el ánimo y, aunque la herida duele de cojones, le he dado un sesgo positivo al dolor. En la parte de atrás del Dismas, en la planta baja, están las dependencias de los sirvientes. Antes Dismas dormía en la planta de arriba, pero Lira me dijo que ahora se queda la mayoría de las noches en el local que tiene en el centro.

Me dijo que su cuarto es el de la izquierda, el de los postigos verdes. Veo la ventana de la izquierda, pero a oscuras no sé si los postigos son verdes o no. Paso una mano por la madera. La pintura está desconchada, despego un poco con la uña y la pruebo. Sabe a verde. ¿Tienen sabor los colores? Decido que lo tienen, si te importa lo suficiente, y esta pintura sabe a verde. Llamo al postigo, lo bastante fuerte para que ella me oiga, pero no tanto como para despertar a los demás. Nada. Vuelvo a llamar, y el único sonido es el de mis nudillos contra la madera y el de la sangre que me gotea del brazo.

—Joder —digo.

Tengo al perro detrás. No gruñe, solo me observa, y no me apetece nada que me muerda de nuevo, de modo que me dispongo a llamar una última vez cuando los postigos se abren y la veo.

—¿Quién es? —dice asustada.

—Soy yo. Lampo.

No responde y yo me quedo muy quieto, sintiéndome de pronto bobo e inseguro.

—¿Qué haces aquí?

—Quería verte.

Pero está demasiado oscuro para verla. Lo único que veo son sus dientes cuando habla y su contorno. Aun así, puedo olerla, el sudor nocturno, el pelo. A lo mejor he venido a olerla. ¿Tiene sentido? Suena raro, y alargo la mano para tocarla. Rozo su bata y noto el calor del cuerpo debajo.

—¿Esto es lo que querías?

Lo es, pero no así. ¿Y si el perro me muerde el culo? O si hago ruido y otro sirviente se chiva y a ella la azotan. No la quiero robar como un ladrón.

—Toma. —Le doy la caja—. Es para ti.

—¿Un regalo? —pregunta con curiosidad.

—En Siracusa, hacemos la corte así. Se llevan regalos a la chica. ¿Es igual en Lidia?

—Sí —dice en voz muy baja.

—Vale. Pues eso es lo que hago aquí.

Me doy media vuelta y echo a caminar, pero despacio, para poder oír cómo abre la caja y se le escapa una risita de placer cuando ve lo que hay dentro, y ahora sí aprieto el paso. El chucho me persigue, y no sé si me lo estaré imaginando, pero mientras huyo de sus dentelladas me da la impresión de que no cojeo siquiera. Me ha curado, creo, e incluso cuando ya estoy muy lejos de ella y del perro y mi pie vuelve a arquearse y a retorcerse bruscamente en la arena, no puedo dejar de sonreír.

He quedado con Gelón y con los niños en la cantera dentro de un par de horas. Antes, voy al mercado. Aunque todavía está oscuro, algunos vendedores ya han abierto su puesto. Ofrezco mis servicios. Por un par de óbolos, les ayudo a mover los embalajes, a descargar la mercancía. Trabajo de mula, pero es lo que hay; casi todos los negocios de la ciudad están en auge y varios vendedores necesitan ayuda con algo. Paso las horas siguientes sudando y acarreando cajas y ánforas hasta que me duelen los músculos y las yemas de mis dedos parecen leche cuajada. El dolor es real, pero la plata que me pagan es más real todavía. No es gran cosa. Apenas daría para unas copas en el Dismas, pero no me lo pienso gastar en bebida.

Luego, mientras voy por el solitario camino de la cantera, escucho el sonido que las monedas hacen en mi bolsillo; es mucho más suave que el estruendo de la bolsa que me dio Gelón, pero suena más dulce porque el dinero es mío, y de ella, y sé que con el tiempo convertiremos su música en una canción.

Gelón y Dares esperan en el cruce con la carretilla, riéndose. Hace tanto tiempo que no oigo reírse a Gelón que me saca de mi ensueño.

—Buenos días, Lampo —dice sonriendo.

—Buenos días, Lampo —repite Dares. Luego, con más interés, añade—: Te sangra la mano.

—Un lobo —digo—. A su lado Cerbero parecía un cachorrito, pero no te preocupes. Pude con él.

Dares no parece convencido, así que cambio de tema y pregunto dónde están los demás. Dares frunce el ceño y yergue un poco más la espalda.

—Lo siento mucho. Ya sé que no es una disculpa, pero son pequeños e inmaduros, y la puntualidad no es lo suyo. Pero no te preocupes. Hablaré seriamente con ellos.

Ahora soy yo el que sonríe.

—Menudo tirano estás hecho, Dares —digo—. Creo que llegarás a ser un buen soldado.

—General —dice muy convencido—. La estrategia me interesa sobremanera.

Asiento, cojo unas nueces de una bolsa de la carretilla y me meto unas pocas en la boca. Esperamos un rato, durante el que casi solo habla Dares. Ideas que tiene para la obra. Quiere saber si hay algún combate a espada. Gelón responde que no hay luchas con espada en *Medea*, ni tampoco, que él sepa, en la nueva de Eurípides, pero Dares no deja el tema. Dice que Medea podría escapar de Corinto luchando, ¿y la nueva de Eurípides no va de Troya? Gelón le revuelve el pelo y le dice que se lo pensará.

Risas a lo lejos, pasos de gente menuda. Llegan los demás niños y se nota el cambio que producen en el ambiente. Es como si su cháchara llenara el camino solitario de alegría de vivir y, como si estuviera de acuerdo, hasta el sol desprende un poco más de calor.

—¡Llegáis tarde! —dice Dares.

Los niños aminoran el paso e intercambian miradas, desconcertados. El pequeño Estrabón va un buen trecho por detrás, echando breves carreras para alcanzarlos, y se alegra tanto de que vayan más despacio que no se detiene a preguntar la razón, sino que, riendo, adelanta a sus amigos y corre derecho hacia Dares.

—Llegas tarde, Estrabón —dice Dares, muy serio.

—Está bien —dice Gelón—. Ha llegado cuando tenía que llegar. —Coge unos higos de la carretilla y los reparte entre los niños, y aunque se ve que a Dares no le parece bien recompensar la tardanza, no dice nada.

Hoy hay otro vigilante en la entrada de Laurium. Un tipo fornido con un labio reventado. Parece resacoso y medio dormido, y antes de que Gelón saque la plata de la bolsa, lo detengo y le doy al vigilante algo de bebida, que acepta, y nos invita a pasar con un gesto, sin hacer preguntas.

—Para qué derrochar —digo.

Gelón asiente y cubre la comida con la lona, y bajamos la carretilla a los fosos. Una tormenta debe de haber hecho caer las hojas por la noche, porque la cantera está cubierta de las pieles rojas y doradas de Carpo. Hay hojas hasta en la cabeza de algunos prisioneros, centelleantes como coronas, y ellos nos contemplan como reyes encadenados cuando pasamos por delante.

Vuelve a haber más tumbas, montones de piedras que alcanzan la altura de Estrabón, y yo rezo en silencio por que ningún miembro de nuestro reparto yazca en una de ellas. El olor es menos fuerte. A lo mejor es por el tiempo, el frescor alivia el tufo a podredumbre, pero el caso es que la cantera huele distinto. Paches nos ve antes que nosotros a él, y me alegra comprobar que sigue mejorando. Todavía tiene un aspecto horrible, pero su pelo negro crece más denso que antes, y tiene la piel más firme. Me estrecha la mano y sonríe, dice que los demás han estado ensayando. El coro aguarda junto a la pared de la cantera, y él nos conduce allí. Al principio no los veo. Paches me explica que se esconden en los túneles, y ahora sí distingo sus ojos, observándonos, húmedos, desde la oscuridad.

—Paches me ha hablado muy bien de vuestro trabajo —digo—. Estoy orgulloso de vosotros, chicos.

Los ojos parpadean y poco a poco los atenienses salen arrastrándose, pálidos como deidades de marfil por el polvo de caliza. Gelón se acerca para ofrecer ayuda a uno y, al verlo, Dares se apresura a hacer lo mismo. Un momento después todos los niños lo imitan, corren a lo largo de la pared ayudando a las pálidas criaturas a levantarse. Estrabón es tan pequeño que se tambalea cuando un prisionero toma su mano, pero resiste, y enseguida el prisionero está en pie, y Estrabón sonríe orgulloso, acompaña al tipo hasta la carretilla, y uno casi podría pensar que lo que tiene delante es a un hombre con su hijo, y al ver cómo los atenienses toman las manos de los niños, y cómo las expresiones de los niños cambian, me pregunto si, sin darse cuenta, eso es precisamente lo que esos pobres desgraciados están haciendo, actuar de padres y de hijos los unos con los otros, porque seguro que muchos de estos hombres tienen hijos en casa a los que nunca volverán a ver, y siento que debería apartar la mirada, como si fuera un momento íntimo, así que me doy la vuelta y me pongo a contar los quesos que hay en la carretilla.

El ensayo tarda un poco en arrancar esta mañana. Los atenienses comen con mucho apetito y están cortos de energía al principio, pero esta parece ser la norma. Durante la primera hora después de haber comido, no hay forma de sacudirles de encima la languidez, pero es la única manera de trabajar, porque hasta que no comen les sale todo fatal. Ese no es el problema, en realidad. Ahora mismo el problema es cómo ligar *Medea* con la nueva obra, *Las troyanas*. No me convence mucho lo de hacer las dos. Creo que debería ser una o la otra, pero Gelón se ha empeñado en que no. Dice que ya hemos invertido demasiado tiempo en *Medea* como para abandonarla, y en su opinión es la mejor obra de Eurípides. No, *Medea* se queda, pero *Las troyanas* también. Es la nueva de Eurípides, y podría ser la última. Tenemos que hacerla, mantenerla con vida; es más, tenemos que conseguir que venga a verla tanta gente como podamos.

—¿Ah, sí?

—Sí.

Eso no me lo esperaba. Yo siempre he pensado que la obra era solo para nosotros, a lo mejor para Tuireann y su tripulación, y ahora quizá también para los niños. Pero traer público a la cantera, representarla como si fuera una obra de verdad… Es demasiado raro. Al final nos van a terminar arrestando.

Así lo digo, y Gelón se sonroja, estoy seguro de que va a romper a maldecirme, pero al cabo suspira y dice tranquilamente:

—¿Estamos jugando a los directores o vamos en serio?

—Vamos en serio.

—Entonces no se hable más. Una obra requiere público, de lo contrario es solo un ensayo.

Se vuelve hacia los atenienses. Muchos se aprietan el vientre porque han comido demasiado.

—¿Qué os parece a vosotros? ¿Con público o sin él?

A lo mejor son imaginaciones mías, pero creo leer los pensamientos que atraviesan, temblorosos, esas caras chupadas. Les apetece tanto como a mí tener un público de siracusanos, pero comprenden que aquí manda Gelón. Yo vengo también, pero no manejo el cotarro. La comida se la deben a Gelón, y todo lo demás también. Lo veo en sus miradas, y antes de que muevan los labios sé cuál será la respuesta.

—Con público —dice uno de ellos. Es Anticles: el ateniense de la barba plateada. Se la está acariciando, o más bien dándole tironcitos nerviosos, y se gira hacia los demás—. ¿No creéis? ¿Qué queremos?

—¡Con público! —claman quince voces a una, un coro tembloroso.

Paches es el único que no dice nada.

—Bueno, vale —digo—. Pero no esperéis una ovación.

—Comencemos.

Lentamente, los atenienses se ponen en pie. Tras una breve discusión, se decide dedicar el día a *Las troyanas*. Yo no sé gran cosa de la obra, solo que sucede en Troya, y me llevo otra desagradable sorpresa cuando Numa nos cuenta la trama. Bueno, la cosa es que no hay trama. Lo único que hay es Hécuba, Casandra y un coro de troyanas pasándolas putas. La guerra ha terminado, Troya está arrasada hasta los cimientos y los griegos se están repartiendo el botín. No es como en las tragedias normales, donde las cosas empiezan bastante bien y luego dan un giro para mal. En esta tocas fondo nada más empezar, o crees que tocas fondo, y entonces las moiras guiñan un ojo y la tierra empieza a temblar y se abre, y Hécuba y las demás se dan cuenta de que todavía les queda un largo trecho para tocar fondo de verdad. Sus vidas van a empeorar mucho más. Es la cosa más extraña y oscura que he oído en mi vida, y me doy cuenta de que hasta Gelón se queda impactado al oír los detalles. Está claro que le habían venido tentando con trocitos sueltos de la obra y que esta es la primera vez que escucha toda la trama.

—Es demasiado macabro, tío —le digo cuando Numa termina.

—Es una obra asombrosa —dice Numa, impertérrito.

Me giro hacia Paches porque es el único de ellos en quien confío.

—¿Qué opinas tú, Paches? Sé sincero.

Paches mira a sus compañeros y luego las paredes de la cantera. Se rasca la cabeza mientras piensa y se le desprenden unos mechones, aunque no tantos como de costumbre.

—No se parece a nada que yo haya visto —dice por fin.

—¿Te gustó?

Paches menea la cabeza.

—No, no me gustó, pero nunca la olvidaré. Dicen que Eurípides la considera su mejor obra.

—¿En serio? —dice Gelón, y sé que estamos jodidos. De *Las troyanas* ya no nos libra nadie.

La protagonista de *Las troyanas* es Hécuba, y ni siquiera discutimos quién la interpretará. Numa es nuestra mejor opción y él lo está deseando, así que el papel es suyo. Los siguientes personajes en orden de importancia son Casandra y Helena. Los hombres no pintan mucho en esta obra, al margen de ser unos gilipollas. Menelao aparece cerca del final, pero tiene poco que decir. No, la cuestión ahora es quién interpretará a Casandra y quién a Helena. En este momento de su vida, Casandra está mal de la cabeza, pero sigue siendo una preciosidad, y Agamenón está pirado por ella; se la quiere llevar a Argos. El muy imbécil se cree que su mujer los va a recibir con los brazos abiertos, al marido y a la concubina, pero Casandra sabe que si va a Grecia morirá. Aun así va. Es un buen papel y me gustaría que fuera para Paches, pero Gelón no está tan convencido. Quiere darle la oportunidad a algunos del coro, y supongo que es lo justo, pero me la sopla. Yo quiero a Paches.

—Tiene su simetría, si te fijas.

—Lampo, estoy ocupado.

Y una mierda. Le recuerdo que yo también soy director.

Gelón suspira y se vuelve hacia mí.

—Dime.

—Piénsalo, tío. Vamos a juntar dos obras. El público se dará cuenta de que son los mismos actores, y aunque eso suele ser un punto débil, podemos convertirlo en un punto fuerte. Jugar con sus expectativas. ¿No te parece?

—Continúa. —No está del todo interesado, pero al menos ya no me escucha solo por complacerme.

—Bueno, Medea es una mujer que mató a sus hijos, y Hécuba es una mujer cuya vida se ha acabado porque han matado a sus hijos. Hay una pauta, ¿no? Una lo destruye todo y la otra lo soporta todo. Tiene ritmo, y tú has tenido el buen ojo de elegir a Numa para los dos papeles. Pero piensa en Jasón y Casandra. ¿Qué tienen en común? —Paso el brazo sobre los hombros de Paches—. Jasón es el colmo de los donjuanes. ¿Correcto? Su infidelidad es la causa de todos los males. Le bastaría con cumplir la promesa que le hizo a Medea para que todo les fuera bien, pero es incapaz. Él tiene que hincar el diente en carne fresca, y por culpa de eso, todo arde. Y luego está Casandra. —Abrazo más fuerte a Paches—. Agamenón vuelve a casa y, al igual que Jasón, ha vencido. Pero su premio no es un puto vellocino, sino la mismísima Troya. Podría vivir tranquilamente en Argos, bebiendo vino del mejor, con su mujer susurrándole guarradas a la oreja, pero él necesita carne fresca, y su mujer no lo va a tolerar. Ella lo raja, y eso desencadena más violencia. Porque, después de que él muera, los niños matarán a la madre para vengarlo. ¿No te das cuenta, tío? Es como una imagen y su reflejo en un espejo roto. ¡Es perfecto!

Estoy sin aliento y no paro de dar vueltas de un lado a otro. Todo el mundo me está escuchando, todos los ojos están fijos en mí. Hasta los niños parecen entusiasmados, y miran ansiosos a Gelón, esperando su respuesta.

—Tienes razón en parte, pero no es tan sencillo. Clitemnestra odia a Agamenón de todas formas. Sacrificó a su hija solo para cambiar la dirección del viento. —Se calla como si se le acabara de ocurrir una idea—. Ahí sí hay un equivalente. Quiero decir que, si Agamenón apareciera en la obra, yo comprendería que el papel tuviera que ser para Paches, pero no aparece. ¿Correcto? —le pregunta a Numa.

—Correcto —dice Numa—. A Agamenón solo se le menciona.

Eso es un contratiempo, pero no me rindo. El reparto principal recibe la mayor parte de la comida, y no estoy dispuesto a que Paches se conforme con las raciones del coro.

—Vale. Pero no me estás entendiendo. Lo que buscamos es un espejo roto, no el reflejo exacto. Tiene que ser distinto pero reconocible. Además, míralo. Ha nacido para interpretar el personaje de Casandra. ¿Verdad, Paches?

—Sí —dice Paches, con menos convicción de la que yo esperaba.

Gelón les pregunta a los niños, que no saben a qué atenerse. Le pregunta al coro, lo que es una estupidez: todos querrán presentarse a las pruebas, claro está, porque es una oportunidad de acceder a un papel de verdad y a los beneficios correspondientes.

Hay una roca más o menos plana que parece un podio, y Gelón la bautiza la Roca del Casting. Dice que los interesados en presentarse formen una fila, y que todos tendrán la oportunidad de recitar el monólogo de Casandra. Para mi sorpresa, hay unos pocos que no se presentan. Le pregunto a uno que por qué, y masculla no sé qué sobre miedo escénico. No obstante, los tímidos son minoría, y casi todos lo intentan. Uno por uno suben a la roca e interpretan a Casandra. Pinta mal la cosa. No sé qué coño haríamos sin Numa. Tiene una memoria fuera de lo normal y se sabe el papel de Casandra tan bien como el de Medea, así que hace de apuntador para quienes lo necesitan, que son la mayoría.

Estamos haciendo la escena en que están a punto de llevar a Casandra al barco de Agamenón, en el que viajará a Grecia para convertirse en su concubina. Son las últimas palabras que dice en Troya, y con ellas pronuncia su profecía. Casandra es una auténtica cortarrollos. Habla de surcar ríos de sangre con un agujero en el barco y sin saber nadar. Todo muy lúgubre, pero potente si se hace bien. Nadie es capaz de hacerlo bien. Me recuerda a los primeros días en que veníamos a la cantera. Siento que la Roca del Casting se oscurece con cada intento, como si les robara un poco de energía, de manera que cada ateniense tiene menos confianza en sí mismo que el anterior. Paches es el siguiente, y yo estoy deshecho de nervios, pero me las apaño para sonreír.

—Enséñales cómo se hace, Paches.

Paches casi tropieza cuando se sube a la roca, pero recupera el equilibrio. Mira alrededor y respira hondo, asiente para sí mismo y se lanza. Se lanza de verdad. Es mejor que todo lo que ha hecho como Jasón, y cuando termina me vuelvo hacia Gelón y veo que está impresionado. Numa se pone en pie y le estrecha la mano a Paches.

—Brillante.

—Gelón, te presento a Casandra. Casandra, Gelón.

Alguien carraspea a nuestra espalda. Miro hacia allí; un último ateniense se dirige a la roca. Es delgado y barbilampiño y no puede tener más de diecinueve o veinte años. Tiene la piel reseca y pálida como los demás, pero casi sin arrugas, y ojos castaños y pestañas oscuras, larguísimas e inquietantemente expresivas. Parece un gamo o alguna otra criatura del bosque, esa es la impresión que causa plantado en lo alto de la roca, inestable sobre las piernas larguiruchas, delicado como un ciervo, temblando de emoción reprimida, y a mí se me cae el alma a los pies.

—Me gustaría intentarlo —dice con voz aguda.

—Mala suerte —digo—. Ya se ha acabado el casting. ¿No es verdad, Gelón?

Gelón niega con la cabeza, sin despegar la vista del joven.

—¿Cómo te llamas?

—Linar —dice.

—Adelante, Linar. Cuando quieras.

Linar asiente y echa una mirada alrededor, levanta un largo brazo hacia el cielo y hace el gesto de arañar, como si quisiera desgarrar el sol.

—Su concubina —dice con una voz femenina pero que claramente sigue siendo la suya—. El hombre que destruyó todo cuanto amo va a compartir mi cama. Su concubina —sisea—.

Yo, que he entregado mi vida a Apolo, seré su concubina. ¿Mi dios me ha abandonado? ¿Era todo fruto de mi imaginación?

Continúa, y es acojonante. No sé si es mejor que Numa, pero al menos es igual de bueno, de otra manera. A Numa lo ves transformarse en los personajes, pero con este tipo sucede lo contrario. No se transforma, sino que se sumerge. Se sumerge en algo que ya estaba ahí, muy dentro de él, un agujero con forma de Casandra. Nos grita su profecía, y al hacerlo nos priva de luz y hace que se me erice el vello de la nuca. No puedes apartar la mirada, pero quieres. Estrabón lloriquea; incluso Dares está turbado. Linar prosigue, tiritando en su podio como un maníaco, retorciendo las manos en el aire como flores extrañas en medio de una tormenta. Cuando termina, parece exhausto y se desploma de la roca, y alguien del coro lo tiene que atrapar en el aire. Nadie aplaude ni jalea. Están todos embobados, mudos de asombro. Gelón me mira con expresión de disculpa, pero está claro lo que hay que hacer. Él es Casandra.

—Lo siento, Paches —digo—. Lo hiciste muy bien.

Asiente, pero salta a la vista que está hecho polvo. Ha dado lo mejor de sí y, aun así, no hay punto de comparación.

Todos nos hemos quedado un poco mustios después de ver a Linar, y deambulamos sin saber qué hacer. Mencionamos varias escenas, pero ¿por cuál empezar? Nadie lo tiene claro. Gelón anuncia un descanso. Los atenienses ya se han atiborrado, así que ni hablar de comer otra vez, pero hay vino en abundancia y cada uno se toma una copa. Esto funciona, y van recuperando el ánimo con cada sorbo. Hasta tal punto que Anticles propone que volvamos al trabajo: se levanta muy animado acariciándose la barba plateada y explicándoles a los demás que todo es cuestión de práctica.

Otro carraspeo.

Linar de nuevo. Parece un cadáver. Una capa de sudor le cubre la cara grisácea y sujeta su copa con dedos temblorosos.

—¿Y Helena? —dice, sin aliento—. ¿Quién la va a interpretar?

La mención de un nuevo casting remata la labor iniciada por el vino, y el coro vuelve a estar animado de verdad. «¿Y Helena?», preguntan. Es un papel clave. Hasta los niños están entusiasmados. Todo el mundo conoce y odia a Helena de Troya. Casandra era extraña y desconocida, pero la villanía de la espartana es algo que ellos comprenden bien.

—Sí —dice Dares—. Antes de seguir adelante, hay que asignar ese personaje.

—¿Quieres interpretar a Helena? —le susurro a Paches.

Asiente, pero está claro que no le quedan fuerzas para seguir peleando, y yo ahora no apostaría por él en otra audición. A la mierda.

—No hace falta —digo—. Paches es Helena.

Todos me miran. Como pierda otra vez, seré el hazmerreír.

—Puede —dice Gelón—. Si su audición es la mejor.

—No hace falta audición.

—¿Cómo?

Creo oír unas risitas que vienen del coro.

—Piénsalo, tío. Es Helena de Troya, joder. La mujer más bella del mundo. No hay audición que valga. Lo es y punto. Si pones a esta gente a bailar y actuar para decidir quién será Helena, es como si suplicaran por unas migajas, y Helena no suplica. Ella es ella, sin más.

Es un buen argumento, y estoy satisfecho por haberlo expuesto. Helena es Helena, y punto. Paches sonríe; tiene la espalda un poco más erguida. Lo he conseguido.

—Pues en la obra suplica —dice alguien del coro.

—Sí —dice otro—. ¿No va de eso la escena, no intenta convencer a Menelao de que no la mate?

Hay murmullos de acuerdo, y yo me pregunto cómo cojones hemos llegado a esto. ¿Qué hago yo discutiendo con estos gilipollas encadenados?

—Siento cortaros el rollo, amigos, pero estáis muy lejos de la asamblea de Atenas. Aquí no tenéis voto.

—Oye —me dice Gelón, molesto—. No les hables así.

Más murmullos de aprobación, y parece que una audición para el papel de Helena es inevitable. Bueno, ¿y a mí qué más me da? Paches ya tiene el papel de Jasón, y si necesita comida, puedo darle raciones extra. ¿Por qué me importa tanto? Porque tengo que ganar. O soy director como Gelón, o soy apoyo moral. No me importa ser el segundo director, pero soy director en cualquier caso. Eso o nada.

—Pues me largo.

—¿Cómo? —Gelón parece impactado.

—Lo que oyes, tío. No he pedido mucho, creo yo. Pensaba que esto era cosa de los dos. A lo mejor lo había entendido mal, y si es así, no pasa nada. Sé volver a la ciudad.

Se hace el silencio, y Gelón y yo nos convertimos en el centro del espectáculo. Los atenienses, por hambrientos y derrotados que estén, quieren ver lo que va a pasar. ¿Quién vencerá? El tío alto y atractivo o el cojo gilipollas que lo sigue como un perro. Por cómo nos miran, sé por quién apuestan, pero aun así quieren ver qué va a pasar, quieren oírnos recitar nuestras frases, ver cómo interpretamos los papeles. Aguardan y observan.

—¿Tanto te importa?

—Sí.

—¿Por qué?

—Ha nacido para interpretar este papel.

Gelón me sostiene la mirada largo rato, al cabo menea la cabeza y murmura:

—Al menos tiene los ojos.

—¿Los ojos?

—Sí. ¿No decían que Helena tenía los ojos verde esmeralda?

¿Son imaginaciones mías o Gelón me ha lanzado un guiño? Los atenienses cuchichean, y el coro y los niños empiezan a plantearse la posibilidad de que yo tenga razón. Un ateniense recuerda haber oído mencionar los maravillosos ojos verdes de Helena. Otros también, y de pronto es cierto. Todos coinciden en que Paches debería interpretar el papel, pero sé que es menti-ra. Helena no tenía los ojos verdes, ni Jasón tampoco. Gelón se lo ha inventado porque no quería que yo me fuera, y le estrecho la mano sintiéndome algo incómodo, me aparto y me acerco a la carretilla, cojo un tarro de aceitunas y se lo doy a Paches.

—Necesitas engordar. Helena tenía un cuerpazo.

—Gracias —dice con la voz temblorosa—. ¿Por qué lo has hecho?

—Somos amigos —digo, y a mí mismo me sorprende que sea cierto.

Paches se enjuga las lágrimas.

Yo voy a por más pan.

18

Unas horas después, estamos en el Dismas. Ha sido idea mía. Gelón quería volver directamente a casa, pero yo tenía que hablar con ella, o al menos verla. Esta noche no está en la barra ni atendiendo las mesas. Está en el escenario. O, más bien, junto a un escenario que no son más que unas cuantas cajas atadas entre sí. Dismas está a su lado, sonriente, con el pelo alisado hacia atrás y reluciente de aceite. Carraspea y pide silencio, y la clientela se toma su tiempo, pero al final se calla, y él dice que como Caropo se cierne sobre nosotros y los árboles se marchitan y las nubes se mean sobre nuestras cabezas, hace falta un poco de música para levantar los ánimos, y que estamos de suerte. Acaba de descubrir que esta chica que compró no solo es una belleza. No, además tiene buenos pulmones. Esta mañana, por primera vez, la oyó cantar. Estaba cantando sola, más feliz que una perdiz, y Dismas pensó que por qué iba a ser él el único que disfrutara de sus canciones cuando sus parroquianos, con lo trabajadores que son, también podrían escucharlas mientras se toman una copa de tinto. Lira parece muerta de vergüenza. Como si quisiera estar en cualquier otro sitio, pero Dismas le dice que se suba a las cajas, y ella obedece. Cuando su mirada se encuentra con la mía, se relaja un poco y, aunque sigue pareciendo nerviosa, ya no está desesperada.

—Esta es una canción de mi tierra —dice—. La he traducido al griego para que...

—¡Empieza ya! —grita el tipo que tengo detrás.

Me doy la vuelta.

—Calla la puta boca.

El tipo se levanta, pero Gelón también, y el tipo se vuelve a sentar cagando leches.

Lira prosigue. Dice que es una canción sencilla que su criada le cantaba cuando era pequeña. Todos saben que es una esclava, y se nota que estas referencias a otra época y otro mundo les hacen sentir incómodos, y alguien masculla que quieren una canción, no que les cuente su vida, y ella empieza a cantar.

No tiene una voz bonita, y al principio es una decepción, pero a medida que van saliendo las palabras siento un cosquilleo por todo el cuerpo por la furia que hay en ellas, una extraordinaria ansia de vivir y de otras cosas, y me doy cuenta de que no conozco a esta mujer en absoluto, solo deseo conocerla. La canción es claramente extranjera. La traducción al griego solo la hace más rara. Habla sobre un joven pastor que se enamora de una chica a la que ve bañarse en un lago, pero él tiene miedo de decirle algo porque, siendo pobre y sencillo, ¿qué le podría ofrecer? Así que decide engañarla para que se enamore de él. Trepa a un árbol muy alto y frondoso cuyas ramas se extienden por encima del lago, y como esa noche hay luna llena, una enorme luna amarilla, el pastor piensa que, si habla haciéndose pasar por la luna y convence a la chica de que no es un pastor, a lo mejor ella lo considerará digno, y desde una rama del árbol, con su mejor voz lunar, le dice a la chica que él es la luna y que está perdidamente enamorado de ella. Como es de esperar, la chica se muestra escéptica al principio, pero al escuchar a la luna pavonearse de sus hazañas —cómo los mares obedecen su capricho, cómo los lobos, las olas y todas las criaturas de la noche se pliegan a su voluntad, y que vive en el cielo rodeada de lujos, atendida por miles de sirvientes a los que nosotros conocemos como estrellas, miles y miles de llamitas de plata sin otro propósito que obedecer su mandato—, al oír todo esto, la joven lo cree, embelesada. Ella había anhelado un marido apuesto. Un trabajo estable, un poco de tierra, puede que algunas vacas, pero casarse con la luna y que le sirvan las estrellas... A sus padres les encantaría. Sus amigas se pondrían muy celosas. Y se lo dice a la luna, y el pastor se ríe, responde que no merece menos, pero cuanto más habla él sobre su reino nocturno y sus sirvientes celestiales, menos convencido está. Mira bien a la chica, que tiene el rostro alzado hacia él, con ojos anhelantes, y ya no le parece tan hermosa. Tiene los dientes un poco torcidos. La oreja izquierda de soplillo. Sin decir nada, el pastor piensa que a lo mejor se ha precipitado, y baja del árbol y se larga sigilosamente. La chica se queda sola, suplicando a la luna que le diga algo, cualquier cosa. El pastor recorre las colinas, y ya no es un niño, en realidad, sino la luna, y si ve a alguien que le guste, se esconde para hablarle con su nueva voz, y todos cuantos la oyen caen enamorados, y muchos acaban con el corazón roto, y tal es la razón por la que a los que enloquecen de deseo los llamamos lunáticos. No los mueve la luna, sino ese pastor loco que ha olvidado quién es.

La gente aplaude, pero más como si se frotaran las manos para calentárselas, y nadie se levanta. Bueno, miento. Hay un tipo en pie, ovacionándola. Una voz solitaria con un tono peculiar, y cuando me giro veo que es Tuireann, nuestro productor, que está unas mesas detrás de nosotros, sonriente.

—El pez gordo en persona —le susurro a Gelón.

Gelón asiente y aferra su copa.

—Vámonos —dice.

A mí tampoco me apetece saludarlo, pero todavía no he hablado con Lira, así que niego con la cabeza.

—Tan pronto no, hombre. Acabamos de llegar.

—¿Qué tal están mis directores?

Tuireann se sienta a nuestra mesa y nos pregunta qué estamos bebiendo. Cuando se lo decimos, niega con la cabeza como si eso no le valiera y pide un vino del que yo no he oído hablar nunca. Nos lo traen con mucha ceremonia, el tapón sellado y polvoriento. El vino que nos sirve es oscuro y viscoso, casi como savia.

—¿Dismas tiene de esto?

Tuireann niega con la cabeza y sonríe.

—Por supuesto que no. Le he dicho que lo encargue. No hay más de diez de estas en toda Sicilia.

No digo nada, miro poco convencido el líquido negro y le doy un sorbo. Es tan espeso que se puede masticar, y sabe salado y agrio. Mi primera reacción es escupirlo, pero luego noto, poco a poco, que un calor agradable se me extiende por el pecho, como la caricia de manos femeninas; tomo otro sorbo y miro la copa, confuso.

—Siempre recordarás la primera vez que bebiste vino negro de Babilonia.

—¿Esto es de Babilonia?

—De un viñedo en las afueras, para ser exactos.

—Qué locura. ¿Tú has estado en Babilonia?

—Por supuesto. —Mira alrededor—. ¿Dónde está la cantante? Creo que procede una propina. Ha estado maravillosa. Debo reconocer que me ha sorprendido oír una canción semejante en Sicilia. No creía que tuvierais nada así.

Estoy a punto de decirle que ella es de Lidia, pero por algún motivo me lo callo, y en su lugar digo:

—La obra está casi lista.

—¿Es eso cierto?

No me mira a mí, sino a Gelón.

—Casi —dice Gelón—. En una semana o así, la tenemos.

—¿Y la nueva obra de Eurípides de la que me hablaste? ¿Habéis decidido hacerla también?

Gelón le habla de *Las troyanas* y de cómo la vamos a representar. Tuireann escucha cautivado, como si no hubiera oído una historia mejor en su vida, y me doy cuenta de que es la ocasión perfecta para escabullirme e ir a buscarla.

—Tengo que hacer una cosa.

Ni siquiera me miran, y yo me largo. El local está hasta arriba. El sudor de la gente forma una niebla que oscurece las paredes, y la estancia parece más grande. Tengo que abrirme paso a empellones hasta la barra, y algunos clientes se cagan en mí, y yo me cago en ellos, pero me conocen y todo queda en eso. Al final, llego junto a ella. Corre de un lado a otro, está colorada y hace un ruido como el de un sonajero al ir de acá para allá, de tantas jarras y copas y cuencos de estofado como acarrea. Tiene la bata muy sucia y el pelo empapado en sudor, pero hay una parte de su vestimenta que es nueva y está casi limpia: un par de zapatos amarillos. El primer regalo que le hice, y me siento feliz como un bobo al verla con ellos puestos.

—Soy la luna —digo—, ¿te puedo meter mano?

—Ni hablar.

—No es esa la forma de dirigirse a su majestad celestial.

Se ríe y casi se le cae un cuenco de estofado.

—Déjame que acabe con esto, ¿vale?

—Por supuesto.

Tengo que esperar bastante, pero al final todas las bandejas y los cuencos están servidos, y ella se refugia en un rincón conmigo para que podamos hablar.

—Has estado inigualable —digo tomándole la mano.

Niega con la cabeza, pero veo que le complace oírlo.

—Yo no quería hacerlo, pero Dismas me obligó.

—No tendrás que aguantar esto mucho más tiempo, mi faraona.

Sonríe, pero la noto escéptica, y le aprieto más fuerte la mano, como si quisiera fundir los huesos de mis dedos con los suyos para que sean indistinguibles, y le pregunto si puede salir un momento a la calle, porque entre la peste a sudor y a tripas de pescado este no es sitio para cortejar a una belleza como ella. Duda, pero insisto y al final dice que solo un momento y nos escabullimos por la puerta trasera. El aire fresco del mar es tan intenso después del tufo de dentro que tengo un escalofrío y la rodeo con el brazo, noto el calor húmedo de su piel bajo la bata. Se tensa, pero no se aparta.

—¿Te sabes más canciones?

Asiente.

—¿Me las cantarás? Quiero oírlas. Todas las canciones que te sepas, quiero oírlas.

El viento le echa el pelo sobre los ojos y se lo mete en la boca y le apaga las palabras, pero creo que dice que sí, que me las enseñará. Siento una manaza en el hombro. Lo primero que me viene a la cabeza es que es uno de esos aristócratas, y que me espera una paliza, pero cuando me doy la vuelta me encuentro con el retaco de Dismas mirándome fijamente.

—Va a haber una puta revuelta si no entras ahí cagando leches y te pones a servir copas —le dice a Lira, sin apenas mirarla.

Ella se disculpa y regresa adentro a toda prisa, y yo pienso que le tendría que romper la cara a Dismas ahora mismo. Me lo debe de ver en la mirada, porque recula un par de pasos y cuando vuelve a hablar lo hace en tono conciliador.

—Está hasta arriba, Lampo. Ya lo has visto. Si quieres hablar con ella, no hay problema. Ya me conoces. Soy un tío razonable, pero no me arruines el negocio.

Qué raro. El plan, claro está, es comprarle a Dismas la libertad de Lira y casarme con ella. Lo he hablado con Lira. Hasta se lo he confesado a Paches esta tarde durante el descanso para comer. Pero todavía no se lo he dicho a la única persona a la que de veras es importante que se lo diga si quiero que se cumpla, que es Dismas. ¿Por qué? ¿Solo estaba jugando con la idea o voy en serio? Sonrío y abro los brazos.

—Dismas, amigo mío. Dame un abrazo, coño.

Vuelve a retroceder, recela de esta simpatía repentina.

—¿Qué pasa?

Saco una bolsa llena de plata. Mis ahorros de todas las mañanas que llevo acarreando cajas. No es mucho, pero ahora mismo brilla la luna y su luz intensifica el resplandor de las monedas, y las sacudo para que hagan ruido.

—Quiero comprar a Lira.

Sonríe, aunque no sé si con expectación o burla. No dice nada.

—¿Me has oído, tío? He dicho que quiero comprar a la chica.

—Te he oído, pero ¿yo quiero venderla? Esa es la cuestión, ¿no?

Que él pudiera no querer venderla no se me había ocurrido.

—Claro que la quieres vender. Eres un hombre de negocios. Atiendes al dinero, no a tu corazón, y por eso siempre sales ganando.

Dismas asiente, en apariencia satisfecho, pero luego niega con la cabeza, apesadumbrado.

—Sin embargo, le tengo mucho aprecio a esa chica. Casi como a una hija.

Hay un brillo en su mirada que no quiero detenerme a considerar. Respiro hondo y sonrío de oreja a oreja.

—¿Cuánto pides, tío? Zanjemos esto.

—Trescientos dracmas.

Mi peor pesadilla multiplicada por dos. Eso son trescientos dracmas. Una locura de dinero. Dismas lo sabe bien, porque dice:

—Incluyendo los daños emocionales. A eso no se le puede poner precio.

—Y qué coño acabas de hacer, tío. Por trescientos puedes comprarte dos esclavas.

—Pero no como ella —dice casi susurrando—. Como ella solo hay una, ¿verdad, Lampo?

Estoy jodido. No solo es más dinero del que tengo. Es más de lo que puedo llegar a tener nunca. Me llevo las manos a la cara y huelo su aroma en mis dedos. ¿Voy a perder la fe tan fácilmente? ¿No me han pasado un montón de cosas últimamente que nunca pensé que me pudieran pasar? Soy director, y pronto vamos a estrenar nuestra obra. He visto a un dios. Sé que esto no es estrictamente cierto, porque salí por piernas antes de que asomara a la superficie del agua, pero sentí su presencia. Me he hecho amigo de un ateniense. Tres cosas que nunca habría pensado que me pudieran suceder, por no mencionar que este año el mundo se ha vuelto del revés. Atenas a punto de ser destruida. Siracusa convertida en una potencia. Lampo un director, y un dios metido en una caja en un barco. Todo es posible, y así ha sido siempre. Pues el mundo nació de la mirada de un dios, y quien se rinde hace que ese mismo dios mire para otro lado.

—Conseguiré el dinero —digo—. Ahora no lo tengo, pero lo tendré.

Dismas se queda mudo. Esperaba que yo regateara. Esperaba que lo mandara a tomar por culo o que le suplicara. Esperaba cualquier cosa menos esto, y lo miro a los ojos y le estrecho la mano y lo repito.

—Voy a conseguir el dinero. Te lo prometo. ¿Me prometes tú que ella será mía cuando lo consiga?

Dismas me mira como si fuera la primera vez que me viera.

—Lo prometo. Por trescientos dracmas, la chica es tuya.

—Entonces es mía —digo, y vuelvo a entrar al bar.

Gelón está solo en la mesa. Tiene los labios manchados de negro por la bebida de Tuireann, y me pregunto si yo también, así que me los restriego fuerte con el manto.

—¿Qué ha dicho?

Gelón abre la boca y la vuelve a cerrar, intenta servirse más vino, pero la jarra está vacía.

—¿Qué pasa? —pregunto.

—¿Crees que hemos hecho bien?

—Claro. Pero ¿a qué te refieres?

—A aceptar su dinero. Quiero decir, ¿por qué nos ayuda, Lampo? Las cosas que dice… No sé si deberíamos haberlo aceptado.

—¿Cómo que por qué? Está claro, tío. Este hombre aprecia el talento. Sabe que vamos a llegar lejos. ¿O no?

Gelón no dice nada.

Es una sorpresa desagradable. Gelón nunca ha mostrado dudas. Yo siempre las he tenido, pero su convencimiento me hacía seguir adelante; ahora algo en él ha cambiado. Hay menos melancolía y más miedo, y pide otra jarra, y nos sentamos a beber en silencio. Los dos estamos asustados. Se ve en nuestra forma de sujetar las copas. Se ve en nuestra forma de mirar alrededor, escudriñando los rincones brumosos del bar en busca de lo que allí se oculte. La aprensión presta una cualidad diferente al momento. Esta noche no bebemos para olvidar, sino para recordar y soñar. Es la esperanza lo que nos asusta, y me recuerdo que debería sentirme agradecido por este miedo, pues solo tiene miedo quien tiene algo que perder y que ganar.

19

Es todo un poco confuso, la verdad. La mayoría de las noches no duermo más de un par de horas, y algunas no duermo nada. Esas son las más raras. Supongo que la mente necesita soñar, porque los días en que no he pegado ojo suceden cosas extrañas que no sé explicar. El cielo a menudo adquiere el bermellón brillante del agua en el puerto grande durante la batalla final. Por la noche la luna siempre parece estar llena, y los murciélagos que revolotean a su alrededor son del tamaño de cuervos, aunque yo sé que en Siracusa los murciélagos son pequeños. Me pregunto si el agotamiento ha abierto una brecha en el firmamento de mi mente y se han escapado por ahí. Pero creo que soy feliz. Sé que lo soy. A veces tengo ganas de llorar, pero supongo que es porque por fin están pasando cosas, y porque me preocupa cómo se resolverán.

Me levanto cuando todavía es de noche, y salgo de casa con un hueso para el perro de Dismas y un regalo para Lira. A veces ya tiene la ventana abierta y me está esperando. Esas mañanas son las mejores. Otras veces todavía duerme y tengo que llamar, y abre la ventana adormilada, bostezando, y esas mañanas también están bien. Esa hora, más o menos, antes de que salga el sol, es todo el tiempo que tenemos para estar a solas. Le hago preguntas sobre Sardis y sobre cómo era su vida antes de que se la llevaran de allí. Incluso a oscuras, noto que se le alegra la cara al hablar de su hogar, y se lanza casi sin aliento a describir la ciudad y sus calles, las panaderías y los templos, las manos de su padre y la colina anaranjada detrás de su casa, que al amanecer se encendía como una antorcha. Nos vamos turnando, yo hablo de lo que voy a hacer y ella habla de lo que ha hecho y ha visto. La cosa se pone tan intensa que creo en la gran ciudad de Sardis, y creo en el esplendor de nuestro futuro, y lo que me parece increíble es el aquí y ahora, que estemos los dos en pie, a un metro de distancia, y a menudo tengo que alargar la mano y tocarla, sentir su calor, para saber que es real.

Salgo de nuestras citas un poco aturdido, y voy dando traspiés hasta el mercado para empezar el turno de mañana. Los capataces ya me conocen, y siempre tengo cajas que acarrear. Ahora me pesan menos. Lo que unas semanas atrás me hacía jadear y gruñir y tambalearme, ahora lo soporto fácilmente. Siento los músculos de los brazos como si fueran cuerdas y, aunque no soy Gelón, estoy más fuerte que nunca. Concluido el trabajo, le llevo algo para desayunar a mi madre, escondo mis ganancias en una bota debajo de la cama y salgo hacia la cantera.

Cuando llego al cruce, el sol está empezando a asomar sobre Epípolas, pero yo ya llevo una jornada de trabajo a la espalda. A veces soy el primero en llegar. Otros días soy el último y los oigo reírse antes de verlos: los niños jugando a perseguirse con la carretilla. Dares charlando con Gelón, que escucha con una sonrisa satisfecha, y yo me pregunto: ¿seguro que es a Eurípides al que estamos rescatando? En cualquier caso, el espectáculo va cobrando forma. Cada mañana se distribuye la comida y, sin entretenernos, nos ponemos a trabajar en una escena; cuanto más jugosa, mejor. Todavía no hemos resuelto lo de la música, cosa que no tiene sentido, con la cantidad de dinero que hemos gastado en todo lo demás. En lugar de música, tenemos a Gelón, que canturrea las canciones acompañado por los niños, como una especie de segundo coro, pero lo más extraño es que funciona. Dares debe de haberlos puesto a practicar, porque las armonías de los niños han mejorado mucho; son tan buenos como esos coros de aristócratas que se ven en los festivales, y los niños no son los únicos que han mejorado: los actores no se han quedado atrás.

El pequeño extra de comida que les damos ha empezado a surtir efecto. Cualquiera sabría distinguir cuáles de los atenienses son los actores por lo rellenas que están sus mejillas y lo recta que tienen la espalda. Mientras que nuestro reparto engorda, el resto de los prisioneros se consume a mayor velocidad. Parecen tan resecos y quebradizos como las hojas que el viento arranca de los árboles y arrastra a la cantera. Pasamos por delante de ellos con la carretilla, la comida cubierta por mantos, pero está claro que saben lo que está sucediendo. Fue una locura pensar que podíamos hacerlo en secreto; seguramente no nos lo creíamos ni nosotros mismos. En cualquier caso, ¿qué coño pueden hacer estos pobres sino guardar las distancias? Gelón y yo llevamos nuestras porras, pero los atenienses están tan débiles que seguramente hasta los niños podrían con ellos. Más que su cuerpo, es su espíritu lo que está destrozado. Ya no les queda nada, ni siquiera miedo. Es como si se hallaran más allá del miedo y del deseo. Por supuesto, si les diéramos comida, se la comerían, pero no tengo claro que la quieran. Lo poco que queda de ellos no es más que un rescoldo al que habría que dedicar grandes esfuerzos para que volviera a arder, y nosotros no se los dedicamos.

No hemos vuelto a ver a Biton, y lo que más ha trastornado los ensayos últimamente ha sido el tiempo, que ha empeorado de golpe. Caen trombas de agua cada dos por tres, y a Gelón no le gusta que los niños se mojen. Su hijo Helios era muy propenso a los catarros y a toda clase de dolores, y yo quisiera decirle que estos niños no son Helios, que están sanos y fuertes, y que podemos continuar trabajando sin tanta interrupción, pero algo me hace callarme. A pesar de las continuas paradas, la obra toma forma. Despacio, como una hormiga que transporta piedras del doble de su tamaño, progresamos: juntamos fragmentos de escenas y, aunque los directores somos nosotros, los atenienses también hacen aportaciones, al igual que los niños, y cuesta decir si esto es lo que parece, porque todo es como un sueño, y yo no he dormido mucho, pero a menudo lloro al oírlos recitar, sobre todo con *Las troyanas,* y me paso la mitad del tiempo con la cara tapada por un pliegue del manto u oculta tras una rebanada de pan para que los niños no me vean. Siempre queda algo por hacer; alguna cuestión en la que no habíamos pensado, alguna escena de engarce que hemos pasado por alto o un fragmento de diálogo que ni siquiera Numa es capaz de recordar, así que tenemos que rehacerlo por nuestra cuenta, proponiendo y debatiendo qué palabras usar. Siempre queda algo por hacer.

Hasta que un día ya no. Hasta que un día, cuando el sol poniente baña al coro en una luz herida, los niños tararean su acompañamiento musical y las primeras ratas se asoman a despedir el día, Hécuba mira al cielo y brama sus frases finales.

Gelón y yo nos miramos y sonreímos porque la obra está lista.

Ahora lo que necesitamos es público.

20

Alekto nos invita con un gesto a pasar, y los libios extienden su trabajo sobre unos bancos de madera para que lo examinemos. Yo examino cada pieza con atención, acariciándome la barbilla, pero la verdad es que son cojonudas. Hay máscaras y trajes para todo el reparto, incluido el coro. La pieza más impresionante es para Helena. Es una prenda esplendorosa, una túnica púrpura con mucho vuelo y mariposas y rosas bordadas en hilo dorado, de un valor inimaginable si el tinte es auténtico.

—¿Es púrpura de Tiro?

Alekto se ríe y niega con la cabeza.

—¿A que no se nota? —Nos enseña un bulto violeta brillante con forma de corazón—. Es remolacha y un ingrediente secreto.

La máscara de Helena también es digna de ver: labios escarlata y pómulos de marfil. Le pedí a Alekto que hiciera los orificios para los ojos especialmente grandes porque el actor tenía los ojos verdes como Helena, y aunque me miró como si yo fuera idiota, los orificios para los ojos son sendos abismos. Se verán los ojos verde lagarto de Paches sin problema, y creo que quedará bien.

Es un auténtico batiburrillo. Tenemos los harapos de *Las troyanas* junto a las elegantes ropas de los nobles de Corinto para *Medea*. La corona del rey de Corinto en lo alto de una pila de relucientes piezas de armadura y armas de madera. Resulta extraño ver estas piezas, diseñadas para denotar personalidad, yacer aquí, vacías y huecas. Mañana, cuando los atenienses se las pongan, bullirán de vida por un momento. Por ahora nada está vivo, pero todo palpita de expectación; las ropas y las coronas tiemblan de emoción como flores en primavera esperando que aparezcan las abejas.

—Es de madera —dice Gelón, levantando una espada.

—¿Cuántos años tienes? ¿Crees que los actores usan espadas de verdad? Las pintamos, mira.

Señala un cubo lleno de un líquido brillante.

—Lo sé. Pero impresiona.

—Te alabo el gusto —sonríe Alekto.

Nos hace pasar a la siguiente estancia para que veamos los fondos. Gelón quería un fondo pintado para cada obra. El de *Medea* representa un dormitorio lujoso, con abundancia de alfombras y de almohadones, y a mí me gusta que haya cuadros en las paredes de la habitación. Las miro de cerca, veo que uno es el retrato de un niño, y se lo muestro a Gelón, que asiente con entusiasmo.

—Eso fue idea suya. —Alekto señala a uno de los libios. El tipo que me habló de su viaje a través del desierto, durante el que perdió a su madre. Parece nervioso de repente. Como si le diera miedo que le reconozcan sus méritos.

Gelón saca una moneda de su bolsa y se la entrega al libio, que hace una reverencia y le da las gracias de corazón. Algo me dice que le ha conmovido más el cumplido que la moneda. La cara de ese niño en el cuadro encima de la cama es un toque de genialidad. Podrías no fijarte. Podrías ver toda la obra y no saber que está ahí, pero creo que, de alguna manera, sentirías que está, y si alcanzas a verlo por el rabillo del ojo, no creo que se te olvide.

El fondo para *Las troyanas* nos es familiar. Son las relucientes murallas de una ciudadela con sangre chorreando de las torres, pero Alekto lo ha adaptado a nuestras necesidades. Ahora hay brechas en la muralla, grietas a lo largo de las torres y llamas que se enroscan como una hiedra roja alrededor de las almenas. Nunca pensé que se pudiera dar tanta vitalidad a los edificios, pero los quiebros de esas murallas recuerdan a una criatura que se retuerce, agonizante. Troya arde, sangra y se extingue. Basta mirarla para echarte a temblar, y veo que Gelón ha vuelto a sacar la bolsa para repartir más monedas. Alekto se ríe para sí, encantada con nuestras caras de aflicción; esto es mejor de lo que podríamos haber imaginado, pero yo no me siento bien. No, ahora mismo estoy muy intranquilo, y aparto la mirada del fondo y le pido al libio que empiece a embalar. Ya es hora de salir de aquí. Ahora que el material está listo, tenemos que preparar la promoción de la obra.

Gelón ajusta las cuentas con Alekto. Ella dice que el libio nos llevará en el carro junto con el material. Es muy amable, pero no me sorprende, porque el material ocupa mucho espacio, y estoy seguro de que está deseando quitárselo de encima.

—¡Esperad! —dice.

Estamos ya en patio y me dispongo a subirme al carro con las cosas. El libio está ajustando el arnés de la mula y Gelón se ha sacado algo verde del bolsillo, una manzana o alguna otra fruta, y se la está dando a la mula mientras le acaricia las orejas.

—¿De verdad vais a representar las obras?

—Por supuesto.

—¿Con público?

—Sí.

—¿En la puta cantera?

—Ya te lo hemos dicho —digo—. ¿Estás senil o qué? Porque no lo aparentas.

—Es una locura. ¿Lo sabéis?

—¡Adiós, Alekto!

Pero es el libio quien va a las riendas, así que no nos movemos.

—Lampo, cierra la boca —dice Gelón.

Miro a Alekto y lo entiendo. No pretende disuadirnos. Tiene otra intención.

—Ahí va parte de mi mejor trabajo —dice—. Tan bueno como lo que se hace en Atenas. Que lo sepáis.

—Lo sabemos. Gracias.

Menea la cabeza, exasperada, consigo misma o con nosotros.

—Nadie va a ir a la cantera. ¿Lo sabéis?

—Irán —dice Gelón, con una seguridad desconcertante, y Alekto lo mira y luego observa sus creaciones cargadas en el carro.

—¿A qué hora empieza?

Se lo decimos y ella asiente, da media vuelta y se va.

—Zorra impertinente —digo.

El esclavo libio me fulmina con la mirada, chasca las riendas y nos ponemos en marcha, atravesando Siracusa.

—¿Cómo vamos a promocionar esto?

—Avisando a la gente.

—Comprendo.

Y, sin más, empezamos con la promoción. De camino a la casa de Gelón, gritamos a los viandantes. Les decimos que el más asombroso de los espectáculos ha llegado a la ciudad, la última obra de Eurípides, de la que se llevará a cabo una única representación en la cantera de Laurium. La gente nos mira desconcertada. Supongo que no tenemos la mejor pinta del mundo: dos tipos harapientos dando gritos desde un carro tirado por una mula. El libio parece cabreado. No ha abierto la boca desde que nos pusimos en marcha. Yo no tendría que haber dicho que Alekto es una zorra, pero el trabajo de director es estresante, y a veces el genio se desboca, y le digo eso al libio, y que con la piel tan fina nunca llegará a nada en el mundillo. Parpadea y sujeta con más fuerza las riendas. Pero cuando el material ya está descargado en casa de Gelón, el libio dice que nos recogerá mañana y nos llevará a la cantera.

—Así me gusta —digo—. Vas por buen camino.

El libio ya ha emprendido la vuelta al taller de Alekto y nosotros seguimos con la promoción a pie. Primero vamos al mercado, pero hay tanta gente anunciando a voces su mercancía que los detalles de nuestro espectáculo se pierden entre el precio del queso, el del pescado en salazón y las demás mierdas a la venta.

—No nos escuchan —digo.

Gelón me da la razón, pero insiste. Es muy tímido, y casi da risa verlo acercarse a la gente con su mirada torturada y preguntarles si les gusta la tragedia. No tiene labia ni sutileza, pero, por más que yo sonrío y entrechoco los talones, no me va mucho mejor. Sin embargo, no nos damos por vencidos. Hay un par de turistas junto a la piedra de las decapitaciones. La de color púrpura donde ejecutaron a Nicias. El mismo guía de la otra vez les está soltando su rollo, y la historia se ha vuelto más descabellada todavía. Esta vez Nicias no solo suplicó clemencia, sino que se meó encima también. Seguramente la próxima vez se cagará, y después de eso, quién sabe. A lo mejor es por lo frustrante que está siendo la promoción, o a lo mejor por otra cosa, pero me acerco.

—Menuda sarta de sandeces.

Los turistas reculan.

—Perdón —dice el guía—, pero esto es una visita privada.

—¡Lampo!

Gelón me llama. ¿Qué estoy haciendo? ¿A mí qué me importa Nicias? No es más que un rico de mierda que se la jugó y perdió.

—Que os devuelva el dinero —digo—. Nicias no se meó encima.

Los turistas se miran entre ellos y luego al guía. Todavía están asustados, pero percibo un atisbo de duda. Como si quisieran que el guía se defendiera.

Él debe de notarlo, porque tartamudea:

—Sí lo hizo.

—No.

Mira a los turistas.

—Os digo que sí. No mucho, pero se meó.

—¿Por qué mientes?

Es Gelón. Mide por lo menos treinta centímetros más que el guía, que tiene que inclinar la cabeza hacia atrás para mirarlo.

—¿Perdón?

—Todos vimos morir a Nicias. Murió dignamente. ¿Por qué mancillar el recuerdo de un hombre?

—¡Pero si es verdad!

—¿A ti qué te pasa? Degradas por dinero el sufrimiento de un hombre. ¿No comprendes que así todos salimos perdiendo?

Entonces sucede algo curioso. Al guía le empieza a temblar un párpado y le falla la voz, y aunque está claro que nos tiene miedo, en especial a Gelón, no creo que sea eso lo único que siente. También siente vergüenza.

—Vale —dice encorvando los hombros—. No se orinó. Me lo he inventado.

Los turistas se enfurecen y piden explicaciones al guía, que gimotea que tiene familia y que si adorna la historia consigue más propinas. Los turistas lo insultan y nos dan las gracias. Van a estar en la ciudad un par de días y nos preguntan qué les recomendamos ver.

—Una obra —digo.

—¿En serio? No hemos oído hablar de ninguna producción nueva.

Por la pinta, tienen pasta: padres de mediana edad haciendo una escapadita, con las mujeres y los niños en casa.

—Es la nueva de Eurípides —dice Gelón—. Nunca se ha representado en Sicilia.

Asienten entusiasmados y preguntan dónde es.

—En la cantera.

—¿Perdón?

—Ya lo sé —digo—. Es una locura, pero ¡esto es Siracusa! ¿Me entendéis? Aquí nos gusta arriesgarnos. Es una producción con prisioneros atenienses. Son los únicos en toda Sicilia que conocen esta nueva obra de Eurípides. Actores versados todos ellos, os lo aseguro, chicos. Este espectáculo va a ser la bomba. A la mierda la piedra de Nicias. Eso lo ve cualquiera. Es como ir a Egipto y quedarte en las pirámides. Pero ver a los atenienses representar lo último de Eurípides, joder, eso solo pasa una vez en la vida. Es una oportunidad única.

El guía se ha escabullido dejándonos solos con los turistas.

—¿Cuánto?

Miro a Gelón y veo cómo sus labios se disponen a pronunciar la palabra «gratis». Antes de que diga nada, lo interrumpo.

—Dos dracmas por todo el grupo.

Son seis, y es un precio muy alto. Les sorprende, pero esta gente está forrada. Basta verles las botas, de piel de cabritilla, para saberlo.

Nos dan el dinero y les digo cómo llegar. Ni siquiera regatean, y cuando se alejan van encantados, susurrando sobre la suerte que han tenido.

—No deberías haberles cobrado —dice Gelón—. No lo hacemos por dinero.

—En eso te equivocas. Si lo das gratis, la gente rica como ellos no pica. Hace falta estafarlos para que crean en ti.

Sonríe, una sonrisa encantadora.

—¿Por qué te haces el tonto? No lo eres.

—Lo soy. Pero yo lo sé. Supongo que eso me hace más inteligente que la mayoría.

—Eso lo dijo alguien. ¿Quién lo dijo? —Achica los ojos como si intentara recordarlo.

—El gran Lampo pronunció esas palabras ante un tonto del culo en el mercado de Siracusa, si lo que se cuenta es cierto.

Ponemos rumbo al Dismas porque el trabajo de promoción da mucha sed.

*

Chabrias está sentado en un taburete en la puerta, y yo le dejo un odre de vino en el regazo y le hablo de nuestra obra.

—Que no entre nadie aquí sin que le hayas contado lo que estamos haciendo. Una producción completa, con coro y todo. Deslúmbralos, Chabrias. ¿Crees que podrás?

Chabrias mira el vino de reojo, se frota la mejilla con el muñón rojizo que tiene por brazo y asiente.

—Con música en condiciones también. Díselo a la gente.

Da un largo trago del vino y suspira.

—La de mi tierra —dice, y empieza a enderezar la postura—, la música de Argos… No hay nada por aquí que se le acerque.

Está a punto de ponerse a dar la chapa sobre Argos, así que Gelón y yo nos escabullimos al interior.

El entusiasmo que nos ha producido venderles nuestra obra a los turistas lo apagan rápidamente los desaires de los pescadores del Dismas. Ni siquiera que Lira no deje de mirarme desde la barra compensa la humillación de que me manden a la mierda cada vez que intento vender la obra. La mayoría ni siquiera entiende lo que estamos haciendo, y los pocos que sí nos llaman traidores. Dicen que los atenienses tendrían que estar clavados en picas, no en un escenario, y que me calle de una puta vez. Aun así, voy dando mi discurso de mesa en mesa. A Gelón no le sueltan tantas groserías, porque tan tontos no son los pescadores, pero ninguno muestra interés.

—Joder —dice cuando nos reunimos en la barra—. Sí que son duros de convencer.

—Unos bárbaros es lo que son —digo—. Solo saben beber.

Gelón se endereza de repente al oír esto.

—Brillante.

—Gracias, tío… Pero ¿qué?

Gelón va a la silla de Homero. Hay un pescador sentado en ella, pero en cuanto ve acercarse a Gelón se escabulle como siempre, y Gelón se pone de pie en la silla, que cruje, las patas se comban, y yo pienso: joder, se la va a cargar. Carraspea y levanta los brazos. La clientela lo mira por encima de sus copas, y unos pocos de los más osados mascullan maldiciones.

—Mañana vamos a representar *Medea* y la última obra de Eurípides en la cantera de Laurium.

—Sí, hombre —dice alguien.

Gelón lo fulmina con la mirada y el tipo encuentra algo muy interesante que observar en el suelo.

—Vamos a hacerlo. Si no lo creéis, hay una forma muy fácil de comprobarlo. Venid mañana por la tarde a la cantera y vedlo con vuestros propios ojos. Es una producción en condiciones.

—Eso es. Tenemos coro y máscaras.

—Y música también.

—¿Tenemos música?

—Calla, Lampo.

Varios parroquianos sueltan risitas, y yo aparto la mirada, avergonzado; menos mal que Lira está en el almacén.

—Tenemos música, eso también podréis comprobarlo mañana. —Hace una pausa y juguetea con su bolsa—. Una jarra de tinto de Catania para todos quienes se comprometan a venir al espectáculo.

Se hace el silencio en el local, la gente intercambia miradas. Ahora todos prestan atención.

—Es coña.

—No es coña —dice Gelón. Lanza una moneda al aire con gesto desenvuelto, muy impropio de él, y la atrapa de nuevo—. El que se comprometa a ver la obra se lleva una jarra.

—¡Yo me comprometo! —mascula un tipo.

—¡Y yo!

Poco después todo el bar se ha comprometido a ver la obra, menos unos aristócratas de mierda que están sentados en un rincón, y nos fundimos el dinero que les saqué a los turistas para pagarlo. Me duele porque habría sido una buena aportación al fondo para Lira, pero ese fondo es secreto, y Gelón solo piensa que soy un tacaño cuando me resisto a desprenderme de él.

—Por Eurípides —dice Gelón levantando una jarra para brindar—. Por la tragedia.

—¡Por la tragedia! —rugen los parroquianos, y entrechocan sus jarras con tanta fuerza que algunas se hacen añicos, pero Gelón les paga otras, y eso hace que lo jaleen más fuerte aún.

Quiero quedarme y hablar con Lira, pero Gelón dice que la noche es joven. Hay otros bares además del Dismas, y tenemos toda una cantera que llenar. Tiene que saber que esos compromisos no valen nada. Se olvidarán de ellos cuando se despierten resacosos por la mañana. Tendremos suerte si aparecen unos pocos.

No obstante, recorremos la ciudad anunciando a gritos una fabulosa producción. Lo último de Eurípides, y el reparto lo forman auténticos atenienses, profesionales de las grandes obras griegas. Nos miran más o menos con el mismo desconcierto de antes. Una hermosa mujer de pelo negro que es clavadita a Desma está vendiendo pétasos de paja por la calle; me preparo para que Gelón entre en uno de sus trances, pero lo único que hace es contarle que estamos promocionando una obra y que debería venir. Y sigue andando. Estoy impresionado, pero cuando voy a decírselo ya va muy por delante y tengo que echar una carrera para alcanzarlo. Me duelen los pies, voy más cojo que nunca de tanto caminar, anoche no dormí; y, entre unas cosas y otras, la ciudad va adoptando ese febril aire de irrealidad. A lo mejor por eso tardo tanto en darme cuenta.

Un carruaje recorre las calles tirado por cuatro caballos, y la música desbocada de un ditirambo mana de él. El tipo a las riendas va enmascarado y lleva una túnica que ondea al viento. Junto a él hay otro tipo tocando la lira, y otro detrás aporreando una cítara. Estos dos también van enmascarados. El de la lira se pone a cantar. Es una voz femenina que me resulta familiar. Canta sobre una obra inédita de Eurípides que se interpretará mañana por la tarde en la cantera. Una única función. Allá tú si te la pierdes.

Los viandantes se quedan boquiabiertos. Nadie los vitorea, pero nadie despega los ojos de ellos. El carruaje pasa atronando por delante de nosotros con un estrépito de cascos, esparciendo polvo y música, y una neblina se demora en el aire durante un buen rato cuando ya ha desaparecido, y los suaves ecos de la lira y de la cítara penden como humo sobre el oscuro perfil de la línea de casas recortado contra el cielo violeta.

—Hostias, ¿esa era Alekto?

Gelón sonríe.

—No —dice—. Eso era teatro.

21

Aún queda un poco de luz, y no vamos a casa sino a la cantera. Es raro venir sin los niños. El camino está demasiado tranquilo y solitario. Cuanto más nos acercamos al foso, mayor es la extraña sensación de pavor que tengo, y a lo mejor mi mente agotada me está engañando, pero me parece oír a las ratas corretear enloquecidas allí abajo. Si no estuviera con Gelón, daría media vuelta, pero él está aquí, así que seguimos hasta la pequeña colina que se alza sobre el foso. Es el sitio donde Gelón me propuso que nos convirtiéramos en directores. No está tan oscuro como aquella noche, y todavía veo a los atenienses de abajo, que se apelotonan o se mueven lentamente de un lado a otro para no enfriarse. Al crepúsculo cuesta distinguir cuáles son los nuestros, pero supongo que son los que se mueven. Los que arrastran los pies como si su vida fuera una llama que quieren que siga ardiendo.

—¿Y ahora qué?

Gelón saca una jarra de vino. Se la ha comprado de camino a un vinatero, y era el vino más caro de la tienda.

—Dame un buchito.

No me da un buchito. Lo que hace es verter el vino en la cantera hasta que la jarra se vacía y pedirme que le dé la mano. No hago ninguna broma ni lo insulto por desperdiciar la bebida. Ahora mismo hay un ambiente sobrecogedor en este sitio; necesito el calor de la mano de un amigo, y se la estrecho con fuerza.

—¿Y ahora?

—Rezamos —dice.

Y durante las horas que siguen, eso hacemos.

22

Es por la mañana, no ha amanecido aún, y cuando salgo por la puerta me encuentro con que Gelón ya me está esperando. En sus manos, algo que parece una máscara y un trapo, y está frotando la máscara con el trapo, sacándole brillo hasta que la lustrosa madera reluce con cada movimiento, emitiendo una luz fría como la de una estrella solitaria que titilara entre un banco de nubes.

—Tenemos mucho que hacer —dice sin levantar la mirada—. Hay que ponerse en marcha.

Yo pensaba pasar antes a ver a Lira, y tengo su regalo en la mano: un estilo y una tablilla encerada. Y el hueso para el perro de Dismas. Llevo el estilo en una caja debajo del brazo, pero el hueso lo tengo en la mano, y veo que Gelón se fija en él, pero no hace preguntas. Echamos a caminar y nuestros pasos crujen. Si la tierra del camino no está congelada, le falta poco, y siento el frío de las piedras a través de las suelas de mis botas de cocodrilo. Pues sí, llevo las botas de cocodrilo y la túnica azul eléctrico porque un director tiene que vestir como tal, al menos el día del estreno. Hay un carromato detenido al cabo de mi calle, el caballo expulsa nubecillas de vaho contra una tapia agrietada. El esclavo libio de Alekto espera a las riendas. Va envuelto en un manto de lana y aun así tirita.

—¡Buenos días!

Asiente y yo me subo en la parte trasera. Al principio me parece que también van los niños, por todas las caras que veo, pero no son más que las máscaras, con los ojos redondos y las bocas abiertas. El trayecto se hace duro por culpa del material, las espadas de madera no dejan de pincharme el culo, pero uso un traje como cojín y me abrigo con otro, con lo que consigo estar casi cómodo mientras avanzamos hacia la cantera. Solo un par de pájaros han empezado a cantar, y su frágil canción queda ahogada por el viento, por los resoplidos del caballo. Desde la trasera del carromato no se ve gran cosa, y es curioso. Oigo el amanecer, más que verlo. Los pájaros vacilan antes de romper a cantar, como actores nerviosos frente a un público difícil. A medida que avanzamos crece su confianza, y pronto lo están dando todo y otras aves se les suman desde diferentes árboles. Cuando me asomo por debajo de la lona, lo veo todo contorneado por un resplandor amarillento: dentro de una hora o así saldrá el sol.

—Hoy es el gran día —digo.

Gelón me pasa un odre de vino y bebemos por turnos, sin hablar, hasta que llegamos al cruce. Hay un viejo con un enorme sombrero de paja esperando. El mismo que le vendió a Gelón la carretilla, y ahora nos espera con otra.

—¿Es aquí? —dice el libio.

—Sí, pero espera.

—¿Qué tengo que esperar?

—A los niños.

No hay que esperar mucho. Ya oímos sus risas a lo lejos, y poco después los vemos acercarse marchando al estilo militar, con Dares al frente. Los niños se ponen a la faena de inmediato y con entusiasmo, llenan la carretilla y Gelón la empuja hasta la entrada de la cantera. El vigilante apenas nos ve, solo tiene ojos para la bolsa de plata que Gelón le entrega; se hace pesadamente a un lado y empieza a contar el contenido.

—¿Deberíamos decirle lo del espectáculo? —susurro—. ¿Que vendrá público?

—Ya está hecho.

—Ah, genial.

Empujamos la carretilla esquivando a los atenienses dormidos y los montones de piedras hasta que llegamos al sitio. Gelón lo escogió hace tiempo porque hay una gran roca redondeada contra la que se pueden apoyar los decorados, y detrás de la cual los atenienses se pueden cambiar de ropa. Además, está justo en el centro de la cantera, en su corazón mismo, y aquí te sientes rodeado por las paredes de caliza. Es como si fueras alguien con algo que decir y la mismísima tierra estuviera ansiosa por escucharlo. La mayoría de los atenienses duerme todavía, aunque algunos ya empiezan a moverse, y se oye algún que otro grito de vez en cuando, como si salieran de una pesadilla o estuvieran entrando en otra.

—Buenos días.

—Calla, Lampo.

Necesitamos varios viajes para traerlo todo porque hoy no se trata solo de comida, están también los decorados y el vestuario, pero por fin vaciamos el carromato.

—Volveré por la noche.

—Gracias.

—Buena suerte.

El libio inclina la cabeza y chasca con fuerza las riendas: el caballo se pone en marcha y las ruedas arman un estruendo horrible sobre el suelo irregular de roca. Volvemos a la cantera y me doy cuenta de que el viejo del sombrero de paja camina a mi lado. Con algo largo y delgado en las manos.

—Lampo, te presento a Alcar.

El viejo se quita el sombrero y asiente. Tiene la cara cubierta de arrugas como un suelo reseco, y sus ojos son rendijas azules, pero hay alegría en ellos: aunque no sonríe, es como si lo hiciera.

—Alcar se encargará de la música.

Levanta la mano y veo que lo que sostiene es un aulós. La pintura del instrumento está descascarillada y desgastada, y la nudosa madera de debajo tiene el mismo color cuero que la mano del viejo, como si formara parte de ella, un dedo muy largo o algo así.

—Muy bonito.

A estas alturas, el sol ya ha salido y el reparto se ha unido a nosotros. Los niños se hallan en formación. Cada uno tiene asignada una pequeña tarea, y se ponen a ello. La clave del trabajo de dirección es, básicamente, dejar que la gente haga su trabajo. Ser claro y concreto, y después ya es cosa suya. Al menos, así dirijo yo a mi equipo. Unos niños son responsables del atrezo y del vestuario de *Medea;* otros, de *Las troyanas;* y otros se encargan de la comida. Los demás prisioneros nos observan; algunos hasta se acercan y se acuclillan. Por supuesto, saben lo de la obra, aunque nosotros siempre hemos tratado de mantener los ensayos en secreto, ocultándonos detrás de grandes rocas o en los recovecos de las paredes de la cantera. Hoy lo hacemos al descubierto, a la vista de todos. Gelón ha traído un par de sacos de comida extra, y los dejaremos aquí cuando termine la representación, pero ahora mismo necesitamos tranquilidad para trabajar. Nada de interrupciones, y yo blando mi porra y doy un paso al frente.

—Buenos días, chicos. Estoy seguro de que todos sabéis lo que hemos estado haciendo. En cualquier caso, hoy se termina. En unas horas, lo más granado de la sociedad siracusana va a atiborrar este sitio. Vienen a disfrutar de lo único bueno que ha dado Atenas: Eurípides. —Les guiño un ojo—. Si os portáis bien, recibiréis algo de beber y algo de comer cuando todo haya terminado. Pero si molestáis, de la manera que sea, bueno, en ese caso, como decía Homero, os reviento la cara.

Lanzo un par de golpes amplios al aire, sin apuntar a nadie en concreto, y los que se habían acercado se escabullen.

—Muy bien. Veo que sabéis de poesía.

Me vuelvo sonriendo y me encuentro al pequeño Estrabón mirándome fijamente, con cara de susto.

—Tenía que hacerlo, Estrabón. No podemos dejar que esos pobres desagraciados arrasen las provisiones.

Asiente, pero creo que no le queda claro, porque poco después intenta darle una zanahoria a un ateniense, y Dares se lo tiene que impedir.

Los fondos eran demasiado grandes como para transportarlos de una vez, así que tuvimos que serrarlos en tres partes que ahora ensamblamos. Apoyamos el de *Las troyanas* contra la gran roca y ponemos encima el de *Medea,* tapándolo. Así, cuando *Medea* haya terminado, no tendremos más que retirar su fondo, dejando a la vista las murallas de Troya. Hemos hecho bien en venir temprano, porque en la prueba de vestuario surge una infinidad de detalles a solucionar. Hace meses que los atenienses no se ponen ropa nueva y, cuando les entregamos los trajes, se quedan mirándolos confundidos, los acarician como si estuvieran ciegos y, sin ponérselos aún, sonríen con ingenuo deleite, como si hubieran vuelto a la infancia. El sufrimiento ha borrado los años de la misma manera que el carpintero deja a la vista la parte joven de un árbol al retirar la corteza con una garlopa. Sí, creo que en su ruina han encontrado una suerte de inocencia.

—¡Ayuda! —me dice Paches, con el vestido púrpura de Helena desbordándose entre sus brazos.

Es el primero en pedirla, y acudo al instante.

—¿Cuál es el problema?

—¿Cómo…? ¿Cómo va esto?

Lo cierto es que el vestuario de Helena es seguramente lo más loco que Alekto nos ha diseñado. Es una gran masa de tejido resplandeciente y me lleva un rato localizar los agujeros para la cabeza y los brazos de Paches, pero entre los dos conseguimos que se lo ponga.

—¿Dónde está la máscara?

Uno de los niños me la da, y tengo que limpiar el polvo blanco de la cantera y desenredar la peluca dorada, pero al final lo logro. Paches se la pone y desaparece. Lo único que queda de él son los ojos verdes que miran a través de los agujeros, pero hasta ellos han cambiado, parecen más femeninos ahora.

—¿Qué tal estoy?

—Espectacular —digo, y es cierto—. Gelón, echa un vistazo a Paches.

Gelón está con Dares, ayudando a un ateniense a ponerse una armadura falsa, pero deja lo que está haciendo y se acerca.

—¿Qué te parece?

—Magnífico —dice, y se nota que de verdad lo piensa.

—Menéate un poco, Helena.

Paches comienza uno de los bailes de Helena, la peluca dorada ondea con un leve siseo.

—Más caderas —dice Gelón—. Recuerda que estás bailando por tu vida. Si no lo seduces, Menelao te matará.

—¡Eso, Helena, mueve el esqueleto!

Paches se mueve con ganas y, aunque tropieza una vez con la cola del vestido y el baile resulta extraño por la falta de música, ya casi lo tiene: se está olvidando de sí mismo, ha encontrado a Helena. Le doy un cachete en el culo.

—Vaya calientapollas estás hecha. A Menelao se le va a caer la baba.

Los ojos verdes pestañean, me da las gracias sin aliento.

La repetición es la clave. Durante una hora o más, el reparto no hace otra cosa que ponerse y quitarse el vestuario y colocarse en posición. Propongo hacer un ensayo general de las dos obras, ya que tenemos tiempo, pero Gelón se niega. No todo es cuestión de repetición, él prefiere que también se sientan un poco perdidos en el escenario. Dice que el mejor teatro no va de mostrar algo sino de descubrirlo. La certidumbre es para los cobardes y los necios, y Eurípides no es ninguna de las dos cosas. Le tiembla la voz al decir esto, y me doy cuenta de que está nervioso. Casi nunca he visto a Gelón nervioso de verdad, y al principio pienso que será otra cosa. El frío, o que la niebla de la cantera me confunde la vista, pero no, Gelón está tenso de cojones, y solo ahora veo que están todos igual. Ni los niños hablan, y los pocos que se ríen lo hacen de manera histriónica, como si también ellos fueran actores. Los atenienses deambulan, abrazados a sus trajes para darse ánimo. Me parece oírlos susurrar entre ellos, pero cuando me acerco, descubro que es el texto de la obra, susurran sus frases para sí mismos como una plegaria, y cada uno recita un fragmento diferente, unos el comienzo de *Medea*, otros el final, o la parte central de *Las troyanas*, y vuelvo a tener la extraña sensación de que el tiempo se diluye, como al escuchar una canción interminable. Solo el viejo parece relajado. Está junto a la carretilla, bebiendo y tarareando, y yo quiero que se me pegue un poco de su calma, así que me acerco a él. Paches viene conmigo.

—¿Entonces tú te encargas de la música?

El viejo asiente y toma un lingotazo de vino.

—¿Eres bueno?

Se echa hacia atrás el sombrero de paja, de modo que veo el brillo divertido de sus ojos azules, y suelta una risita.

—¿De qué te ríes? —Sueno molesto, pero no parece percatarse.

—Demasiado tarde vienes con esa pregunta —dice—. Estoy aquí. Eso es lo que importa.

Me ofrece vino, y digo que no, y le ofrece a Paches, y yo llego a la conclusión de que el viejo este no está tan mal.

Los tres nos quedamos en silencio junto a la carretilla, contemplándolo todo e intercambiando miradas de vez en cuando, sonriendo como si fuera un día cualquiera, y de repente Paches dice:

—¿Crees que vendrá alguien?

—Vendrán —digo—. A los siracusanos les flipa el teatro.

El viejo va a decir algo, pero guarda silencio. Coge el aulós y empieza a calentar los dedos, sin soplar ni producir sonido ni nada, solo moviendo los dedos sobre los agujeros a una velocidad asombrosa. Parece que sí es bueno.

—El hombre más afortunado de la historia murió en el vientre de su madre.

—¿Qué es eso?

—Un proverbio ateniense —dice el viejo sin dejar de mover los dedos—. Son melancólicos los atenienses. Mucho.

—No es cierto.

Es Paches, y toma un trago largo del odre de vino.

—No hace falta que los defiendas, Paches. Ya sé que tú eres diferente.

Paches no parece complacido por el halago, porque frunce el ceño y sigue bebiendo.

—Tómatelo con calma. No vayas a emborracharte. Un trago para aplacar los nervios, pero no tantos como para que se trabe la lengua.

—En la vida habréis visto a gente que se ría tanto como los atenienses —dice Paches—. Yo tenía un amigo que te hacía reír hasta que pensabas que se te iban a romper las costillas. —Sonríe como si no hubiera nada mejor que una costilla rota—. Era el hombre más gracioso del mundo, y buen músico, además.

—¿Qué tocaba? —pregunta Alcar, interesado.

—La lira. Tocábamos juntos. —Debe de leerme la sorpresa en la cara, porque se apresura a añadir—: Yo era un desastre, pero a él le gustaba que lo acompañara. Decía que lo calmaba. —Esa sonrisa otra vez—. Atenas es más que la tragedia —dice, con sentimiento—. Reímos hasta que se nos saltan las lágrimas, y bebemos. —Otro sorbo—. Bebemos hasta desplomarnos, pero a primera hora de la mañana estamos en pie para hacer planes y amar y construir y volver a empezar. Es una ciudad donde impera la fe, no la desesperación. Ese proverbio no tiene nada que ver con la Atenas que yo conozco.

El viejo lo está mirando, el brillo de sus ojos ha desaparecido y en su lugar hay algo más serio, puede que hasta respeto, y le da a Paches una palmada en el hombro.

—No quería ofenderte.

Paches asiente, y nos quedamos aquí un rato más, pasándonos el vino. Tres tipos bebiendo juntos en una bonita mañana, y yo le paso a Paches el brazo sobre los hombros, le revuelvo el pelo y me alegra ver que no se me queda ningún mechón entre los dedos.

—Esto es vida, ¿eh?

—Sí —dice, aunque está claro que está pensando en otra cosa.

—¿Quién era tu amigo, Paches? —le pregunto—. ¿Se quedó en Atenas o qué? ¿Dónde lo tenías escondido?

Paches se presiona las sienes con las manos y aprieta, cierra los ojos con fuerza y el verde lagarto desaparece. Esa forma de apretarse el cráneo con las manos me recuerda a cuando se me rompía un ánfora en la fábrica y por instinto intentaba sujetar todas las piezas juntas, aunque supiera que ya no tenía arreglo.

—Está aquí —dice, con voz apagada—, en la cantera. Lo enterré el día que nos conocimos.

Me siento miserable de repente porque me doy cuenta de que yo esto ya lo sabía, pero se lo quería sonsacar. ¿Qué necesidad había?

Casi me alegro cuando oigo gritos cerca de nosotros. Hay una discusión acalorada junto a los decorados, así que me acerco, y siento un alivio inmenso cuando Paches me sigue. Gelón y Numa están discutiendo, cosa extraña, porque hasta ahora no ha habido roces entre ellos. Yo creo que esto es canguelo por la función, y les ofrezco un trago de vino.

—Lo justo para aplacar los nervios —repito—, pero no tanto como para que se trabe la lengua.

—Lampo, dile que es una locura —dice Numa.

—Piénsalo —dice Gelón—. Nadie lo ha hecho nunca.

—Me he perdido.

Gelón se explica. Quiere que uno de los niños actúe en *Las troyanas*. Cerca del final de la obra, asesinan al hijo menor de Héctor, Astianacte, arrojándolo desde una torre, porque Agamenón teme que, si crece y llega a adulto, querrá cobrarse venganza. Nada de esto sucede en escena, sino que lo narra el coro, pero Gelón quiere que lo representemos. No hay texto, así que solo necesitamos que el ateniense que interpreta al guardia empuje a uno de los niños desde una roca, y pondremos algo que le amortigüe la caída para que no se haga daño. Gelón opina que algo tan inesperado provocará conmoción y pavor, pero yo soy más del parecer de Numa y le digo que es pasarse.

—Mucho riesgo —digo—. Es demasiado tarde para salir con ideas nuevas. El público llegará enseguida y no lo hemos ensayado. ¿Y si sale mal?

Un brevísimo destello en la mirada de Gelón me dice que esto no se trata en absoluto de una idea nueva.

—Es muy fácil. La carretilla está cargada de grano, le echamos unos mantos por encima y eso bastará para frenar la caída. Son solo unos pocos metros.

—Pero no es solo eso —dice Numa—. En las obras no hay mujeres, ya no digamos niños. Es una locura.

—Pues debería haberlos —dice Gelón—. Así tendrían que ser las obras. Con hombres, mujeres y niños. Eso creo yo.

Numa niega con la cabeza y parece enfadado de verdad. Él era un auténtico profesional en Atenas. El teatro es su vida. La última palabra la tenemos Gelón y yo, claro está, pero hasta ahora Gelón se ha tomado esto como un proyecto colaborativo. Cada mínima decisión se debatía con el reparto, y no me parece inteligente obligarlos a apechugar con una innovación extravagante en el último momento.

—¡Tiene razón! —dice una voz aguda a nuestras espaldas.

Es Linar. Lleva puesto el vestido hecho jirones de Casandra, la máscara abrazada contra el pecho. Está más inquieto de lo habitual, si cabe; mira nervioso en derredor con los ojos desorbitados.

Numa sonríe.

—Gracias, Linar.

—Quiero decir Gelón. ¿No lo entiendes, Numa? ¡Es brillante! El público no sabrá qué esperar. Sabrán que se va a ejecutar a un niño, y cuando aparezca un niño de verdad… —Se inclina hacia nosotros—. El niño no llevará máscara, ¿correcto?

—Eso es —dice Gelón.

—Uf, será arrollador. Deberíamos hacerlo. Todavía no lo ha hecho nadie, y quién sabe si esta obra se volverá a representar jamás.

—¡No digas eso! —dice Numa—. Por supuesto que se representará.

Los atenienses murmuran entre ellos, y a mí me parece que la balanza se puede inclinar en cualquier sentido. Gelón se dirige al reparto.

—¿Vosotros qué decís?

Al principio nadie dice nada. Es casi imposible interpretar sus expresiones porque muchos llevan la máscara puesta, y resulta inquietante cuando responden al unísono, como un coro de verdad.

—Usemos un niño.

Gelón se dirige ahora a los niños.

—¿Qué os parece?

Esto parece solo un mero trámite, como si ya lo hubieran hablado, y los niños responden de inmediato.

—¡Usad a uno de nosotros!

—¿A cuál?

—Astianacte es casi un bebé —dice Linar con entusiasmo—. Tiene que ser el más joven.

Estrabón da un paso al frente, es por lo menos una cabeza más pequeño que los demás, y sonríe con sus dientes torcidos, que parecen incluso más caóticos que de costumbre.

—¿Voy a salir en la obra?

—Vas a salir, sí —dice Dares.

—¿Qué hago?

—Te caes. Lo único que tienes que hacer es caerte, pero es muy importante, Estrabón. ¿Podrás?

Estrabón asiente, y queda decidido. El papel de Astianacte es suyo. Le pregunto a Gelón por qué no coge a otros dos niños para interpretar también a los hijos de Medea, pero responde que Medea los mata con un cuchillo, y que sería muy difícil representar eso de manera convincente. Haría falta sangre o algo que lo parezca. Además, el clímax del espectáculo es *Las troyanas*. Es la obra que representaremos en segundo lugar, y quiere reservarse el golpe de efecto para lo más cerca posible del final.

La tarde avanza, y dedicamos la hora siguiente a clavar la caída de Estrabón: empujándolo de la gran roca redonda para que caiga unos metros hasta la carretilla, acolchada con grano y telas. Al principio, el niño no puede evitar gritar de entusiasmo cada vez que cae sobre el grano, así que tenemos que repetirlo una y otra vez. Lo que necesitamos es que grite de terror cuando lo empujen y que luego guarde silencio. Estrabón está un poco confundido, pero Dares trabaja con él poniéndole mucha paciencia, y al final lo consigue. Tras la décima caída perfecta, Gelón lo levanta y lo abraza, y juntos de la mano se colocan en el centro del escenario.

—Una ovación para Estrabón —dice Gelón—. El actor más joven del mundo.

Todos aplauden, los niños más fuerte que nadie. Gelón le da unas palmaditas a Estrabón en la cabeza y este se reúne con sus amigos, sonriente.

—Hoy vamos a hacer algo nuevo —dice Gelón—. Algo que va más allá de la representación convencional de una tragedia. Quiero daros las gracias a todos. Cada uno de los que estáis aquí debe sentirse orgulloso de sí mismo y de lo que hemos hecho. Estoy orgulloso de vosotros, y sé que hablo también por Lampo.

—Muy orgulloso —digo.

—Este es Alcar. Os acompañará con el aulós. Los niños también tararearán.

Alcar se quita el sombrero y hace una reverencia.

—Me parece que estamos listos, dentro de lo que cabe. En breve, la gente vendrá a veros. ¿Cuántos? No sé deciros, pero pronto lo sabremos. Creo que vais a ofrecerles algo que no olvidarán jamás. Cuando regresen a sus casas, sean pocos o sean muchos, todos habrán cambiado, y suceda lo que suceda en el futuro, Atenas será recordada, y vosotros formaréis parte de ese recuerdo. Eso es lo que creo.

El coro no dice gran cosa, pero Gelón los ha emocionado. Lo lógico sería que estos cabrones nos siguieran el juego llevados solo por el miedo y el hambre. Puede que al principio fuera así, pero cuando miro ahora a los atenienses, con el vestuario puesto y las máscaras en las manos, veo que están aterrados; aterrados de que pueda venir gente a verlos, sí, pero hay un miedo todavía mayor: el miedo a que no venga nadie. Quieren tener público.

Aún no ha llegado nadie. Los actores están en sus posiciones, dedos sudorosos toquetean el vestuario y las máscaras. Los decorados están en su sitio y el atrezo preparado. El puño del sol emite una luz cárdena, y la cantera tiene un aire sombrío muy acorde con el arranque de *Medea*. Gelón camina arriba y abajo sin dejar de mirar hacia el camino que conduce hasta el foso, a la espera de que alguien aparezca, quien sea.

—Supongo que los prisioneros cuentan como público.

—Cállate. Vendrán.

Pero no vienen. Los atenienses continúan en sus posiciones, temblando de nervios. Los niños son incapaces de estarse quietos y van de un lado a otro susurrando «¿Dónde se han metido?», y Dares les dice que se callen.

—Tenemos que empezar —digo—. Si esperamos más, no habrá luz suficiente para las dos obras.

—No —dice Gelón mirando hacia arriba—. Vendrán. Tienen que venir.

El tiempo pasa y hasta el reparto susurra que deberíamos empezar.

—Paciencia —dice Gelón—. Una obra sin público no es más que un ensayo. Vamos a hacerlo bien.

Suena convencido, y los atenienses se tranquilizan, pero yo lo conozco, y he notado el primer asomo de duda en su voz. La tarde avanza y nosotros seguimos esperando, mirando hacia el camino oscuro y desolado que baja al foso, atentos al menor movimiento, como un halcón que acecha a un ratón.

—Allí —susurra Gelón, señalando con el brazo estirado.

Alguien baja por el camino, y a esa persona la sigue otra.

—Dos, bueno. Ya es algo.

—Mira.

Otras siete u ocho las siguen de cerca. La verdad es que yo no tenía claro que fuéramos a llegar a diez, y creo que ahora hasta Gelón se podrá dar por satisfecho. Lo importante es que vengan desconocidos. Personas para las que todo esto sea nuevo y desconcertante.

—¡Amigos, posiciones!

Nadie se mueve. Solo miran hacia arriba, boquiabiertos y con los ojos tan desorbitados que, aunque todavía no llevan puestas las máscaras, lo parece.

—¡A vuestras putas posiciones!

Hasta los niños están paralizados. Vuelvo a mirar hacia arriba, y es como si el camino entero temblara, como si una magnífica serpiente se estuviera deslizando hacia la cantera, y ya no se ve oscuro, sino de innumerables colores, y comprendo la causa de la conmoción.

Hay cientos de personas, y todas vienen a vernos.

23

Desde la guerra no ha vuelto a haber tantos siracusanos y tantos atenienses juntos en el mismo sitio. Los siracusanos se distribuyen en semicírculo, casi como en un teatro de verdad. Se sientan en rocas, y algunas de esas rocas son las tumbas improvisadas de las que ya he hablado. La multitud guarda silencio. Un silencio inquietante. Sus miradas son tan intensas que incomodan. Reconozco muchas caras: alfareros de mi antigua fábrica, pescadores del Dismas, mujeres del mercado, y muchos otros a los que he visto por la ciudad pero con los que no he hablado nunca. Hay incluso aristócratas. No muchos, pero los hay. Llaman la atención por los colores vivos de sus mantos y por el cabello aceitado, que reluce al sol.

Me tiemblan las manos. Tengo los dedos enrojecidos y siento el pulso en las muñecas y tengo la boca tan seca como el suelo que piso.

—Buenas tardes. —Me sale un graznido que no hay quien entienda, pero insisto—. Esta tarde tenemos un excelente espectáculo para vosotros. Os va a encantar, ya veréis. Yo…

—Calla, Lampo.

Unos pocos se ríen, y aunque no me gusta que sea a mis expensas, agradezco las risas.

—Hoy —dice Gelón— vais a ver dos obras. La primera la conocéis. Es *Medea,* de Eurípides. La segunda jamás se ha representado en Sicilia. Es *Las troyanas,* la última de Eurípides. La que él mismo considera su mayor obra.

Esto despierta murmullos. Gelón alza la mano, y veo que sostiene una jarra, y la vacía en el suelo, y el vino nos salpica las piernas de rojo.

—Que los dioses observen con favor lo que esta noche vamos a ver y realizar.

Algunas personas del público repiten las palabras, pero la mayoría no.

Gelón hace una reverencia como las que he visto hacer a los directores en la ciudad, y yo lo imito. Entre la multitud hay una mujer gritando. Cada vez más fuerte, y cuando levanto la mirada veo que se mueve, que se dirige hacia nosotros, con el pelo moreno desmelenado, y por un instante creo que la auténtica Casandra está aquí.

—¡El mundo se ha vuelto loco! —chilla—. ¡Vais a sentaros a ver cómo cantan y bailan estos hijos de puta! ¡Mi marido ha muerto y los vuestros también! —Señala a algunas mujeres del público—. ¡Tu hijo ha muerto, joder!

Se dispone a lanzar otra sarta de increpaciones cuando un tipo enorme con una cicatriz en el cuello la levanta en vilo y se la lleva, pataleando y gritando. Nadie hace nada por detenerlo, pero un murmullo recorre a la multitud, y pienso que hasta aquí hemos llegado. Un simple revés y todo se va al traste.

—¿Y ahora?

Gelón guarda silencio. Por primera vez desde que empezó todo, está tan perdido como yo.

—Mujeres —digo, forzando una sonrisa.

Nadie se ríe. Algunos hasta me abuchean. El instinto me dice que me largue de aquí, que salga cagando leches de inmediato, pero no lo hago. Cierro los ojos como si la oscuridad fuera la respuesta. Y en ese momento comienza la música. Si Alcar es malo, nos van a comer vivos. Si es aceptablemente bueno, me temo que aun así tendremos problemas, pero no es ni una cosa ni la otra. Alcar toca el aulós como yo no sabía que se pudiera tocar, y al margen de cómo salga lo demás, con la música hemos acertado.

Los abucheos cesan y Gelón aprovecha el momento, se encarama a una roca y se dirige al público con voz alta y segura.

—Todos aquí hemos perdido algo en la guerra. ¡Mirad a vuestro puto alrededor!

Unos pocos lo hacen y ven las criaturas esqueléticas que yacen encadenadas entre las rocas como animales moribundos.

—Ahora mirad este escenario y no os atreváis a apartar la vista. No es un escenario, ni esto es una cantera, sino el palacio de Corinto. Miradlo. ¡Eso es lo único que importa ahora!

La música se impone y quince nobles damas de Corinto hacen su aparición. Habitualmente, en este momento de la obra quien sale es la nodriza, y el coro aparece un poco más tarde, pero ni siquiera Numa recordaba las frases de la nodriza, así que decidimos entrar directamente en materia. Agarrar al público por el pescuezo y no soltarlo. Y, efectivamente, se oye una inhalación de sorpresa, porque Alekto ha hecho un trabajo cojonudo, y el coro parece real. Cantan al unísono:

—Seriamente temo que Medea ha enloquecido. Seriamente temo lo que pueda llegar a hacer.

Empiezan a bailar, de forma tímida y torpe. Hemos practicado un montón para que aprendan a moverse con soltura a pesar de las cadenas, pero apenas hemos ensayado con el vestuario y las máscaras. Se me cae el alma a los pies. Vale, el vestuario es bueno, brillante incluso, y los decorados también, pero ni el vestuario ni los decorados ni la música darán vida a la obra. Como para darme la razón, uno del coro tropieza a mitad de un giro y se va de morros al suelo; la máscara sale volando, y uno de sus compañeros, bajo cuya máscara asoma una incongruente barba plateada, lo ayuda a levantarse. El actor caído se recoloca la máscara como puede, pero ya se le ha visto la cara enjuta presa del pánico, y el público se echa a reír. Alcar sube el volumen del aulós, pero las risas son más fuertes, el público se está descojonando. La tensión, insoportable hace unos momentos, se ha disipado, y todos se relajan. Se miran entre ellos, sonríen, se dan codazos y señalan el escenario. Algo me dice que en realidad esto es lo que querían, aunque no lo supieran. Una mierda de espectáculo.

No tengo valor para mirar a Gelón, mis ojos saltan del escenario al público, así que más que ver la obra veo su efecto. El coro se está viniendo abajo. Ya no recitan al unísono, sino que las palabras forman un revoltijo, se solapan unas con otras, y a veces no son más que murmullos. Solo Alcar conserva la serenidad, y la música, cuando se alcanza a oír sobre el batiburrillo del coro y las carcajadas del público, es perfecta, oscura y ominosa.

Otro miembro del coro tropieza, pero al menos no se le cae la máscara, y vuelve a ponerse en pie rápidamente. Sin embargo, ha perdido por completo el ritmo, y grita él solo:

—¡Mirad, ahí está Medea!

Seguido de inmediato por los otros catorce:

—¡Mirad, ahí está Medea!

Pero no hay ni rastro de Medea, lo que también provoca risas.

—¡Mirad, ahí están los atenienses, y están hechos una mierda! —grita alguien del público.

Rugidos de risa. Miro a Gelón, que está desesperado. Tiene la cara tan blanca como la roca caliza en la que está sentado, y aprieta los puños, pero sigue mirando fijamente el escenario como si no pudiera apartar la vista. Por fin, aparece Medea. El vestido es escarlata con pequeñas pústulas de un tejido más oscuro en el borde, brillantes como bayas. Ni siquiera se oye lo que dice Numa entre las risotadas del público. Se suponía que Numa debía arrancar la entrada en escena de Medea con un elaborado baile, pero está paralizado. Mira en derredor muy despacio, sin que se oiga nada de lo que dice, pero hay algo amenazante en esos pequeños movimientos, y solo de verlo noto cómo se me empieza a erizar el vello, y me quiero largar de aquí. Me acuerdo de una vez en que estaba yo trabajando en la granja de mi tío y una serpiente pasó ante mis pies. Bueno, pues lo que siento al ver a Numa es algo parecido, aunque menos intenso. Muchos entre el público se siguen riendo, pero ahora es más forzado, más músculo que júbilo. Por fin, empiezan a distinguirse las palabras de Numa.

—De entre todas las criaturas vivientes, nosotras, las mujeres, somos las más miserables.

La gente cierra la puta boca. Numa empieza a bailar, despacio al principio, pero el tempo crece al ritmo del aulós, y cuando da un giro, el vestido escarlata se despliega como una herida abierta.

—Me hablan los hombres de los peligros de la guerra. Qué necios son, qué grandes necios. ¡Yo preferiría enfrentarme al enemigo una y otra vez antes que parir un solo hijo!

Numa prácticamente escupe estas palabras al coro, y aunque ellos se encogen de miedo, se mueven con una repentina fluidez. Cuando responden, lo hacen a la vez, quince voces al unísono.

—Esto marcha —le susurro a Gelón, pero está sordo para cuanto no sea la obra.

Ojo, tampoco es que el coro de repente lo haga todo perfecto. Hay deslices y errores, y el baile nunca llega a ser tan bueno como debería, pero ya nadie se ríe, y salta a la vista que el público se está relajando, que se va olvidando de dónde está, y eso es lo máximo a lo que se puede aspirar. Hay alguien, sin embargo, que no se deja llevar, y soy yo. Estoy tenso de cojones porque Paches todavía no ha hecho su entrada. Es el siguiente, y no sé qué esperar. En los últimos ensayos, se sabía sus frases y era un Jasón aceptable. Nunca ha pasado de ahí: las escenas funcionaban gracias a Numa. Entrecierro los ojos cuando sale al escenario y, más que verlo, lo escucho maldecir a Medea.

Abro los ojos, y ahí está. La primera impresión es extraña porque Numa es bastante más alto, pero Alekto también ha tenido eso en cuenta y el vestuario es perfecto. Paches es la viva imagen del engreído de Jasón, y los ojos verdes se dejan ver a través de los agujeros y miran a Medea de la cabeza a los pies con desdén. Paches me contó que en Atenas era un aristócrata. Su padre construyó y pagó el barco en el que él vino a Siracusa. Le salió mal la jugada, pero la cuestión es que en su día Paches era el que daba las órdenes, y ahora lo debe de estar reviviendo, porque se mueve por el escenario con una autoridad que nunca le había visto.

Se pavonea y le dice a Medea que, pese a que la abandona por una mujer que tiene la mitad de años que ella, es gratitud lo que él se merece. Porque lo hace por ella y por sus hijos. Medea no está convencida, por decirlo suavemente. Hace un amago de abalanzarse sobre él, pero en el último momento se detiene y se gira, y el círculo escarlata de su vestido roza a su esposo, y entonces los dos empiezan a gritarse por turnos. El aulós rebaja su volumen al mínimo para que al público no se le escape ninguna de las palabras, a cuál más despiadada. Es una gran disputa dialéctica, quizá la mejor que he visto, y no sé qué pensar. Ahora voy con Jasón, al momento con Medea, y la discusión cambia de curso una y otra vez, como la batalla en el puerto grande, pero Medea pone mayor empeño. Está dispuesta a llegar hasta el final, y al cabo Jasón se escabulle, mascullando que todas las mujeres son unas hijas de puta, o algo por el estilo, y Medea se queda sola en el escenario entonando su cántico de revancha, mientras el coro tiembla de horror.

Empieza a correr la sangre. En primer lugar, cae la nueva esposa de Jasón, luego el padre de esta, el rey Creonte. Nada de esto sucede en escena, pero el ateniense que interpreta al mensajero clava la descripción de sus horribles muertes, y Numa está brillante, por supuesto: chilla de deleite con cada detalle truculento. Al final, les llega la hora de espicharla a los niños, y no sé cómo lo hace, pero Numa consigue que sientas tanta lástima por Medea como por los niños cuando ella parte a perpetrar el crimen.

Lo demás sucede con rapidez. Jasón llora cuando descubre los cadáveres de sus hijos. No tenemos una grúa para hacer el *deus ex* cuando Medea escapa en el carro tirado por dragones, así que hacemos que el coro lo describa. Bailan alrededor del lloroso Jasón, señalan hacia arriba y narran con aullidos la huida de Medea, que se va con su abuelo, el dios sol, y aunque es imposible de creer, a lo mejor los dioses son capaces de perdonar incluso esto. Como si lo hubiera dispuesto la fortuna, un par de grajos descienden en picado sobre la cantera y luego dan un quiebro y ascienden rumbo al sol, y eso es todo. La música se detiene. El público guarda silencio. Entre los que están más cerca, solo veo caras angustiadas. Es mejor de lo que había esperado, y siento que se me relajan los músculos. No me había dado cuenta de lo tenso que estaba. De lo asustado que estaba. Gelón no sigue a mi lado, y oigo movimiento en el escenario, pero estoy demasiado aturdido para prestar atención. De repente, Gelón aparece, encaramado a una roca aún más alta que la de antes. Una inocencia salvaje le brilla en la mirada, como si le hubieran cambiado los ojos por los de un niño que lo está viendo todo por primera vez.

—No estáis ya en Corinto —grita—. Estáis ante las murallas de Troya después de que la ciudad haya sido saqueada. Héctor ha muerto. Los griegos han vencido. ¡No oséis apartar la vista!

El opulento fondo del palacio de Corinto ya no está, y ha sido reemplazado por las blancas murallas chorreantes de sangre y jalonadas por torres agrietadas. Hasta yo estoy exhausto. Es imposible que Numa y los demás pasen directamente de la obra anterior a esta, pero eso es lo que hacen.

24

Están agotados. Salta a la vista por su forma de salir al escenario, como si se abrieran paso por un barrizal en lugar de pisar la roca seca de la cantera. Los ropajes con vuelo de las mujeres de Corinto han desaparecido, sustituidos por túnicas andrajosas, hechas trizas, de manera que se ven las piernas huesudas de los atenienses, las cadenas en los tobillos y los pálidos arcos de las costillas. Es perfecto. Lo jodidos y lo rotos que están cuadra perfectamente con la obra. Se supone que son mujeres de Troya que lo han perdido todo, que deambulan entre las ruinas de su ciudad mientras esperan el barco que las llevará a Grecia.

No hay historia. O si la hay, yo no sé explicarla. Se parece más a un sueño visto a través de los ojos de un desconocido. El ambiente es brumoso y oscuro, y tampoco ayuda el viento que se ha levantado y que llena la cantera de polvo, de manera que a veces no ves a los actores, solo oyes cómo cantan, el tintineo de las cadenas y la música de Alcar. Si no supiera que Numa es Hécuba, no me lo creería. No queda ni rastro de la orgullosa princesa en esta criatura encorvada que mira fijamente al público y canta en voz baja que todo cuanto ella amó ha muerto o le será arrebatado en breve. Y una vez que todo el amor haya desaparecido, que hasta el menor resto de cariño haya ardido y se haya dispersado como humo al viento, ¿seguirá ella existiendo?

Hemos empezado tarde. La noche se nos va a echar encima. Por suerte, es una obra corta; de lo contrario, pronto estarían cantando a oscuras. De momento, una luz cenicienta alumbra el escenario. Por ahora solo han cantado el coro y Hécuba, tambaleándose sobre piernas temblorosas, y a todos se les nota el agotamiento, pero de repente el ánimo cambia y un grito desgarrador resuena a nuestras espaldas.

—¡Es la hermosa Casandra! —canta el coro.

—Oh, mi pobre y sagaz hija. El sufrimiento ha segado su inteligencia y la ha convertido en una niña.

Linar sale al escenario y tropieza. Se oyen un par de risas entre el público. No se levanta, se queda tendido bocabajo, con la cara contra el polvo, y comienza a arañar el suelo como un animal desesperado que tratara de cavar un agujero donde refugiarse. No sé si forma parte de la interpretación, pero cuando se pone en pie y muestra las manos, le mana sangre de las uñas rotas y le corre por los dedos, y él se pone a bailar. Después de los movimientos perezosos de Hécuba y del coro, la vitalidad de los brincos de Linar es chocante, y al poco rato ya solo veo a Casandra. Es una profecía funesta, pero hay en ella unos destellos de esperanza de los que no me había percatado en los ensayos. Su madre cree que está como una cabra. Lo mismo opina el coro, y seguramente sea cierto, pero al margen de su locura hay algo que quiere que los demás entiendan: que les hayan jodido la vida no significa que no les quede nada. Siempre les queda algo a aquellos que saben recordar. Su discusión con Hécuba parece una disputa entre la locura y la razón, pero en realidad es más que eso. Se trata de una lucha entre la desesperación y el propósito, y la pregunta que hace es la siguiente: si el propósito surge de la razón, ¿no puede haber sabiduría en una locura producto de la fe? Antes de que haya respuesta, llegan los guardias griegos y se la llevan al barco donde viajará a Argos. Al lecho de Agamenón. Sacan a Casandra del escenario a rastras, y el tintineo de sus cadenas encuentra un eco, una réplica a nuestro alrededor. El público se ha duplicado para esta obra, aunque no han venido más siracusanos. Son los atenienses, los prisioneros que nunca han formado parte de la producción; se están aproximando, guardando una distancia prudencial de los siracusanos pero acercándose lo máximo posible al escenario. Yo pensaba que a esta gente todo le importaba una mierda. Que habían llegado a un punto en el que ya nada les interesaba, pero las caras enjutas que miran atentamente el escenario están embelesadas.

Siguiente escena. Andrómaca, la mujer de Héctor y la madre de Astianacte, hace su aparición. Calias, el ateniense que la interpreta, es bastante bueno, pero se le olvidan algunas frases y, por cómo Numa se inclina hacia él, sé que se las está apuntando. Mientras escuchaba a Linar, me había enfrascado en la función, pero ahora me he vuelto a salir y me muerdo las uñas de los nervios. Es la escena en que matan a Astianacte, y en la que tiene lugar la auténtica innovación de nuestra obra. Veo movimiento detrás del escenario, y un par de veces los niños asoman la cabeza. Astianacte ya tendría que haber aparecido, y me pregunto si Estrabón lo va a hacer o si se lo ha pensado mejor. Aparece. Al público se le escapa una exclamación de sorpresa. Nunca han visto nada igual. Se esperaban la farsa de costumbre, un tipo bajito que impostara la voz para interpretar al niño, pero no. Nosotros lo estamos haciendo de verdad. La entrada de Estrabón parece haber inspirado a Calias, porque se mete en el papel, y cuando abraza a Estrabón y rompe a llorar, durante un brevísimo instante, lo que veo es a una madre y su hijo. El tipo que interpreta al guardia se lleva a Estrabón de la mano e improvisa algo genial. Se arrodilla y le pregunta a Estrabón si le gustaría subir a la torre y contemplar la ciudad que gobernará algún día, y Estrabón ríe de gozo, y esa risa inocente se clava en el público. Casi se les ve encogerse y a continuación relajarse, cuando el niño y el hombre abandonan el escenario. Se relajan de alivio porque saben que al menos no tendrán que ser testigos del asesinato. En ninguna obra se muestra tal cosa. Pero el hombre y el niño aparecen en lo alto de una roca por encima del escenario, tomados aún de la mano, y el guardia señala hacia el horizonte y dice:

—¿Te gustaría volar sobre tu ciudad?

Estrabón dice algo, pero su voz es un graznido, como siempre, y no lo entiendo.

—¡Pues vuela!

El hombre empuja a Estrabón, se oye un chillido de terror y el niño desaparece. Sé que está solo unos metros más abajo, sobre un lecho de grano y telas, pero se me olvida y grito como todos los demás.

—¡El niño! —exclama alguien—. ¡Era un niño de verdad!

El resto del público pide silencio. La necesidad de saber qué va a suceder a continuación es más poderosa que la preocupación por el niño. Se oye algún que otro sollozo acallado. La función prosigue. Aparece Paches como Helena. Es bueno; no tanto como la escena anterior, pero es que eso era lo mejor del espectáculo. No obstante, Paches se sabe sus frases, y el vestido de Helena es deslumbrante. En la escena, Helena suplica a Menelao por su vida y Hécuba pide su muerte. Paches baila seductor, oscilando las caderas bajo el vestido brillante y ceñido, y hay algo inexpresablemente espantoso en que esto suceda tras el asesinato del niño. Me sumo a los demás y silbo e insulto a Helena, tan fuerte que no se oye la mayor parte del texto de Paches, solo lo vemos menear las caderas y soltar una risa triunfal cuando los guardias lo obligan a salir del escenario, y todos se dan cuenta de que Helena ha vencido. Es al lecho de Menelao adonde la llevan, no ante el verdugo.

Falta poco para el final, por suerte, porque ya casi no queda luz, apenas la justa para pronunciar las últimas frases, pero Numa es un profesional y no se apresura. Al contrario, va más despacio, exprime hasta la última gota de dolor de sus palabras, como si del más valioso de los zumos se tratara. Sacan al escenario el cadáver de Astianacte sobre un escudo de madera. Está cubierto de algo rojo y hiede a vino. Los niños le han echado por encima una jarra entera de tinto de Catania para simular la sangre. Estoy lo bastante cerca como para ver un movimiento en el pie de Estrabón y su pequeña sonrisa. Esta vez la luz declinante juega a nuestro favor, y el público no ve los detalles, solo a un niño muerto sobre un escudo. Oigo sollozos. Pescadores de rasgos tan hoscos como las paredes de esta cantera están lloriqueando. También los aristócratas. Hasta los prisioneros lloran. Es una locura. Porque, por un breve instante, los siracusanos y los atenienses se han fundido en un único coro plañidero a causa de esta ficción. Numa acaricia la cara de Estrabón.

—Oh, hijo de mi hijo. Las suaves mejillas que deberían haber sido el consuelo de mi vejez.

Canta el coro:

—Tu vejez. ¡El consuelo de tu vejez!

—La dulce risa que era para mí más hermosa que la mejor música.

—¡Música! ¡La risa del niño era pura música!

—Las historias que yo había de contarte sobre tu padre. Oh, tu…

Numa no llega a terminar la frase. El coro chilla. Durante esta última parte, he estado mirando sobre todo al público, deduciendo a partir de sus reacciones lo que pasaba en el escenario, pero ahora me vuelvo y veo a Numa en el suelo. La máscara de Hécuba está rota: solo la parte de la boca le sigue cubriendo la cara, y de ella mana sangre. Numa se aleja arrastrándose, y Biton va tras él. Alza la porra y Numa levanta una mano y dice algo que no entiendo, su cara desaparece bajo un oscuro borbotón de sangre y, cuando vuelvo a verla, la cabeza está abierta. Otro borbotón, pelo sucio, lascas de cráneo, un colgajo de piel con un ojo castaño. Biton se planta junto a lo que queda de Numa y le da un puntapié. Está llorando. No está solo. Lo acompaña un grupo de hombres;

reconozco a algunos que estaban entre el público. Todos van armados, y ahora se abalanzan a por el coro.

Es como una batalla en la que el bando contrario se ha rendido. El coro podría haber tenido una oportunidad de escapar si no fueran encadenados o si el vestuario fuera más ligero, pero por la combinación de ambas cosas están jodidos, y tropiezan y van a parar al suelo cuando intentan huir. Gelón ha subido al escenario para tratar de impedirlo, pero son diez contra uno y es un suicidio. El público mira, la mayoría de ellos parecen horrorizados, pero nadie mueve un dedo.

—¡Ayuda! —les grito—. ¿Queréis hacer el favor de ayudarnos, joder?

No nos van a ayudar. Dejé la porra en la carretilla, así que me lanzo a la refriega con las manos desnudas.

—¡Parad! ¡Joder, parad!

Gelón sangra en el suelo. Biton le da patadas y hay un niño llorando. Creo que es Dares, y está arañando a Biton. Alguien me agarra por detrás. Me doy la vuelta y me encuentro con un aristócrata, joven y atractivo, con unos ojos grises y largas pestañas que me resultan familiares.

—¿Te importan más estos atenienses que tu propia gente, ciudadano?

Me escupe a la cara, y una porra cae sobre mi nariz y el hueso se hace astillas, otro golpe en la parte de atrás de la cabeza y me ceden las rodillas. La cantera está mojada y salada, y siento que me ahogo en un mar de piedra.

25

Es de noche. Una mano en mi mejilla y una voz en la oscuridad, palabras ininteligibles. Jadeo. Intento tomar una bocanada de aire, pero el aire es espeso como el jarabe, lleva mezclados sangre y trozos de cosas. La voz de nuevo y algo con forma de persona cerca de mí. El mundo se tambalea, inestable. Seguramente estoy en la barca que cruza el Estigia y esa silueta borrosa es el barquero. La muerte en persona, y yo voy rumbo al Hades. Pero joder cómo duele. Sobre todo la cabeza, y cuando estás muerto no sientes dolor, o eso dicen los sacerdotes. La idea me consuela, e intento hablar. Las palabras salen apagadas y pastosas, pero me las apaño.

—¿Dónde estoy?

—Con nosotros —dice una voz familiar.

—¿Quién es nosotros?

—Los atenienses.

Me relajo y vuelvo a perder el sentido. Voy y vengo. Si estoy soñando, menuda mierda de sueño. Sueño con ratas, un número increíble de ratas, las oigo corretear junto a mis orejas, y alguien las aparta a patadas. Ahora estoy en Troya, una torre resplandeciente a lo lejos, de la que un niño cae y cae. Más allá de la torre, un sol rojo e inmenso ocupa la mitad del cielo. Un carro cruza ante él, una mujer a las riendas, el cabello negro flameando tras ella como cuervos, y otros sueños, que no recuerdo, pero todos fruto de la fiebre. Hay más luz ahora, aunque sigue siendo de noche. Un hombre se inclina sobre mí, me pasa por la frente algo que parece un trapo húmedo. Tiene los ojos verdes, verde lagarto.

—¿Paches?

Sonríe.

—¿Me reconoces? Eso es bueno. Bebe.

Retuerce algo y un líquido chorrea sobre mi boca. Hace que me escuezan las heridas en la lengua y en las encías, pero me lo trago, junto con lo que creo que es un diente. Cuando vuelvo a hablar, las palabras me salen más claras.

—¿Gelón? ¿Está bien?

Duda, e intento incorporarme, pero él me lo impide.

—Descansa.

—Joder. Responde. ¿Cómo está Gelón?

—No está bien, pero está vivo. Ha tenido suerte. Igual que tú.

Esta vez me siento y miro alrededor. El techo es bajo, con finos salientes de roca blanca parecidos a colmillos. Es como estar en la boca de un animal gigante, y me siento confuso, por decir algo.

—¿Dónde estamos?

—En una de las cuevas. No era seguro quedarse fuera.

—¿Y Gelón? ¿Dónde cojones está?

—Cerca. Te llevaré enseguida a verlo. Pero bebe, tienes fiebre.

Estoy temblando, pero con el dolor ni me había dado cuenta hasta ahora, y bebo el vino que me ofrece, noto cómo su calor me recorre y el dolor que me palpita en el cráneo se suaviza un poco.

—Cuéntame. ¿Qué cojones pasó?

Paches se cubre la cara con las manos y se rasca las mejillas, un gemido apagado brota entre los dedos, pero cuando retira las manos, no hay ninguna lágrima y habla con voz firme. Biton y los otros mataron a casi todo el reparto. Él sobrevivió solo porque se hizo el muerto. A Gelón lo habrían matado también de no ser por los niños, que lo rodearon para protegerlo, y se podría decir que nos salvaron a todos, porque solo cuando Biton golpeó a Dares, no con la porra, sino con la mano, alguien del público intervino. Una cosa era dar una paliza a los atenienses, pero los niños de Siracusa son otra muy distinta.

—¿Los niños están bien?

—Un poco magullados, pero sí.

—Joder, menos mal. Tendré que comprarles unos dulces.

—¿Sabes que fueron Alcar y Linar los que te salvaron?

—¿Alcar? Entonces a él una copa. Le debo una copa. Linar recibirá raciones triples.

Paches niega con la cabeza y mira al suelo.

—Cuando Linar los apartó de ti, fueron a por él. Luego Alcar intentó ayudaros, pero lo mataron a patadas, lo siento. A Linar también.

—Ah.

Paches me obliga a comer algo. Ha estado guardando parte del pan de sus raciones de los ensayos, y lo saca de un escondite debajo de una roca y arranca un trozo. Está rancio y tengo varios dientes flojos, así que lo tengo que empapar en vino para masticarlo. No sé qué decir ni qué pensar de lo que me ha dicho. Yo no conocía de nada a Alcar. Y de Linar pensaba que era un tipo raro. Me salvaron la vida y perdieron la suya. ¿Yo habría hecho lo mismo? Claro que no. Me metí en la pelea por Gelón. A lo mejor habría intentado ayudar a Paches; por lo demás, me habría largado corriendo. No me cabe en la cabeza que se la jugaran por alguien como yo, y lo único que se me ocurre, al menos en el caso de Alcar, es que calculó mal el riesgo de intentar ayudarme, que pensó que estaba a salvo por ser de Siracusa. Pero, en realidad, sé que no fue así. Es una corazonada que no puedo explicar, pero estoy seguro, y la idea de que alguien pueda actuar de tal manera me incomoda más que me consuela.

Paches me ayuda a levantarme y salimos a la cantera. Estamos al filo de la noche, el cielo más cárdeno que negro, y el suelo bulle de ratas. La gruesa piel de mis botas de cocodrilo me protege bastante, pero hay tantas que siento en los tobillos el roce plumoso de sus colas. Paches ve mejor que yo, o a lo mejor es que conoce tan bien la cantera que puede moverse por ella a tientas, y varias veces me advierte de que tenga cuidado cuando yo lo único que veo es un tono de oscuro diferente. Ahora estoy temblando de pies a cabeza, y Paches me dice que me detenga. Se quita lo que lleva puesto y me lo pone a mí. Es el vaporoso vestido de Helena; me envuelvo en los pliegues de tela y el tembleque se calma. Seguimos, y la mañana anuncia con susurros su llegada. Un rubor naranja entre las nubes, trinos aquí y allá por encima de los chillidos de las ratas. Parece como si hubiera más luz a cada paso que damos, y Paches no tiene por qué llevarme del brazo, pero lo hace. Hay una carretilla justo frente a nosotros, con algo o alguien encima.

—¿Gelón?

Lo que hay en la carretilla se mueve, pero no responde. Intento correr, pero no soy capaz, me tambaleo, las piernas apenas me sostienen y voy pisando ratas. Chillan como condenadas, y siento sus dientecillos clavarse en la piel de las botas de cocodrilo; si me caigo, esto puede acabar muy mal, pero una vez más Paches viene al rescate y me sostiene mientras las aparta a puntapiés. El de la carretilla es Gelón. Está hecho una mierda. Su piel es como el cielo: violeta y azul marino, con brillos rojos en las heridas que las costras no han cubierto aún. Tiene los labios partidos, y hace una mueca de dolor cuando respira, así que debe de tener una o dos costillas rotas.

—¿Estás despierto, tío?

Solo se le abre un ojo. El derecho está cerrado de tan hinchado como lo tiene y al izquierdo lo rodea un cerco azul oscuro.

—¿Dares?

—Está bien. Todos los niños están bien.

El único ojo abierto parpadea varias veces, las lágrimas se cuelan en las heridas abiertas, y Gelón musita lo que me parece una plegaria de agradecimiento.

—¿Y los demás?

Le repito lo que me contó Paches y arruga la cara, tenso. Algunas costras se le abren como ojos rojos y la sangre que mana de ellas se mezcla con las lágrimas. Me pide que le dé la mano y lo hago, pero no puede mover el brazo derecho; le cuelga flácido del hombro.

—Creo que está roto, tío.

Gelón asiente y levanta el izquierdo, y tiro de él para incorporarlo y lo ayudo a ponerse en pie. Paches y yo lo sujetamos para que pueda caminar. Yo quiero largarme de aquí, pero Gelón insiste en volver al sitio de la función. Quiere asegurarse de que no dejamos atrás a nadie, y trastabillamos desde el borde de la cantera hasta el mismo centro. El decorado de Troya sigue aquí. Los cadáveres del coro caídos alrededor. Muchos llevan puestas las máscaras, y a los demás les han reventado la cabeza. Yo no sabría decir quién es cada uno, pero Paches señala ahora los cadáveres enmascarados, ahora los que no son más que pedazos de cráneo, y dice llorando «Ese es Laches» o «Ahí está Meno». Gelón también llora. Yo no. Yo solo me siento vacío y destrozado, y me quiero ir a casa.

Gelón comprueba el pulso de cada uno, y solo cuando no cabe duda de que están todos muertos accede a que nos vayamos.

—Linar —dice Paches, arrodillándose junto a un cadáver retorcido que se nos había escapado.

Un pálido cuerno de hueso asoma entre los rizos morenos, y todavía lleva la máscara de Casandra, aunque la madera está astillada. Debió de protegerlo, porque cuando se la quito con cuidado la cara está increíblemente ilesa, y sus hermosos ojos de ciervo abiertos. Alcar yace a pocos metros de él. El pelo gris está apagado y cubierto de sangre, la cara es un destrozo reluciente. Casi parece que se hubieran ensañado con él por ser de Siracusa.

—¿Alcar tenía familia?

—No —dice Gelón—. Vivía solo. Pero tenía un perro.

—Ah.

Gelón se agacha y coge algo del suelo. Es el aulós de Alcar, un poco astillado pero prácticamente ileso.

—¿Me lo puedo quedar?

No sé para qué lo quiero. No tengo ni idea de música y no sé tocar, pero de pronto me parece importantísimo quedármelo. Gelón me lo da y, una vez que nos hemos asegurado de que todos están muertos, nos dirigimos a la salida de la cantera. El guardia no sabe ni qué pensar al vernos, los dos hechos picadillo y yo con el vestido de Helena, y nos lleva un rato convencerlo de que somos siracusanos. Por fin, nos deja irnos. Paches se despide con un gesto y nos grita algo, puede que buenas noches. No sé cómo voy a llegar a la ciudad en este estado. Gelón está peor, y los dos resollamos como un par de viejos, tosemos sangre y nos apoyamos el uno en el otro, nos tambaleamos colina arriba y conseguimos llegar al camino desierto. Pero no está desierto. Hay un carromato esperando, y el libio de Alekto va a las riendas.

—Subid detrás —dice.

Subimos detrás.

—Me han dado instrucciones de llevaros a vuestra casa o, si queréis, a casa de Alekto. ¿Qué preferís?

Ninguna de las dos cosas. Lo que hacemos es recorrer tres kilómetros hasta una choza en la playa. Aquí no hay nada salvo un lecho de paja, un jarrón con unas flores y un terrier rubio atado con una cuerda. Gimotea cuando lo levanto en brazos, luego menea el rabo cuando saco el aulós y se lo acerco a la nariz. Desato al perro y lo envuelvo en mi manto, y subimos al carromato para volver a la ciudad.

26

L a gran noticia en la ciudad es el decreto. Van a abrir las canteras de nuevo a final de mes, y los atenienses tienen que irse a
otro sitio. ¿Adónde? Aún quedan cientos y, aunque apenas puedan
moverse, existen; duermen sobre buena roca caliza que se podría
utilizar para reconstruir y embellecer la gran ciudad de Siracusa,
donde hay demasiada madera y las construcciones de piedra son
muy insuficientes. Yo no asistí al debate; supe de él por mi madre,
que a su vez se enteró por el tipo al que le compra el pan. Y al
final llegó el decreto, de una simplicidad escalofriante. Dejar de
alimentar a los atenienses. Privarlos por completo de sus raciones,
y en un par de semanas no quedará ninguno, y nosotros podremos
reabrir las canteras y ponernos a construir. Construir algo que deje
al mundo entero boquiabierto. Construir una ciudad tan bella que
haga bramar de envidia a toda Grecia, y llorar a los cartagineses.
Es hora de mirar hacia el futuro. Atenas ha caído. Pero nosotros
seguimos aquí y no pensamos desaparecer, ¿y qué es lo único que
no desaparece cuando todo lo demás decae y se descompone? La
piedra. Asambleas de piedra, tribunales de piedra, casas de piedra,
y sí, la guinda del pastel: un teatro de piedra. No como la mierda
de madera que tenemos ahora, que se astilla bajo el sol y se pudre

bajo la lluvia. Un teatro que habrá de perdurar un millar de años, y el primer paso para lograr todo esto, la primera piedra en los cimientos de la eternidad, es algo muy sencillo: dejar de alimentar a los atenienses.

Por lo visto, soy famoso. La gente habla de lo que hicimos. Dos alfareros en paro que representaron *Medea* en la cantera, además de una nueva obra de Eurípides nunca vista. Sorprendentemente buenas, dicen, raras de cojones, pero nada mal, dadas las circunstancias. ¿Viste lo que pasó al final? Biton se pasó, desde luego, mató a un siracusano. Si dan con él, lo ejecutarán, y es una lástima, porque todos sabemos que Biton es un buen tipo, solo que está trastornado por el dolor, y lo que hizo lo hizo por amor. Amor por su hijo y por Siracusa. Me voy enterando de todo esto poco a poco, por mi madre, que lo oye en el mercado. Me lo va diciendo en los intervalos de lucidez entre el sueño y el delirio, porque durante casi una semana después de la función, solo me levanto de la cama para mear o para dar de comer al perro de Alcar.

Y una mañana, todo cambia. El tembleque ha desaparecido; también la fiebre. El perro me mira desde un rincón. Ni siquiera sé cómo se llama, así que lo llamo Perro. Cuando digo «Alcar», endereza una oreja y menea un poco el rabo. Salgo de la cama y caminar me duele, pero al menos puedo mover las piernas, y rengueo hasta la cocina, me deshago del aliento pútrido con vino y voy a la habitación de mi madre. Debe de estar trabajando porque la cama está vacía, y compruebo qué pinta tengo en el espejo de bronce que hay en un rincón. Los golpes en las mejillas están verdosos, pero los cortes se han curado bien. La nariz está hecha una mierda, eso sí. Siempre he tenido una nariz elegante, recta y fina, y ahora la tengo aplastada y gruesa como un canto de la playa. Parezco un boxeador, un boxeador de mierda, pero un boxeador al fin y al cabo, y eso me hace sonreír y veo que me falta un diente de abajo. Tiene personalidad esta cara. Espero.

La gente me mira por la calle y susurra. No es por la cara, porque en Siracusa hay carretadas de gente con cicatrices mucho peores.

No, es por lo que hice. Lo que Gelón y yo hicimos. Los flipados esos que montaron una función en la cantera con los putos atenienses. ¿Te has enterado de lo que pasó al final?

Siempre he querido ser famoso. Que me miren y hablen de mí. Ahora que lo he conseguido, quiero volver a ser como era antes. El Lampo que formaba parte del decorado de la ciudad, en el que no se fijaba nadie, y me empieza a gotear sangre de la nariz y va cayendo al suelo mientras camino, mojando el polvo. El perro gimotea a mi lado, se empeña en lamer la sangre, y yo sigo adelante hasta que llego a la casa de Gelón.

Sigue en la cama, y en la habitación hiede a enfermedad, como en la mía pero más fuerte. Le pregunto cómo se encuentra y me dice que sobrevivirá. Yo digo:

—¿Te has enterado de lo del decreto?

No sabe nada, así que le cuento.

—¿Qué hacemos ahora?

El perro ladra y le lame la muñeca, pero Gelón no responde.

—Venga, tío. ¿Qué deberíamos hacer?

—Nada —dice—. No podemos hacer nada.

No sé qué me esperaba, pero no era esto, y así se lo digo. Me mira; el sol que entra por la ventana le cae en la cara, que está hecha una ruina. El ojo derecho sigue cerrado por la hinchazón y las mejillas están cubiertas de cardenales de todos los colores, los labios cuarteados, y tiene la mandíbula torcida, como si se le hubiera aflojado la articulación. Hace falta mucha imaginación para pensar que esa cara fue hermosa. Aun así, todo lo anterior no es nada comparado con la desolación del único ojo abierto. Parpadea varias veces. Gelón nunca ha sido muy alegre, la verdad, pero yo no le he visto una expresión así desde los días que siguieron a la muerte de su hijo Helios. En ese ojo no queda nada más que el color, y le doy la mano.

—Vamos, tío. Podemos hacer algo. Somos directores. Recuérdalo.

Una mueca de dolor.

—Da igual cómo terminara. Fue una función cojonuda e hicimos lo que parecía imposible. Ahora también podemos hacerlo.

—¿Hacer qué? —No hay ni rastro de curiosidad en su voz, solo agotamiento.

—Salvarlos —digo—. Salvar a Paches. Tenemos que intentarlo.

Una risa. Una risa ronca, desagradable como carne podrida, y que sin duda le duele, porque se agarra las costillas.

—Y dale con Paches. Se acabó, Lampo. ¿Crees que los vigilantes te van a dejar sacarlos de allí? Es un delito capital. A nadie le importaba lo que hiciéramos con ellos mientras se quedaran en la cantera, pero intenta sacar a uno solo, y ya verás lo que pasa. Esta vez te matarán.

—¿No vas ayudarme?

El ojo azul se humedece, y creo que lo he conseguido. Por supuesto que me va a ayudar. Gelón y Lampo, los libertadores de los atenienses; se compondrán canciones sobre ellos.

—No. Lo siento, Lampo. No puedo.

—Pues estupendo.

Me levanto para irme, pero me paro en la puerta. Gelón me mira. Espera que le diga que no pasa nada y que lo entiendo. Qué remedio, pienso, y abro la boca para complacerlo. Toda la amargura que he venido incubando revienta como una ampolla y rezuma, palabras saladas que salen de las encías heridas. Le digo que es culpa suya que Numa, Linar, Alcar y los demás estén muertos. Seguramente también es culpa suya que vayan a dejar de enviar comida a los atenienses y reabrir la cantera. La función hizo que todos volvieran a hablar del tema. Fue una idea estúpida que no podía haber acabado de otra manera. Tuvimos suerte de que los niños salieran con vida. Él es un cabrón egoísta y lo ha sido siempre, y me alegro de que no vaya a ayudarme, porque todo lo que toca muere, y ojalá él se fuera a tomar por culo y se muriera también.

No dice nada. El ojo azul pálido y húmedo parpadea y se cierra, y Gelón se gira para darme la espalda.

27

Sigue en el muelle. Anclado donde termina la zona comercial. El ariete de guerra brilla como una estrella verdosa y la tripulación chunga se está tocando los huevos en cubierta. Subo por la escala y los tengo en pie de inmediato, tensos como puños, ni un solo nudo de marinero en las manos, solo filos destellantes, y se me pasa por la cabeza que he cometido un grave error de cálculos, pero uno se ríe y me estampa una palmada en la espalda.

—¡Hombre, el director! Tranquilos, chicos. Es inofensivo.

Es el tipo alto con la cicatriz en la garganta que parece una sonrisa.

—Tengo que hablar con él.

El tipo alto me ofrece un odre de vino. Tomo un trago corto porque quiero estar bien alerta. A su espalda, la escotilla que conduce a la bodega está abierta.

—Es importante —digo—. Por favor.

Niega con expresión afligida y paciente.

—Tenemos instrucciones estrictas de no molestarlo. Si bajo, podría reaccionar mal.

—Puedo pagar.

Frunce el ceño al ver la plata que le ofrezco en la mano extendida y mira a los demás.

—¿Te crees que acepto sobornos? Vete cagando leches, anda.

Me doy la vuelta como para largarme, pero no lo hago. Paso corriendo por su lado y salto por la escotilla a la bodega, ruedo en la oscuridad y me doy un buen golpe en el hombro contra algo de madera. El dolor me ciega, y maldigo y me arrastro hacia la primera puerta; la abro de un tirón. No hay nada. La segunda puerta. Nada. Gateo hacia la tercera, pero alguien me sujeta y me empuja contra el mamparo. Es el tipo de la cicatriz en el gaznate, y me está gritando algo en una lengua incomprensible, escupiéndome a la cara, pero pillo lo básico y cierro los ojos, demasiado jodido como para defenderme, resignado a lo que me pueda pasar, cuando oigo una voz familiar.

—Suéltalo.

Tuireann está en la tercera puerta, la del cuarto donde Gelón vio al dios. La cierra con cuidado y da un paso en nuestra dirección. Le digo que necesito hablar con él. Que es una cuestión de extrema urgencia. Se lleva un dedo a los labios, pidiendo silencio. Lleva el pelo suelto y le cae hasta los hombros. Ya no es negro brillante, sino que está entreverado de gris acero, y hay también una fatiga nueva en sus ojos. Abre la segunda puerta y con un gesto me invita a pasar al interior a oscuras, al suelo cubierto de suaves alfombras.

—No veo nada.

—Perdón.

Una llamada con los nudillos en el mamparo y oigo un clic, seguido de un resuello y del ruido de manos que manipulan algo en un rincón. Se enciende una lámpara; la llama naranja llena la estancia de humo y de una luz briosa, y veo lo mismo que la última vez: los divanes, las alfombras escarlata, los murales. Veo al viejo sirviente también, que sostiene con manos temblorosas una bandeja donde tintinean las copas.

—¿Vino, señor?

—No, gracias.

—Dejadnos.

El anciano y el tipo del gaznate rajado salen, y nos quedamos los dos solos, y pienso que esto no ha sido buena idea.

—La función fue increíble.

Eso me descoloca. No se ha recostado en el diván como la última vez, sino que se inclina hacia mí con expresión formal, las manos entrelazadas.

—¿La viste?

—Por supuesto. ¿Qué clase de productor te crees que soy?

—Entonces, viste cómo terminó.

—Fue espantoso, lo siento. —Baja la voz—. La segunda obra, ¿cómo se titulaba?

—*Las troyanas.*

—¿*Las troyanas?* Es la mejor que he visto… —Vacila—. Algo muy similar sucedió una vez.

—Es la guerra, sucede todo el rato.

Sonríe con tristeza y asiente.

—Sí, cierto. Todo el rato. Pero lo que digo sucedió en un mundo completamente distinto. No en las llanuras polvorientas de Ilión ni en Siracusa. No, aconteció en una tierra de lluvias y de bosques, un mundo de verdor, y sin embargo sucedió de forma casi idéntica. Los corazones de los hombres son iguales allá adonde vayas. Lo demás es decorado. —Se pone en pie y de inmediato vuelve a sentarse—. ¿Cómo se llamaba el niño? Al que arrojaban de la torre.

—Astianacte.

—Fue inolvidable. Una vez conocí a un niño como Astianacte. Solo que no murió. Murió su padre. También sus hermanos y hermanas. Murieron todos a los que amaba, salvo su madre. A ella se la llevaron, seguramente para que se la follaran todos y cada uno de los hombres que mataron a sus hijos. Pero el niño sobrevivió. A veces deseaba no haber sobrevivido, pero por alguna razón, la vida se aferraba a él como esos hierbajos que crecen en los sitios más inhóspitos. El niño creció y se enriqueció, y se cuenta que ha visto y hecho cosas increíbles. Se cuenta que sigue vivo.

—Eso parece.

Tuireann sonríe.

—A ver, ¿de qué querías hablarme?

Se lo cuento todo. Lo del decreto y que van a reabrir la cantera a final de mes, y que tengo un amigo, un amigo ateniense, al que voy a salvar. A él y a otros, si puedo.

—¿Gelón qué opina de esto?

Mi primer impulso es mentir, pero capto la inteligencia en sus ojos oscuros y sé que eso no me ayudaría. La única estrategia posible con este tipo es ser franco, y que pase lo que tenga que pasar.

—Cree que estoy mal de la cabeza. No va a ayudarme.

Tuireann asiente, y vuelvo a tener la impresión de que nada de lo que le he dicho es nuevo para él. Sin embargo, parece interesado. Ni asomo de la ironía de siempre. No sé si estará aparentando, pero parece que le importa lo que le cuento, y pienso que a lo mejor hasta me ayuda, y solo entonces lo digo sin rodeos.

—Ayúdame, por favor te lo pido.

—¿Cómo? ¿Cómo te puedo ayudar, exactamente?

Lo suelto de golpe. Al oírme a mí mismo, comprendo que no es tanto un plan como un anhelo desesperado, un pequeño delirio fraguado en las noches de fiebre que siguieron a la función. Tuireann no se ríe; se limita a escuchar, y le estoy agradecido por ello. Cuando termino, llama con los nudillos en el mamparo y de la boca de la Hidra emerge el viejo con su bandeja temblorosa.

—Bebe.

—No tengo sed.

—Por favor, bebe conmigo.

El viejo llena dos cálices con una bebida oscura. Es lo mismo que tomamos aquella noche en el Dismas. Tuireann propone un brindis y susurra algo en una lengua que no sé identificar.

—Si me hubieran dicho que uno de mis directores iba a venir a pedirme esto, yo habría apostado que sería Gelón. Me has sorprendido. ¿Cómo te llamabas?

—Lampo.

—Quiero ayudarte, Lampo. ¿Me crees?

—Sí.

—Me alegro, porque es cierto. Me equivoqué contigo. Ahora lo comprendo, así que créeme cuando te digo esto: quiero ayudarte, pero lo que propones es imposible.

Le doy un buen trago a la bebida oscura y su calor hace que se me salten las lágrimas, y siento un escozor salado en las costras, me arden los cortes en la boca. Él no despega la vista de mí.

—Este barco lleva, cómo decirlo, cosas en su interior. Cosas que harían que un registro fuera de lo más inconveniente. Sencillamente, no puedo correr el riesgo. Tú sabes cómo es tu ciudad. Estos muelles están llenos de gente a todas horas. Supongamos que sacas a tus amigos. ¿Qué pensará la gente cuando te vea a ti y tus camaradas encadenados recorriendo los muelles y embarcando aquí?

—Por favor. Van a morir si no lo hacemos.

—Y si lo hacemos también. Solo que un poco más tarde.

Se pone en pie, se pasa las manos por el pelo y se mancha los dedos de negro. Se da cuenta de que lo he visto, y sonríe.

—Vanidad, ya lo sé. Mi pelo ni siquiera era negro, sino pelirrojo. Pero es difícil conseguir un tinte pelirrojo convincente. Y ahora te debo pedir que te vayas. Es un momento de lo más inoportuno, compréndelo. Zarpamos mañana por la mañana. Ya he terminado el trabajo que tenía que hacer aquí.

—¿Qué trabajo?

Me guiña un ojo y se lleva un dedo a los labios. Ha vuelto la ironía, y me doy cuenta de que otra vez se está riendo de mí. A lo mejor todo esto era de broma.

—Que te jodan.

Vacío de un trago el cáliz, lo dejo caer al suelo y me levanto para irme, pero el cabrón es rápido, ya se ha puesto en pie y se ha colocado ante la puerta, cerrándome el paso.

—Hícara.

—¿Qué?

—Hícara —vuelve a susurrar—. Es donde estará el barco dentro de dos noches. Desde allí zarparemos hacia Cartago. Luego, a la Grecia continental. No puedo dejarlos subir al barco en Siracusa, pero si consigues llevarlos a Hícara, te prometo que allí sí.

Hícara está a tomar por culo. Le digo que tardaría una semana en llegar a pie. Se encoge de hombros y vuelve a sentarse, se recuesta contra el mamparo, en el que hay algo oscuro y lacio clavado. Cuelga junto a su oreja como una piel de serpiente, pero no es eso. Es una cuerda, y la reconozco.

—¿Al final el viejo te la vendió?

Tuireann no responde. Bebe y me mira, sorprendido de que yo siga aquí.

—Buena suerte —dice—. No creo que te vea en Hícara, pero me gustaría. ¿Me crees?

—No sé.

Me hace un gesto para que me vaya, y me largo. Apenas he cruzado la puerta, se pone a cantar. La letra me suena. Es una canción de *Las troyanas,* la que Andrómaca le canta a Astianacte justo antes de que lo tiren de la torre. Se la sabe entera, o eso parece, y canta bien, salvo por el detalle de que está llorando. Me freno en seco, y una intuición me lleva a apartarme de la luz y quedarme oculto entre las sombras, escuchando.

Al poco rato se oye un crujido de bisagras y aparece Tuireann. Se ha quitado la túnica, y la palidez de los brazos y el pecho ofrece un horrible contraste con el espectáculo macabro que es su espalda. Prácticamente cada palmo de piel está cubierto de espeluznantes cicatrices, y en varios sitios se aprecian las marcas arrugadas del hierro al rojo vivo, como si lo hubieran comprado y vendido un montón de veces. Pero la mayoría son cicatrices de latigazos. Nunca había visto nada parecido. Tuireann sigue cantando la canción de Astianacte mientras trastea con el cerrojo de la última puerta. Al final se abre y atisbo una leve luz palpitante, una especie de halo verdoso, como el sol visto a través del agua de un pozo, y él cruza la puerta y desaparece.

28

Hacía mucho que no oía hablar de Hícara. Está en la otra punta de la isla, es una ciudad fortificada que los atenienses saquearon y arrasaron hasta los cimientos. Eso fue al principio de la invasión, cuando los atenienses parecían imbatibles y las ciudades caían una tras otra y toda Sicilia pedía que firmáramos un acuerdo antes de que fuera demasiado tarde. La asamblea estaba deseando firmar el acuerdo, salvar la ciudad, y entonces, ya fuera porque a los dioses les apeteció un cambio o sencillamente porque ya nos tocaba, los atenienses empezaron a perder. Pequeñas escaramuzas al principio, sin consecuencias serias, pero cada paso atrás, cada desliz, les arrebataba un poco de fe, les desmadejaba el espíritu, de manera que cuando llegaron las batallas de verdad, las que habrían de decidirlo todo, ya no tenían confianza en sí mismos, y olíamos sus dudas como se huele la lluvia fétida en el viento, y ya el único acuerdo que nos interesaba era arrebatarles todo lo que tenían tras una rendición incondicional.

Rara vez sucede lo que uno espera. Cosas que parecían imposibles terminan sucediendo. Siempre ha sido así. Los dioses tienen los mejores asientos y nosotros somos su función favorita. Esta forma de ver las cosas te puede cortar el rollo si estás satisfecho con lo que tienes, pero yo no lo estoy. El sentido común me dice que no podré sacar a Paches ni a ningún otro ateniense de la cantera sin que me prendan y que, si por casualidad lo consigo, Hícara está en la otra punta de la isla, a una semana de marcha bajo el viento y la lluvia por unos caminos de mierda. Morirán antes de que lleguemos, e incluso si llegamos, será demasiado tarde porque Tuireann no nos va a esperar tanto; en unos días habrá zarpado hacia Cartago. Pero el sentido común nos decía hace dos años que teníamos que rendirnos. El sentido común es demasiado común, no tiene imaginación, solo se basa en los precedentes. Empobrece al que lo sigue; si no su bolsillo, sí su corazón. Que le den por culo al sentido común.

Estoy en el patio de Alekto, buscando los caballos y el carromato. Por todas partes hay mierda de caballo cubierta de moscas, pero ni rastro de los animales. No es un buen comienzo. Para que esto salga bien, lo primero es tener un medio de transporte. Como he dicho, ir a Hícara a pie no es una opción. Así que o vamos en barco o a caballo. Después de ver a Tuireann, les pregunté a varios pescadores cuánto costaría ir a Hícara, pero sus embarcaciones son pequeñas y no están preparadas para navegar grandes distancias, y además, ¿a mí qué cojones se me ha perdido en Hícara? Aquello está en ruinas. Eso lo sabe todo el mundo. Y mira el cielo, me dijo uno, señalando los nubarrones. Ni de coña.

Entre el mal tiempo, el poco dinero que tengo y lo insólito de mi destino, no voy a conseguir que me lleve nadie. Seguramente sea mejor así, porque los pescadores son unos simples y lo más seguro es que, si lo consigo y aparezco con los atenienses, se caguen de miedo y me delaten, y entonces iré derechito a la cárcel en lugar de ir a Hícara. Caballos. Esa es la solución. Por eso recorro el jardín de Alekto siguiendo un rastro de mierda de jaco.

—¿Lampo?

Es el esclavo libio, asomado a una ventana que tengo encima.

—Hola. ¿Cómo va todo?

—Bien —dice—. ¿Qué haces?

Sonrío.

—Ya sabes. Un poco de esto, un poco de aquello.

—Ya. Voy a buscar a Alekto.

—No, no la molestes. Solo salúdala de mi parte.

Frunce el ceño y desaparece. A la mierda. Tengo que largarme, pero Alekto debe de haber estado vigilándome desde algún sitio, porque la puerta principal se abre, y sale ella y me pregunta qué es lo que me resulta tan fascinante en el estiércol de caballo. Farfullo que mi madre lo necesita para el jardín, que no consigue que crezca nada con tanta lluvia. Pero veo la mirada de Alekto y comprendo que, al igual que con Tuireann, mi única esperanza es ser sincero. Es muy lista, así que tendré que soltarlo todo, pero eso nos pondrá en apuros a los dos. Cuando oiga lo que voy a decir, estará obligada por ley a denunciarme. Por el mero hecho de contárselo, la implico. Mi madre y Alekto eran muy amigas de jóvenes, pero de jóvenes ya no tienen nada. Puede que su edad sea de ayuda. Puede que Alekto piense que ya no le queda mucho tiempo, y que es mejor hacer lo correcto, pero esto solo es lo que a mí me gustaría que sucediera. Hay gente que piensa que no morirá nunca, y ni todos los años ni todas las arrugas que acarrean les hacen cambiar de idea. Creo que Alekto es de esas, no puedo contar con que obre por capricho o impulso. Empiezo a contarle el plan.

—Cállate.

—¿Eh?

Alekto escruta el patio.

—Entra.

Entro. Hay plumas por todas partes, el aire está cargado del olor cabezón de la cola, y en el banco de trabajo hay un ala enorme, como la de un Pegaso desmembrado, y el equipo de Alekto coge plumas de un montón y las inserta en el ala.

—Otro encargo —dice Alekto—. *Las aves,* de Aristófanes. Me parece que vuestra función sació todas las ganas de tragedia que podían quedar en la ciudad. Habrá un festival de comedia durante todo el invierno. La nueva moda es la risa.

No sé qué responder y mascullo algo que ni yo entiendo. Alekto toma asiento y sirve dos copas de vino blanco frío de una jarra.

—Nunca hables de negocios en público. Ha sido una idiotez.

—Es verdad.

—Ahora dime exactamente lo que quieres. Y no me mientas. Si mientes, lo sabré.

Claro que lo sabrá. Le cuento el plan, si es que se puede llamar así, y ella escucha, no solo con los oídos; Alekto siempre da la impresión de que escucha con todo su ser, atenta a los movimientos de tus ojos, a la postura de tus manos, a las pequeñas vacilaciones o los cambios de tono, y es invasivo de cojones, pero sigo hablando hasta haberlo desembuchado todo, y Alekto niega con la cabeza, un gesto casi compasivo.

—No va a funcionar.

—No queda otra.

Un suspiro.

—¿Crees que esos hombres serán capaces de escalar la pared de la cantera con una cuerda?

—No, nosotros tiraremos de ellos. Atamos la cuerda al carromato y que los caballos...

—Mi carromato, ¿correcto? ¿Y mis caballos?

—Eso es.

—Y supongamos que los sacas, ¿en qué estado crees que estarán después de que los caballos los hayan arrastrado contra una pared de piedra dentada? Aunque la cuerda no se rompa, seguro que sus huesos sí.

—Entonces, se mueren.

Me mira sorprendida.

—¿Y eso te parece bien?

Sí, y se lo digo. Si no funciona, al menos tienen una muerte rápida, y una muerte rápida es mejor que morirse lentamente de hambre. Pero si de alguna manera lo conseguimos, entonces viven. Viven, puede que años, así que en mi opinión el riesgo es bajo.

Alekto sonríe.

—En el carromato solo caben unos pocos.

—Unos pocos es suficiente. Unos pocos lo es todo.

Se pone en pie y se acerca al banco de trabajo, arranca una pluma del ala, la deja caer.

—La mezcla de la cola está mal. Habrá que empezar de nuevo.

—Y dirigiéndose a mí—: Vuelve esta noche. El carromato estará listo.

—¿Sí? ¿Por qué?

Una respuesta tonta, pero es que no me esperaba un sí. La verdad.

—Porque eres muy persuasivo. —Bebe un trago—. Porque soy vieja y me aburro. Porque la cantera es un sitio espantoso, y a lo mejor tienes razón: unos pocos lo es todo. —Otro trago—. Pero sobre todo porque vas a hacerlo de todos modos, y sin caballos morirás, y tu madre lo pasaría fatal.

Intento darle un abrazo, pero me aparta de un empujón y me dice que me esfume, que tienen un ala que terminar.

La cuerda la consigo en los muelles, y me estafan por ella, y pesa tanto que casi me rompe la espalda, y con todos los descansos que tengo que hacer tardo casi una hora en acarrearla hasta la casa de Alekto y lanzarla al jardín por encima del muro. Luego me dirijo a la cantera sin más demora. El camino se hace duro, y con cada paso me duelen los verdugones de las piernas, y me doy cuenta de que cojeo de ambos pies. Como esto siga así, voy a necesitar un bastón, menudo viejo voy a estar hecho, y me siento un par de veces durante el camino, resollando y compadeciéndome de mí mismo.

En el cruce, hago una parada y vierto un poco de vino en el suelo y rezo una oración por Alcar. Luego sigo hasta la cantera, pero no entro. La bordeo en busca de un buen sitio desde donde lanzar la cuerda. Un sitio donde la pared sea lo más lisa posible, para que Paches y quienquiera que lo acompañe no acaben despedazados cuando los ice. Casi de inmediato, me queda meridianamente claro que no hay ningún sitio bueno. La caliza es porosa, por lo que está completamente erosionada, sembrada de agujeros y salientes afilados. Y no es todo caliza. También hay una piedra amarilla y negruzca que se entremezcla con lo blanco como dientes podridos, y sé, por un trabajo de verano en la cantera hace unos cuantos años, que esa piedra amarilla es dura de cojones, capaz de romper la piqueta, no digamos la piel. Doy un par de vueltas, me tumbo bocabajo para examinar cada tramo de pared, una vez, dos, pero no encuentro nada. No creo que lo consigan. Pienso de veras lo que le dije a Alekto: sí, los atenienses pueden acabar muertos, pero dadas sus perspectivas actuales, me parece un riesgo bastante bajo. Pero no es lo mismo un riesgo que una certeza. No voy a venir aquí en plena noche, matar a golpes a mi amigo y luego volverme a casa. Doy otra vuelta a la cantera, sin suerte. Me fijo ahora en algo tan evidente que era fácil pasarlo por alto. La valla. La razón por la que metimos a los atenienses en la cantera, además de por humillarlos, fue cuántos eran. En ningún sitio de Sicilia, ya no digamos de Siracusa, había una prisión donde cupieran todos aquellos cabrones, y construirla habría costado una fortuna. Las canteras, con sus fosos profundos, eran prisiones naturales, con paredes de roca viva. Bastaba un reducido número de vigilantes para guardarlas y no había que construir absolutamente nada. O casi nada. Los fosos son profundos como cavernas salvo en una pequeña franja de unos pocos estadios en el costado occidental de la cantera. Aquí la pared no cae a plomo, sino que está en pendiente, lo bastante inclinada como para que un prisionero valiente pueda escalarla. Para impedirlo, la ciudad construyó una valla a lo largo de ese tramo, de unos seis metros de alto, una empalizada oscura de troncos desbastados, hincados en el suelo y con el extremo superior afilado como una pica. En realidad, la valla fue una exageración, más que suficiente para cumplir su cometido, y durante mis recorridos apenas le he dedicado un vistazo. Ahora, puesto que subir por la pared vertical supone una muerte segura, decido examinarla con atención, tomarme todo el tiempo que haga falta y comprobar cada uno de los troncos. Si voy a matar a Paches, al menos me tengo que asegurar de que he hecho todo lo posible por evitarlo.

Me arrodillo y me encuentro con lo que me temía. Cada tronco debe de estar clavado a una profundidad equivalente al menos a la altura de un hombre, porque no ceden lo más mínimo. Están bien juntos, con una separación de apenas unos dedos de ancho. Los atenienses han adelgazado durante el cautiverio, pero no tanto. No obstante, sigo examinando la valla, más por tranquilizar mi conciencia que porque albergue verdaderas esperanzas. Reviso los troncos uno por uno, les doy empellones con el hombro, compruebo su solidez en busca de puntos débiles, como un carpintero que revisara el género que ha traído el leñador. La túnica azul se me empapa, se me pega tanto a la piel que se me marcan los putos pezones. Me da un mareo y tengo que hacer otro descanso, le doy unos tragos vigorizantes al tinto que le he traído a Paches. También las botas se me empapan, el suelo se ha convertido en un barrizal, los pies se me hunden como en una alfombra mojada y resbalo, tengo que agarrarme con las uñas a la valla para mantener el equilibrio. Sigo con la comprobación, me castañetean tanto los dientes que no me extrañaría que se me partiera alguno, pero aguantan, y cerca del final de la valla pasa algo maravilloso. Uno de los troncos cede un poco cuando le doy un empellón. La lluvia ha ablandado el suelo, ha transformado la tierra dura en arcilla, y el tronco se mueve una pizca. Lo empujo con todas mis fuerzas, hasta que las venas de las manos se me hinchan como gusanos azules, y se mueve un poco más, hasta separarse un palmo del tronco contiguo. No es suficiente. Sigo empujando, convencido de que me va a reventar uno de los gusanos. No hay manera. No se va a mover más, un palmo es todo lo que consigo. Haría falta un puto caballo. Varios caballos. Unos pocos, fuertes, y quizá podría ensanchar la abertura lo bastante como para que un desgraciado famélico se escurriera por ella. Lo veo dificilísimo, pero es mejor que escalar la pared de la cantera. Si no funciona, al menos no lo habré matado.

Saco un tarro de aceitunas, que también había traído para Paches, me meto en la boca todas las que puedo y rompo el tarro contra el tronco. Es de terracota, y deja una marca astillada, de color herrumbre, que me servirá para identificar el sitio.

Hay un vigilante nuevo en la entrada, y no quiere saber nada de vino, solo de plata, así que me deja limpio. Aun así entro, estoy de vuelta en la cantera por primera vez desde la función. Durante los ensayos llovió un par de veces, pero nada como lo de ahora. Está descargando una tormenta, y el centro de la cantera se encuentra desierto: casi todos los atenienses han buscado el abrigo de las paredes en las partes donde la roca asoma un poco y ofrece refugio. Pero en otras partes las paredes forman cascadas por las que se precipita la lluvia, y sin embargo ahí también hay atenienses acurrucados, tan empapados y cadavéricos que recuerdan al río Estigia y a los pobres desgraciados que flotan a la deriva junto a la barca de Caronte. El hambre los ha privado de la capacidad de improvisar, de reaccionar a la realidad. Las paredes de la cantera deberían ofrecer cobijo, así que se pegan a ellas aunque la realidad clame que se equivocan. La imagen de los atenienses ahogándose inmóviles me perturba más de lo que puedo expresar. Tiemblo y deambulo un rato, mirando por todas partes, palpando los montones de piedras que señalan sus tumbas. Si todo sale bien, esta es la última vez que vengo por aquí. Si sale mal, esta es la última vez que vengo por aquí. Me hago a la idea. Melancólico y tembloroso, sigo caminando y mirándolo todo, fijando en la mente el recuerdo de este momento. Siento una mano en el tobillo y miro al suelo, y es un ateniense moribundo, con el vientre hinchado, los ojos llorosos y brillantes, de color bronce.

—¿Madre? —susurra.

—No —digo.

No me oye. Está completamente ido.

—Madre —repite—. Lo siento. Lo siento mucho.

Esta vez no digo que no, solo me quedo quieto y escucho, y me habla como si yo fuera su madre. Cosas sobre la granja y que él no quería ser granjero. No era lo suyo. No pintaba nada allí, pero volverá a buscarme. Le han ido bien las cosas y tiene una casa en El Pireo con vistas al mar, me encantará. Nunca fue su intención tardar tanto en volver, ¿puedo perdonarlo y acompañarlo al Pireo?

—Claro, iré.

Pero eso no le basta. Quiere más, y me pregunta si todavía lo quiero aunque él ya no valga para nada.

—Por supuesto que te quiero —digo, llorando—. Siempre te he querido. Eres mi hijo.

Eso le hace sonreír, me aprieta la mano, con una fuerza asombrosa para el saco de huesos que es, y yo se la sostengo hasta que la mano se le afloja y él muere, se va adonde sea que vayamos. Me agacho y le beso en la frente, y unos pelos se me quedan pegados a los labios. Me levanto y sigo adelante.

El decorado de *Las troyanas* continúa donde lo dejamos, apoyado contra la roca, y la lluvia chorrea sobre las torres pintadas y el cielo, hace que la imagen parezca salida de un sueño. Otros prisioneros deben de haber enterrado a los muertos, porque los cadáveres han desaparecido. El único rastro de lo que pasó son las máscaras tiradas por el suelo, casi todas rotas; la madera y la pintura relucen por la lluvia, bocas y ojos brillan por todas partes, y me siento fatal, y llamo a Paches, pero nadie responde.

Él siempre prefería las paredes de la cantera, la protección de los túneles, y ahí es adonde voy. Asomo la cabeza a los túneles y lo llamo, y me encuentro con atenienses agazapados que me miran desde la oscuridad con ojos llorosos y brillantes, pero ningún par es de color verde. Hay montones de ojos azules, pardos y hasta grises, pero ninguno verde. Hasta que los veo. Rendijas verdes como hojas de hierba bajo la lluvia.

—¡Paches!

Un temblor y un gemido.

—¿Lampo?

Entro a rastras, y al principio está tan oscuro que casi no distingo sus rasgos, pero la vista se me adapta bastante rápido, y lo que veo me impacta. En la semana que ha transcurrido desde la función, privado de sus raciones dobles, se ha deteriorado muy rápido. Las mejillas vuelven a estar chupadas, los ojos hundidos, el pelo negro, entreverado de plata, aunque cuando lo miro con mayor atención veo que es una tela de araña, y se la quito. Yo había pensado abordar el tema directamente, pero está demasiado jodido, y le doy el poco vino que queda. El pan que llevo en el zurrón se ha empapado con la lluvia, pero él se lo zampa sin rechistar, se para solo para beber vino y recuperar el aliento; luego vomita, y yo lo sujeto y le doy unas palmaditas en la espalda.

—Tranquilo. No hay prisa.

Se llena el buche de vino y vuelve a atacar el pan, esta vez lo retiene y, cuando me mira, ya no tiene los ojos tan vidriosos.

—¿Lampo? —repite—. Has vuelto.

—Por supuesto. Vamos a hacer *Edipo Rey*. Los ensayos empiezan mañana. Estoy pensando en darte el papel de Yocasta. Es bastante jugoso. ¿Qué me dices?

Es un chiste malo y no sé por qué lo he hecho. Paches me mira como si estuviera a punto de romper a llorar, y le digo que no se preocupe, que estaba de broma, que no me haga caso. Yo tampoco estoy en muy buena forma.

—Más obras no, por favor —murmura para sí.

—Ya te lo he dicho. Estaba de broma. ¿Entendido?

Asiente y le da una arcada, pero no llega a vomitar. Afuera las piedras brillan como ascuas, es extraño. El sol no ha asomado en todo el día, oculto tras un manto de nubes, y ahora que se está poniendo todo reluce con una luz moribunda. Tengo que explicarle el plan ya. Que lo tenga claro antes de que anochezca demasiado. Se lo cuento de principio a fin. Lo de la valla con el tronco flojo y lo del carromato de Alekto, lo del barco que nos espera en Hícara. Un barco que zarpará hacia Atenas.

—Déjate de bromas —dice.

—No bromeo. Es todo cierto.

—¡Para ya! —Suena enfadado de verdad: si no estuviera tan jodido, lo vería capaz de darme un puñetazo.

—No voy a parar, tío. Es todo verdad. Te lo juro por mi madre. Vamos a sacarte de aquí esta noche, así que cierra la boca y escucha, porque no tenemos mucho tiempo.

Lo ayudo a salir del túnel, él avanza tambaleándose. Va tan despacio que yo, en comparación, parezco un corredor de las olimpiadas. Señalo la valla, los troncos parecen lenguas de fuego anaranjado.

—Ahí lo tienes, tío. Tu puto *deus ex machina*. Vas a salir de aquí.

Tropieza y lo sujeto antes de que llegue a caerse.

—Paches, ¿estás bien?

Asiente y tose. Le hago girar la cabeza para que mire hacia la colina, a la valla en la cima. De pronto la colina parece el monte Olimpo: demasiado alta.

—¿Podrás conseguirlo?

—No lo sé.

—Sí puedes. Claro que puedes, joder. Eso no es nada. Vas a subir corriendo, ¿a que sí?

—Sí.

Empiezo a desesperarme y le grito. Va a subir la colina. Pero tiene que hacerlo cuando sea de noche para que los vigilantes no lo vean. Yo no le puedo ayudar. Tengo que volver a por el carromato, y estaré allí arriba, al otro lado de la valla, cuando se ponga el sol, esperándole, porque va a salir de aquí, va a volver a Atenas, y lo único que tiene que hacer es mover el culo hasta lo alto de esa colina. Haz lo que tengas que hacer. Díselo a algunos colegas, a los que tengan fuerzas suficientes para echarte una mano. Podemos llevar con nosotros a todos los que quepan en el carromato, pero no nos iremos sin ti. Diles eso. Y él me escucha. Creo que, al menos, ahora me cree.

—¿Cómo sabré dónde estás?

—¿Qué?

—La valla es larga. ¿Cómo voy a saber detrás de qué parte estás? No puedo llamarte a gritos.

Esto está bien. Está razonando. No tengo una respuesta, así que meto la mano en el zurrón en busca de algo de comer. No queda comida, pero encuentro el aulós de Alcar.

—¡Esto! —digo, a la desesperada.

—No entiendo.

—Usaré esto para indicarte dónde estoy. Tienes que estar atento a este sonido.

Soplo el instrumento y muevo los dedos sobre los agujeros, y sale un silbido chirriante. Como música es una mierda, pero es el tipo de sonido que un vigilante puede confundir con el canto de un pájaro, y sin duda es mejor que ponerme a gritar «Estoy aquí».

—Tú espera a oír esto. ¿Entendido?

Asiente.

—Recuerda, busca ayuda si la necesitas. No subas hasta que sea de noche, luego espera y escucha. Va a salir bien, ¿a que sí?

—Sí.

Le paso un brazo sobre los hombros, le revuelvo el pelo.

—Si no lo consigo —dice—, quiero que sepas que…

—¡No seas pesimista! Lo vas a conseguir. Vas a salir de aquí. Ahora tengo que irme. ¡Tú sube esa colina!

Intenta decirme algo, pero ya me he puesto en marcha. Me doy toda la prisa que puedo con dos piernas cojas, hacia la salida y el vigilante, que está escurriendo el manto empapado. Cuando me ve, sonríe y dice que siempre seré bienvenido.

—Y una mierda —digo—. No pienso volver.

*

No voy directamente al taller de Alekto. Debería, porque ya se ha puesto el sol, los faroles trazan arcos llameantes y han salido unas estrellas azuladas. Estoy delante del Dismas. Llevo una eternidad sin verla; la razón es sencilla y puede parecer una tontería, pero es lo que hay. Lo que pretendo hacer tiene escasas probabilidades de salir bien, y sería de gran ayuda tener a uno o dos dioses de mi parte. He vertido jarras de vino y rezado plegarias hasta que se me ha secado la boca. Incluso me he planteado robar un ternero y hacer que un sacerdote lo sacrifique a Zeus o a quien cojones sea que esté escuchando, pero no lo he hecho. Me he dado cuenta de que el mayor sacrificio que puedo ofrecer no es dinero, sino dejar de verla. Guardar las distancias hasta haber terminado el trabajo. Me acerco un poco a la puerta. Las contraventanas están abiertas y las ventanas iluminadas y cálidas, música y voces se derraman a la calle junto con la luz. Alguien está cantando. Decido echar un vistazo. Cuando he dicho «verla», me refería a no hablar con ella, ni tocarla, ni estar tan cerca que pueda sentir su calor y respirar el aroma especiado de su piel. No me refería literalmente a no verla. Los dioses no son gilipollas. No le negaron a Odiseo un último vistazo a Penélope antes de zarpar hacia Troya.

Entro. Está lleno y la atmósfera es bochornosa, muy cargada. Tengo que restregarme los ojos para que la vista se me acomode a la luz tenue y húmeda del farol que alumbra el bar; las caras brillan de sudor y bebida. Todos miran en la misma dirección. Al escenario. Lira está allí, con la bata descolocada de manera que se le ve la curva morena del hombro. Canta una canción sobre una niña cuyo padre desaparece, y la peripecia de ella para buscarlo. La niña lo busca por toda la ciudad, en cada taberna, hotel y callejón, pero nadie lo ha visto ni ha oído hablar de él. En este punto, casi todas las niñitas se rendirían, pero ella no es como la mayoría y sale por las puertas de la ciudad, deja atrás las murallas y se adentra en el campo en busca de su padre, visitando chozas tenebrosas para preguntar si alguien lo ha visto, describiendo sus cejas velludas, las botas naranjas con las puntas curvadas, pero nadie lo ha visto. Sigue alejándose de la ciudad, agotada y sin saber bien cómo conseguirá volver. Va a parar a la playa cuando el sol se está poniendo, hundiéndose en el mar violeta, y hay un barco anclado frente a la costa, y un anciano con una amable cara gris le dice que sí, que su padre está a bordo del barco, y que puede ir a saludarlo. Ella sube. Cuando vuelve a bajar, lleva una cadena al cuello y todo es diferente, los olores, la ropa de la gente, la lengua que farfullan, y el hombre le susurra a la oreja a la vez que se la lame. Esta es tu nueva casa. No tienes casa.

Lira termina la canción y casi todos guardan silencio, pasmados, menos un tipo junto al escenario que aporrea el suelo con los pies y aplaude con fuerza. Ella mira alrededor como si saliera de un trance, da las gracias, y por un instante nuestras miradas se encuentran y ella se tapa la boca con las manos, conmocionada, y cuando las aparta deja ver una sonrisa enorme, y le brillan los ojos, y yo pienso: sí, joder, sí, no cabe duda, no está fingiendo. Susurro: «Te quiero». No sé si lo ha comprendido o no, pero salta del escenario y avanza decidida hacia mí, abriéndose paso entre la gente, y tengo que recurrir a toda mi fuerza de voluntad para irme porque se lo he jurado a los dioses. No hasta que haya terminado el trabajo. Ese es el sacrificio, y me encojo de dolor al alejarme de ella y salir del bar.

—¡Lampo!

Es Lira. Me ha seguido a la calle. Sigo avanzando, pero siento cada paso como una cuchillada, y casi doy media vuelta sin querer, pero me freno a tiempo. Sé que romperé la promesa si la veo ahora, así que aprieto el paso, primero por la arena y luego por el camino de tierra que lleva a la ciudad y al taller de Alekto.

*

240

La casa está a oscuras y cerrada, no hay faroles ni ninguna otra luz. Sin embargo, huele mucho a mierda fresca de caballo, y cuando cruzo la puerta, ahí están, al fondo del patio trasero, los jacos enganchados al carromato y preparados, soltando nubes de vaho al respirar. El esclavo libio está a las riendas, frotándose las manos y calentándoselas con el aliento.

—Hace fresco —digo.

—Si nos paran —dice—, me has secuestrado y has robado el carromato. ¿Queda claro?

—Clarísimo. De hecho, ese es el plan.

Le guiño el ojo y subo detrás. Los caballos se ponen en marcha al medio galope, el carromato traquetea. Está oscuro como el culo de un mono, y cierro los ojos y repaso el plan, intento visualizar cada paso, pero la sangre me percute en el cráneo y tengo las tripas como una bola de culebras. Necesito una copa pero ya.

—¿Tienes vino, tío? —pregunto.

De inmediato noto que me dejan algo en las manos, un odre, por el tacto, y miro alrededor. Hay alguien más conmigo aquí dentro, y se me escapa un grito de miedo.

—¿Alekto?

—Bebe —dice Gelón—. Estás temblando.

No lo veo en la oscuridad, solo distingo su silueta; alargo la mano y otra mano me la estrecha con una fuerza alucinante, y hago una mueca de dolor.

—Lo siento —digo—. Aquella mierda que te dije no iba en serio. ¿Lo sabes?

—Bebe —dice.

Bebo, y nos vamos pasando el odre sin hablar. Poco a poco la vista se me adapta a la oscuridad y le veo la cara, que sigue hecha una mierda, cubierta de moratones y costras, pero los ojos son los suyos sin duda, y me doy cuenta de pronto de que me he sentido solo de cojones, de que estaba desesperado, y se lo digo, pero no responde, solo escucha y da un trago del odre y me lo pasa.

El carromato se detiene.

—Ya estamos.

Saltamos al barro. La lluvia ha amainado, ahora es llovizna. El cielo está lúgubre. La luna, que parece un hueso amarillento roído por fauces de nubes, desprende una luz insípida, y las estrellas no lo hacen mucho mejor.

—Se avecina otra tormenta. Necesitamos un farol.

—Demasiado arriesgado —dice Gelón, y tiene razón, pero yo no veo nada.

La valla no es más que un tramo de oscuridad un poco más cerrada, y voy hacia allá, riéndome de mí mismo por haber marcado el tronco con un tarro roto. En su momento parecía buena idea, pero ahora no se ve una mierda, así que me hinco de rodillas y pruebo un tronco al azar, desesperado por lograr un mínimo movimiento. El barro está más duro de lo que esperaba, y los primeros diez troncos que compruebo no se mueven ni un pelo. Cuando uno por fin sí, tengo que morderme la lengua para no gritar de alegría. No está tan flojo como el que marqué, y apenas hay un par de dedos de separación con el tronco contiguo, pero tendrá que servir. Llamo a Gelón a susurros y por señas, y viene. Nos ponemos a ello sin entretenernos, cavamos alrededor del tronco, sacamos el barro con paletas de jardinería, agrandamos el agujero para que el tronco tenga espacio para moverse. Gelón empuja. Pese a sus heridas, es mucho más fuerte que yo, y el tronco cede; la abertura se agranda un poco, pero no lo suficiente.

—Los caballos.

—Voy.

Cojo la cuerda que compré en los muelles. Atamos un extremo al tronco y el otro a una junta de hierro en la trasera del carromato, y el libio chasca las riendas, y los caballos avanzan, y el tronco se inclina en el agujero, pero sigue sin ser suficiente, y yo me acerco y palmeo las ancas de los caballos. El libio me insulta, me dice que no los toque y empieza a hablarles muy suavemente, manteniendo una presión constante en las riendas sin dejar de decirles cosas, y ellos tiran. Tiran hasta que los músculos se les hinchan y brillan como lombrices bajo la lluvia.

—Solo un poco más —dice Gelón.

Resoplan, y veo espuma en la boca de uno de ellos. No es buena señal.

—Más.

La cuerda se tensa, y los caballos resoplan enloquecidos, y yo pienso que ha sido una idea estúpida, y Gelón dice:

—Ya basta.

Me acerco a la valla, y la abertura es de unos treinta centímetros. No lo bastante como para que un hombre sano pase por ella, pero un desgraciado famélico podría lograrlo.

—Gracias.

El libio no dice nada. Ha ido a ver cómo están los caballos, les seca la espuma de la boca e intenta que beban de su propio odre de agua mientras los arrulla como una madre a sus hijos.

Meto la cabeza por la abertura para echar un vistazo. Está demasiado oscuro y no veo casi nada, solo el contorno curvado de la cantera, cuya piedra blanca capta la luz mejor que cualquier cosa viviente. Hay cientos de atenienses ahí abajo, seguramente roncando, pero ni los veo ni los oigo, aunque las carreras de las ratas se oyen más que nunca. Soplo el aulós de Alcar, consigo un silbido suave, como el canto de un pájaro enfermo, y Gelón me lo arranca de las manos.

—¿Qué cojones haces?

Se lo explico y niega con la cabeza como si fuera lo más estúpido que ha oído en su vida, pero sopla él también. Si lo mío sonaba como un pájaro enfermo, el suyo está agonizando, apenas se oye.

—Tengo las costillas rotas —dice, devolviéndome el instrumento.

Tomo aire como si me estuviera ahogando y soplo el puto aulós con todas mis fuerzas. El instrumento se oye ahora por toda la cantera, bien fuerte, más que cualquier pájaro, pero con el viento y la lluvia a lo mejor cuela. Sigo tocando, aunque lo que yo hago no merece ese nombre, pero el sonido choca con los correteos de las ratas y sus chillidos horribles, y en mi cabeza las ratas no son solo ratas; son todo lo que está roto en este mundo. Son todo lo que se desmorona, y la parte de ti que quiere que así sea. Son los atenienses quemando Hícara y los siracusanos metiendo a los atenienses en la cantera. Son la enfermedad invisible que devoró el interior del pequeño Helios hasta que ya no pudo caminar ni hablar, solo llorar de dolor. Esas ratas son lo peor de cuanto hay bajo un cielo indiferente, pero el aulós, tan frágil en comparación, somos nosotros, me digo, somos nosotros tratando de hacer algo, somos nosotros construyendo, cantando y cocinando, son besos, son historias contadas junto al fuego en invierno, es la decencia y todo cuanto tenemos que ofrecer, me digo mientras me arden los pulmones y me lloran los ojos, porque ya casi no me queda aliento, pero sigo soplando, tocando mi canción, y las ratas hacen más ruido que nunca, y esto es una locura, estoy regando el desierto con la esperanza de que crezcan flores, y qué importa si unas pocas lo logran, estamos jodidos de todas maneras, y cesa la música. Gelón me ha quitado el aulós, y yo estoy demasiado derrengado como para protestar. Me siento vaciado. Señala la abertura en la valla, o más bien, un brazo pálido que asoma por la abertura, seguido por una cabeza.

—¿Paches?

La cabeza no responde, solo gruñe, y las manos pálidas arañan el suelo, tratando de tirar del cuerpo para que atraviese la abertura. Voy en su ayuda.

—Lo has conseguido.

—¡Gracias! —dice una voz desconocida.

—¿Tú quién cojones eres?

—Céfalo —dice—. Muchas gracias.

—¿Dónde está Paches?

El tipo niega con la cabeza y tose.

—Se ha desplomado… —Otra tos—. A mitad de la cuesta. Lo agarro por el gaznate, y jadea.

—Escúchame, cabrón. He venido a por Paches. Si quieres venir con nosotros, tienes que traerlo contigo. Ya estás volviendo ahí dentro.

Le empujo la cabeza al otro lado de la valla, y gimotea y me suplica que lo deje salir. Dice que Paches y él son amigos, que Paches quiere que me lo lleve. No va a conseguir que suba la colina. Morirán los dos, ¿y qué gano yo con eso?

—Tiene razón —dice Gelón—. Déjalo salir.

Me había imaginado que esto podía acabar de muchas formas, pero no así. Si la patrulla de la ciudad nos detiene, estamos jodidos, y no voy a arriesgarme a ir a la cárcel por un puto ateniense cualquiera. ¿O sí?

Le doy la mano y tiro de él hacia fuera. Se arrodilla y me da las gracias, luego a Gelón. Es lo correcto. Claro que sí. Estoy salvando vidas. Pero no me siento bien. Me siento como una mierda. Lo quito de en medio y me dirijo a la valla.

—¿Lampo?

—Que me dejes.

Intento colarme por la abertura. Mira que soy delgado, y empujo y me retuerzo hasta que la madera me desgarra la piel del vientre y de las costillas como las mondas de una fruta, siento la calidez pegajosa de la sangre, pero no quepo ni de coña. A un niño le costaría trabajo. Los atenienses están más flacos que cualquier niño.

—Joder. No podemos irnos sin él.

—No queda más remedio —dice Gelón—. Pueden venir los vigilantes.

Asoma otro brazo pálido, y lo agarro.

—¿Paches?

—No, pero Paches quería que me llevaras.

Esto ya es demasiado, y empujo al desgraciado al otro lado de la abertura, lo oigo caer dando tumbos.

—No, estos cabrones lo tienen que intentar. No voy a salvar a unos cualquieras y dejarlo morir a él. No me da la gana.

—¿Cómo van a intentarlo? Están medio muertos. No pueden cargar con un hombre.

Desato la cuerda del tronco. Para disponer de mayor longitud, le digo al libio que desate el otro extremo del carromato. Asoma una mano, y otro tipo suplica que lo saquemos. Nos habla de la familia que tiene en Atenas y de lo buenos amigos que son él y Paches.

—Yo te llevaré de vuelta a Atenas —digo.

Farfulla sus agradecimientos e intenta salir otra vez, pero yo vuelvo a empujarlo adentro, y lanzo la cuerda detrás.

—No podéis cargar con él. Entendido. Pero si está a mitad de la ladera, digo yo que podréis atarle esta cuerda alrededor de la cintura para que nosotros tiremos de él.

El ateniense llora, nombra a todos los dioses habidos y por haber y jura por cada uno de ellos que es un hombre piadoso y padre de familia.

—Lo que tú digas. Ahora vuelve ahí abajo y encuéntrame a Paches.

Desaparece. Mientras esperamos, otras cabezas asoman por el hueco y suplican. A todas les digo lo mismo. Solo saldrán si vienen con Paches. Gelón no está de acuerdo. No le veo la cara, pero lo oigo emitir breves resoplidos de desaprobación. Llega otro tipo que dice que formó parte del coro: Anticles, ¿no nos acordamos? Solo alcanzo a distinguir el brillo plateado de su barba. Gelón lo rescata y yo me adelanto rápidamente para bloquear al resto. Llevamos un buen rato esperando. Toco el aulós por si se han perdido, pero nada. Y de pronto sí pasa algo. Alguien da un tirón a la cuerda, y un ateniense jadeante dice que ha hecho todo lo que ha podido y que cree que el nudo aguantará. Lo dejo salir y se desploma en el suelo, lo besa.

Tiro, y no cabe duda de que hay algo al otro extremo de la cuerda, bastante pesado.

—Échame una mano.

Gelón también agarra la cuerda, y tiramos entre los dos. Pensé que sería fácil, con lo delgado que es Paches, pero Gelón está reventado y yo tampoco estoy mucho mejor, y cuesta de cojones y nos lleva una eternidad, pero al final se acaba la cuerda y se oye un golpe sordo contra la valla. Me acerco corriendo y saco una cabeza por el hueco. Está demasiado oscuro para verle bien la cara, que, en cualquier caso, está toda embarrada.

—¿Paches?

No responde.

—Paches, soy Lampo. ¿Eres tú, tío?

Sigue sin responder. El cuerpo está bastante frío, pero es una noche húmeda y fría, así que a lo mejor sigue vivo. Lo saco con todo el cuidado que puedo.

—¿Es él?

—No lo sé.

Gelón lo levanta y lo lleva al carromato, lo deja en la parte trasera. Va a ser un desgraciado cualquiera. Lo sé. Seguro que el ateniense le ha atado la cuerda al primer cadáver que ha encontrado en la colina. Tengo náuseas. Más gente atraviesa la valla, se dejan caer al suelo en cuanto salen, como si quisieran comprobar que es de verdad, y luego se arrastran al carromato. No los ayudo, pero tampoco intento detenerlos. El carromato está lleno, no queda sitio para nadie más, y es hora de irse. Estoy aturdido, veo más atenienses que se escurren por la abertura, manos pálidas que tantean la oscuridad.

—Tenemos que irnos —dice Gelón—. Tenemos que irnos ya, joder.

—Vale, vale.

Vuelvo al hueco en la valla. Manos que me aferran, cabezas suplicantes.

—¿Eres Paches? —les pregunto a todos.

Dicen que no. No es cierto. Un tipo jura que es Paches, pero no lo es, así que lo aparto de un empujón y les digo a los demás que lo siento, pero el carromato está lleno, y que espero que encuentren la manera de volver a casa, y se abalanzan sobre mí, pero están tan débiles que me los quito de encima fácilmente y me apresuro hacia el carromato. El tipo que tendría que ser Paches sigue inmóvil. Le sostengo la cabeza entre los brazos e intento oír si respira. El carromato se pone en marcha, y los atenienses que hay junto a la valla nos suplican que paremos, aúllan, dicen que tienen esposas e hijos, pero no paramos.

No vamos a parar hasta llegar a Hícara.

29

Salimos de la ciudad por la Puerta de la Victoria. Está tan oscuro todavía que no distingo los rasgos de la cara que palpo. La nariz parece pequeña, recta y elegante, como la de Paches, y el pelo tiene el largo correcto, y se desprende a mechones entre mis dedos, pero pasaría lo mismo con cualquier ateniense. Están todos hechos polvo. Los aparto para que quien sea el que sostengo pueda respirar. Está vivo. Creo. He puesto la mano donde imagino que está el corazón, y me parece notar un latido irregular bajo las costillas, como un pájaro con las alas rotas en mitad de una tormenta, pero algo es algo.

—¿Paches?

Nada. Le vierto un poco de vino por la frente y las mejillas, y tan solo se derrama sobre él, no hay ni el menor movimiento. Creo oír a uno de los atenienses lamer el tinto derramado en la plataforma del carromato, como un perro muerto de sed. Ya hemos salido de los límites de la ciudad, estamos en el campo. Se oye el balido de las ovejas, el mugido de una vaca, pero ningún sonido humano. Menos mal. Esto sigue siendo técnicamente Siracusa, pero estamos cada vez más lejos de la ciudad; un poco más y habremos escapado. Lo más seguro es tomar caminos se- cundarios y mantenerse fuera de la vista de todo el mundo, pero no hay tiempo para eso. Tenemos dos días para llegar a Hícara antes de que Tuireann zarpe. Se me pasa por la cabeza que lo mismo estaba de coña. Se estaba quedando conmigo y, una vez allí, solo vamos a encontrar una ciudad en ruinas y un mar vacío. Aparto la idea y sonrío a la oscuridad.

—¿Listos para ir a Atenas, amigos?

—Sí —grazna un ateniense junto a mí.

—En una o dos semanas, chicos, estaréis bebiendo vino blan- co fresquito en el ágora, escuchando discursos en el Pnyx. A lo mejor yendo al teatro. ¿Qué os parece?

—Mi hija —dice uno, con lágrimas en los ojos—. Espero que esté bien. Estoy muy preocupado por ella.

—¡Arriba esos ánimos! —No sé por qué, pero oírle decir «es- pero» me ha cabreado—. Pues claro que está bien. Está de mara- villa. Tu hija está buenísima y a todos los chicos se les cae la baba con ella. Solo está esperando que tú vuelvas para elegir a uno.

—Tiene nueve años.

—Cuando te des cuenta, tiene veinte.

—Lampo, cállate.

—No, tío. Les estamos salvando el pellejo y esto parece un funeral. Un poco de entusiasmo, ¿no? Que…

Gelón me tapa la boca con la mano, me susurra al oído.

—¿Oyes eso?

Solo oigo su pregunta, y se lo diría si apartara la mano.

—Escucha.

Ahora lo oigo. Cascos de caballo más adelante, una voz de hombre.

—Son guardas fronterizos —dice el libio desde el pescante—. ¿Qué hago?

—Alto ahí —dice la voz de hombre, ahora más cerca.

El libio no vuelve a preguntar. Tira de las riendas y el carromato rechina al detenerse; los caballos patean el suelo y relinchan. El patrullero debe de llevar un farol, porque una luz amarilla ilumina la lona del carromato, y la luz avanza hacia la parte trasera junto con el chapoteo de unas botas, y veo a los atenienses, que hasta ese momento habían permanecido ocultos; están demacrados y andrajosos, desorbitados los ojos de terror, y miro la cara que tengo entre las manos, y es la de Paches. Le levanto los párpados para asegurarme, y los ojos son verde lagarto. Es él. Menos mal, joder, aunque el alivio dura muy poco. La solapa trasera de la lona se abre y vemos al patrullero. La llama desnuda del farol tiene un brillo insospechado después de tanta oscuridad, y me tapo los ojos. El patrullero retrocede un paso. Ahora lo veo, es un tipo de mediana edad con cara de cansancio y una barba canosa que brilla por la llovizna. Sostiene el farol en alto con una mano cubierta de cicatrices y en la otra mano lleva una espada. Nos escruta: los atenienses aún con cadenas alrededor de los tobillos, Gelón y yo con ropas normales, pero hechos mierda.

—Somos comerciantes de esclavos —dice Gelón.

—Sí —digo yo—. Llevamos a estos hijos de puta a Catania.

El patrullero no dice nada, se limita a mirarnos. Aferra con más fuerza la espada y me doy cuenta de que estamos acabados. Sabe perfectamente lo que está pasando.

—Yo te conozco —le dice a Gelón.

—No lo creo.

El patrullero acerca el farol, de manera que toda su luz cae sobre la cara de Gelón como un martillo.

—Eres el de la obra de teatro. La obra de la cantera. Tú la presentaste.

Gelón no dice nada. El patrullero nos mira, acerca el farol a los atenienses acobardados, a mí, con Paches entre mis brazos.

—¿Estos actuaron en la obra? ¿Son los que sobrevivieron?

—¿Qué obra? —digo—. Somos comerciantes de esclavos y…

—Sí, lo son —dice Gelón.

El patrullero niega con la cabeza, y tengo la impresión de que no sabe qué hacer ni qué decir, hasta que al fin suspira y mira al cielo.

—Hace muy mala noche para viajar. Será mejor que os pongáis en marcha.

Cierra la lona del carromato y se va. Oímos las pisadas húmedas de sus botas y la música de los cascos de su caballo al cabalgar por las colinas, y me vuelvo hacia Gelón. A lo mejor es que está empezando a amanecer, o solo que me he acostumbrado a la oscuridad, pero veo sus mejillas amoratadas, y digo:

—¿Qué ha sido eso?

Gelón frunce el ceño, pero es como si el farol del guarda hubiera dejado algo de brillo en su mirada; y, aunque siguen cubiertas de moratones, hay un nuevo rubor en sus mejillas. El carromato sale disparado a tal velocidad que los radios crujen y los caballos resuellan, pero lo hemos logrado, y antes de darnos cuenta ya hemos salido de Siracusa, estamos en tierra de nadie, en un camino que espero que nos lleve a Hícara.

Pero no hay una ruta directa, ni siquiera una ruta definida. ¿Por qué iba a haberla? Hícara nunca fue más que una ciudad fortificada al norte de la isla. Nunca fue tema de conversación hasta que la arrasaron, y ni siquiera entonces se hablaba de Hícara, sino de los atenienses: de lo que eran capaces y de todo lo que nos jugábamos en la guerra. Era una plaza disuasoria, nada más. Cuando les digo a los muchachos del carromato hacia dónde nos dirigimos, se muestran asustados, confusos. ¿Les estoy gastando una broma cruel? Les presiono para que me cuenten detalles de lo que pasó en Hícara, pero no quieren hablar de ello.

Nos paramos en las tabernas a por provisiones e indicaciones. Con dinero se pueden conseguir las provisiones, pero nadie tiene muy claro qué camino debemos seguir; la mejor indicación que conseguimos nos la da un zapatero, que nos dice que tomemos el camino a Catania y que allí volvamos a preguntar, y eso hacemos. El resto del trayecto transcurre en una suerte de sueño febril y, aunque el viaje solo dura dos días, es como si lleváramos semanas metidos en el carromato. El tiempo se dilata, la oscuridad bochornosa y el hedor se hacen insoportables, y al cabo tengo que cortar un agujero en la lona para que entre algo de aire. Es arriesgado, claro, porque hace un tiempo de mierda y la llovizna y un viento helado se cuelan por el agujero, pero también me aclaran la cabeza, y además quiero ver cómo cambia el paisaje. Nunca me había alejado más de tres kilómetros de Siracusa, y ahora estoy atravesando la isla, y es increíble la exuberancia del interior. Hay bosques, y campos de trigo de un dorado deslumbrante, resplandecientes templos en acantilados, tan cerca del borde que casi cuelgan sobre el mar, y también montañas, con nieve azulada en las cumbres. Es asombrosa la variedad de la isla, y me la bebo con los ojos y me prometo traer a Lira a ver todo esto, porque es una puta maravilla.

Paches vuelve en sí por primera vez cerca de Centuripe. Al principio está ido, solo repite el mismo nombre una y otra vez: «Filo».

—¿Hay algún Filo aquí?

Todos dicen que no. El tipo de la barba plateada murmura algo. No es Anticles, el del coro. Ahora lo veo: la cara es diferente, más angulosa, y aún conserva vestigios rubios en la barba. Mintió para salvar el pellejo. Supongo que Biton y los demás los mataron a todos.

—¿Cómo dices? —pregunto.

—No le hagas ni caso —dice con voz ronca—. Filo murió hace tiempo. Él y Paches eran compañeros de tienda en la guerra. Incluso en la cantera, encontraron un túnel y querían que fuera para ellos solos. Los oíamos reírse cada dos por tres, como si en ese foso pudiera haber algo gracioso.

Siento que Paches se mueve y, cuando lo miro, le tiemblan los párpados. Le doy un poco de agua. Está tan débil que solo puede tomar pequeños sorbos, es casi como alimentar a un bebé, y pienso que si quiero que llegue vivo tengo que lograr que coma algo, pero apenas es capaz de masticar, así que empapo pan en vino para ablandarlo y le voy dando migajas violetas. Dedico tanto tiempo a cuidar de Paches que no contribuyo nada a decidir la ruta, y Gelón y el libio hacen todo el trabajo. Si llegamos a Hícara y los atenienses se salvan, el mérito será solo suyo. La segunda mañana, salgo a estirar las piernas y echar una meada. Estamos en un camino de tierra, en un bosque en mitad de ninguna parte. No hay ni una choza, ni ovejas, ninguna señal de vida humana salvo el camino, plateado por la hierba helada que asoma entre la tierra, y que seguramente dejará de ser un camino dentro de poco, para convertirse en una zona menos densa del bosque. Los caballos se encuentran en un estado lamentable. Uno tiene un casco rajado y le sangra, y los dos tienen los ojos infectados y la boca cubierta de espuma. El libio se la enjuga con la manga, luego les limpia la mugre que les sale de los ojos y los besa en la testuz.

—¿Cuánto falta? —pregunto.

No lo sabe.

—¿Vamos a conseguirlo? Hoy es el último día.

Tampoco lo sabe. Damos sus raciones a los atenienses y dejamos que bajen a vaciar la vejiga y las tripas, pero solo uno de ellos lo consigue. Es como si sus cuerpos absorbieran todo lo que les damos y lo almacenaran por si se acaban las provisiones; tienen la piel desagradablemente hinchada, y es inquietante cómo parecen a la vez famélicos y a punto de reventar.

El camino de tierra lleva a una colina, y más allá, a lo lejos, asoma una montaña negra y dorada cuya cima está cubierta de bruma. Gelón la señala con una barra de pan y dice:

—Estamos cerca. Detrás de esa montaña están Hícara y el mar.

—Pues venga, vamos.

Subimos al carromato y a partir de este momento avanzamos a toda velocidad. Todos nos implicamos, hasta los atenienses animan al libio a ir más rápido, a arrear más fuerte a los caballos, y él les hace caso porque ya casi estamos. Los caballos relinchan como posesos. Parecen aterrados, y alguien murmura que serán los lobos, pero algo me dice que no es eso. Lo que los asusta está dentro de ellos. Se están muriendo y lo saben. Aminoran el paso y el carromato da un pequeño bandazo. Está claro que las pobres bestias se están tambaleando, y por un momento parece que se van a desplomar y dejarnos tirados en un camino desolado, pero no lo hacen. Siguen adelante, nos llevan colina arriba, remontando una pendiente imposible, y el libio lanza un grito de triunfo.

El carromato se detiene. Gelón se baja y yo lo sigo, con Paches apoyado en mi hombro. Un caballo hinca una rodilla en tierra y menea la cabeza a los costados como si espantara moscas, pero no hay moscas. El libio ha dejado de gritar. Atiende al caballo enfermo, le acaricia las orejas e intenta conseguir que beba. Ante nosotros se halla el mar, y brilla como sangre al ocaso. La bruma recuerda al vapor que mana de las heridas en invierno, y hace un frío helador, y tengo que patear el suelo con fuerza para recuperar la sensibilidad en los dedos de los pies.

—¡Allí!

La bruma marina enturbia la vista, pero me fijo mejor y acierto a ver lo que parece una ciudad amurallada, con torres y almenas, al mismísimo borde de todo, casi dentro del mar. Una ciudad negra. Incluso bajo la luz exaltada del atardecer, no hay ni asomo de color, es un agujero en el mundo. Detrás de mí oigo el tintineo de las cadenas cuando los atenienses bajan del carromato y, aunque ya sé la respuesta, le pregunto a Paches si eso es Hícara, y él dice que sí y se da la vuelta.

30

Los caballos han caído desplomados, así que lo que queda del camino lo hacemos a pie; no es mucho en realidad, y cuesta abajo además, y aunque Gelón y yo tenemos que parar varias veces para levantar a un ateniense que se ha caído o esperar mientras recuperan el aliento, lo consiguen. El libio se ha quedado con los caballos, pero nos ha dado un farol, y el fuego se agradece tanto por el calor como por la luz. Estamos al pie de las murallas, ante las puertas de la ciudad, pero no hemos entrado todavía. Las murallas son de piedra, no muy altas. En ningún punto alcanzan la altura necesaria para cumplir su cometido, y están tiznadas de negro. Las puertas, lo poco que queda de ellas, también están negras, al igual que las calles que se ven más allá. Esto hace que lo que tenemos delante resulte más sorprendente aún. Un pedestal de más de dos metros de alto, con escudos relucientes, yelmos y puntas de lanza apilados ante él, y en lo alto una bandeja de bronce con la cabeza de una diosa; imagino que Atenea. Hay una inscripción en la base.

—¿Qué dice?

—Cuesta leerlo —dice Paches.

Sé que miente, así que repito la pregunta.

—Dice... —Aparta la mirada—. Dice: «Este monumento conmemora la gran victoria de los atenienses contra los bárbaros de Hícara. El primer paso en la liberación de Sicilia».

—¿Lo recuerdas?

Paches asiente.

Quiero hacerle más preguntas, pero es casi de noche, la luna ya ha salido, y no hay tiempo para rememorar el pasado, así que dejamos atrás el monumento, pasamos por un agujero en las puertas y entramos en Hícara.

—No os anduvisteis con bromas, eh.

Los atenienses no dicen nada.

Todo está achicharrado, pero, curiosamente, se distinguen las formas de los objetos, de las calles y de las casas: todo sigue aquí. Te asomas a una ventana calcinada y, entre los montones de ceniza, ves camas, sillas y hasta la muñeca de una niña. Si alguien quisiera reconstruir este sitio, sabría exactamente cómo hacerlo. Las calles son estrechas y al recorrerlas nos manchamos de ceniza la ropa y las botas. Huele raro. Como a humo, todavía. El saqueo de Hícara fue hace más de dos años, y de algún modo el olor aún pervive, se impone al aroma salado del mar, que debe de estar cerca, porque lo oigo, las olas rompen a poca distancia, pero lo único que alcanzo a oler es el humo de un fuego que se apagó hace tiempo. Me produce escalofríos y deseo salir corriendo de aquí. A los atenienses les pasa lo mismo, van casi al trote, pese a las cadenas, a un ritmo del que no los creía capaces, y es curioso: parecen conocer el camino. Cuando doblo una esquina, uno me agarra del brazo y me dice: «No, el puerto está por ahí». Se acuerda, el muy cabrón. Obedecemos, y el tío tenía razón, porque después de colarnos por un callejón ceniciento desembocamos en un espacio abierto, y puedo volver a respirar, me lleno la nariz con el olor del mar, y ya es noche cerrada, y el agua es negra también, pero de un negro resplandeciente, como los rizos de una melena suelta. Unos escalones bajan hasta un puerto diminuto, diez veces más pequeño que el nuestro, y atracado en él hay un barco.

Los atenienses lanzan gritos de alegría y se aporrean el pecho, y hasta yo hago lo mismo, porque cuando lo veo, atracado e incuestionable, me doy cuenta de que no pensaba que fuera a estar aquí. Nunca he llegado a creerlo. Quería, que no es lo mismo. Sujeto a Paches del brazo y lo ayudo a bajar las escaleras, resbaladizas de algas, y nos acercamos al barco. El muelle está alumbrado por la luz oscilante de los faroles, y llega música del barco. Junto con ella, me parecer oír una voz femenina, pero en ese momento hay una racha de viento y un farol se desprende de su gancho y se rompe, y la música cesa. Hay hombres a bordo, no holgazaneando como de costumbre sino atareados, acarreando cabos y restregando la cubierta. Están tan concentrados en su trabajo que no se fijan en nosotros hasta que estamos junto al barco y yo grito que estamos aquí y que tengo que hablar con su jefe.

De inmediato, un marinero deja lo que está haciendo y lanza la escala. Es el tipo de la herida en el gaznate. Hoy se deshace en sonrisas y me da palmadas en la espalda como si fuéramos amigos, mira a los atenienses y niega con la cabeza, incrédulo.

—Pobres desgraciados —dice con su voz jodida—. No sé cómo se sostienen en pie.

—Necesitan comer —digo—. Y descansar.

—Yo no asigno las raciones ni las tareas. —Lanza una voz—: ¡Llama al jefe! Dile que lo han conseguido.

Esperamos. Los tablones del muelle están cubiertos de gruesas y brillantes placas de hielo, y sé que hace muchísimo frío, pero, por alguna razón, no lo noto. Lo único que noto es la sangre que bulle en mi interior y la sensación de que todo ha acabado; para bien o para mal, ha acabado. Tuireann ha salido, forrado en pieles, y nos mira, mira a los atenienses. Sin duda está sorprendido, pero no tanto como la tripulación, y me dice que los suba a bordo porque hay que zarpar.

Es más fácil decirlo que hacerlo, nos lleva mucho tiempo porque los atenienses no paran de caerse de la escala, y Gelón y yo tenemos que ir detrás y empujarles el culo mientras la tripulación tira de ellos hacia arriba. Para Paches es imposible, y tenemos que subirlo con cuerdas. Cuando estamos todos en cubierta, los atenienses se derrumban. Veo entre la tripulación a un hombre con un solo brazo, que está intentando hacer un nudo sin mucho éxito. Cuando alza la vista, veo que tiene una marca con forma de caballo en la frente.

—¿Has comprado a Chabrias?

Tuireann no parece oírme; está demasiado ocupado dando órdenes:

—Preparad estofado —dice rápidamente—. Mantos para todos. —Se vuelve hacia Gelón—. Anda, has venido. Qué grata sorpresa.

Gelón murmulla algo y no se acerca.

—Y tú —me dice Tuireann—. Debo reconocer que no pensé que fueras a acompañarlos.

—Me apetecía cambiar de aires.

Agranda los ojos y me toma de la mano.

—¿En serio? ¿Te apetece?

—A ratos.

—Que sepas que eres bienvenido a bordo. Te pagaré muy bien. ¿Te gustaría ver mundo?

No me lo esperaba, siempre he pensado que no le caía bien a Tuireann, pero la decisión es fácil.

—No, gracias.

Eso debería zanjar la cuestión, pero me aprieta la mano más fuerte y repite la pregunta, con un énfasis extraño.

—¿Estás seguro? Creo que serías feliz con nosotros. De verdad. Piénsalo: Cartago, las pirámides de Egipto, Babilonia, Lidia, Atenas.

Cuando menciona Lidia doy un respingo, pero la respuesta sigue siendo la misma: le doy las gracias, le digo que es muy generoso, pero que Siracusa es mi hogar, y que tengo trabajo que hacer, una vida que construir.

Tuireann parece genuinamente decepcionado, pero se encoge de hombros como si nada más pudiera hacer.

—Bueno, recuerda que te lo he propuesto. Ahora tenemos que zarpar con urgencia. —Se dirige a la escotilla que lleva bajo cubierta, pero se detiene—. No creo que volvamos a vernos nunca. Tengo la extraña certeza. Has rechazado mi propuesta de empleo, y estás en tu derecho, pero si hay cualquier otra cosa que yo pueda hacer por ti, dila ahora.

Las palabras salen sin pensar.

—Dinero —digo—. Necesito dinero.

—¿Cuánto? —Una vez más, creo que está decepcionado.

—Trescientos dracmas —digo tan rápido como antes.

Tuireann suspira, desengancha algunas de las muchas bolsas que lleva colgadas del cinturón y me las lanza.

—Despídete de todos. Te deseo lo mejor, pero me preocupas. Cuídate. —Inclina la cabeza y desaparece bajo cubierta.

Todo sucede muy rápido. La tripulación se afana, leva el ancla y se prepara para zarpar. Me arrodillo junto a Paches. Cuando lo subí a bordo, casi perdió el sentido de puro agotamiento, y ahora está adormilado, envuelto en un grueso manto de lana que le ha dado un miembro de la tripulación. Tengo que sacudirlo, pero cuando comprende que es la hora de la despedida, se pone en pie.

—Cuídate.

Me da un beso en cada mejilla.

—En Atenas, los amigos se despiden así.

No sé por qué me emociona tanto, pero se me hace un nudo en la garganta, y sonrío y lo beso también en las mejillas. Paches empieza a decir algo más, pero no llego a oír sus palabras porque la tripulación nos está gritando que o nos largamos ya o vamos a Cartago.

Gelón me tira del manto y al cabo de un momento estamos de vuelta en tierra firme, en el muelle congelado, y el barco se aleja. Un solo ateniense se despide de nosotros con el brazo, sus cadenas tintinean, me parece oír mi nombre y me echo a llorar. Gelón me pregunta qué me pasa, si lo hemos conseguido, y yo le digo que nada, joder, es solo que me alegro muchísimo, y me siento sobre el hielo y observo el barco desaparecer.

31

Emprendemos el regreso a través de las ruinas calcinadas, y se posa en mis labios una pregunta a la que llevo tiempo dándole vueltas. Ya se la he hecho a Gelón un par de veces, pero nunca contesta. Quizá ahora sí, pienso mientras me froto los ojos con una manga raída y noto parte de las cenizas de la ciudad caerme por las mejillas.

—¿Qué viste en el barco de Tuireann? ¿De verdad era un dios o estabas de coña?

Gelón se detiene. Respira con dificultad, a pesar de que vamos andando despacio, y el humo de su aliento forma figuras extrañas en el aire, como si de sus labios salieran flores grises que se marchitan con el viento.

—Desma —dice por fin—. Vi a Desma, y a Helios. Estaban en el agua.

Siento un escalofrío, pero eso es imposible, claro, y se lo digo. Yo estuve en el funeral, cuando quemaron en la pira el cadáver de Helio, y Desma está en Italia, si es cierto lo que dicen.

—Está muerta, Lampo. Lo comprendí todo en el barco. Quizá no lo vi, tan solo lo sentí. Era como una canción que sonaba a través del agua, no sé, pero sé que los volveré a ver. Me lo dijo el dios. Volveré a estar con ella y con Helios —susurra, convencido—. También había otras cosas. Tendrías que haber mirado.

Quizá sean imaginaciones mías, pero por un momento me parece detectar un temblor en su voz, y me pregunto si de verdad vio algo, y quizá él vea la duda en mis ojos, porque me dirige una mirada burlona.

—¿Sabes cuál es tu problema, Lampo?

—Que soy demasiado guapo.

Gelón sonríe y niega con la cabeza.

—Aparte. Lo que te pasa es que no tienes imaginación.

Me pasa un brazo sobre los hombros y comienza a recitar el primer libro de la *Odisea*, y aunque yo no tengo memoria para los poemas, sí recuerdo algunos fragmentos y me uno cuando puedo, y así vamos caminando hasta salir de Hícara.

Tardamos dos días en ir; en volver, varias semanas. Los caballos están destrozados, lo más seguro es que mueran, pero el libio es un buenazo y paga a una pareja de ancianos para que cuide de los jacos en su establo, y nosotros hacemos el resto del camino a pie. Dormimos en bosques y en campos, bebemos de los pozos cuando podemos, pero no abundan, así que con más frecuencia recurrimos a ríos, arroyos e incluso charcos. Cogemos bayas hasta que nos sangran los dedos, y el sabor salado se mezcla con el dulce. Cerca de Inesa vemos una montaña negra que brama como un cielo tormentoso, y un río rojo humeante que mana de ella, diferente de todos los ríos que yo he visto, y Gelón dice que es el Etna, y que es mejor que demos un rodeo, y eso hacemos. Vemos montones de cosas, y me parece que soy feliz, pero más por nuestro destino que por el viaje en sí. En realidad, estoy deseando llegar a casa.

El día en que entramos en Siracusa hace sol, y mis botas de cocodrilo se han gastado hasta desaparecer por completo; no me queda más que un tinte verdoso en la piel, voy descalzo, tengo los pies tan duros como cuero hervido. La gente nos mira y cuchichea, y yo aprieto la bolsa con el dinero y camino con la cabeza bien alta. Gelón y yo acordamos reunirnos más tarde para una copa de celebración. Ya hemos tomado muchas a lo largo del camino, pero esta es la de verdad, porque esta noche compro la libertad de Lira. Algunas noches, mientras dormía en el bosque sobre hojas heladas, tenía fiebre y veía cosas raras, y a menudo me despertaba presa del pánico, con la cabeza repleta de ensoñaciones, y creía que los trescientos dracmas eran otra ensoñación más, que Tuireann nunca me los había dado. Yo estaba en la ruina y aún me quedaban años para poder cumplir lo que había prometido, pero entonces palpaba el dinero, apretaba su calmante frescor contra mis sienes ardientes, mordía el oro y saboreaba la riqueza, y sabía que era auténtico, y lo que significaba.

Voy al mar a darme un baño, y aunque el agua está helada, me limpia lo peor de la mugre, y la sal sana los cortes y las rozaduras, así que cuando salgo ya no siento fatiga y me palpita la sangre. Estoy lleno de vida. Vuelvo a casa para cambiarme de ropa y mirarme en el espejo. Estoy más delgado, tengo más hundidas las mejillas, y hay en la barba y en las sienes unas hebras grises que no había visto nunca. No es una cara atractiva, pero ya puedo mirarla sin una mueca de disgusto. Me pongo aceite en el pelo y me lo peino de la manera que Lira dice que me favorece, doy de comer al perro y vuelvo a salir, rumbo a la casa de Gelón. Me lo encuentro vestido con ropa limpia y acicalado como yo.

—Mira qué guapo —digo—. ¿Estamos?

Me echa una mirada culpable y dice:

—Lo siento, Lampo. No puedo ir. Verás, es que …

Una risa cantarina detrás de él, y aparece un niño con una caña de pescar. Es Dares.

—Anda —digo.

Dares sonríe y me da una palmada en la espalda.

—Vamos a pescar —dice—. Y cuando hayamos cogido un pez bien gordo, Gelón va a venir a mi casa, y mi madre lo va a cocinar. Es la mejor cocinera de Siracusa, ¿no lo sabías?

Lo dice con tanta convicción que no puedo evitar reírme, y Dares se enfurruña.

—En serio. Nunca miento con estas cosas. Puedes venir si no me crees.

—Sí, estaría bien —dice Gelón.

—A lo mejor otro día.

Los dos asienten, creo que con cierto alivio, y salimos de la casa. Hacemos juntos parte del camino, hasta que ellos se desvían en la playa hacia las charcas de marea; yo sigo hacia el Dismas. Bastante después de que nos hayamos separado, sigo oyendo su charla y sus risas. Hago tintinear las bolsas de dinero y me obligo a sonreír. Es un buen día. El mejor desde hace mucho tiempo, y el mar tiene ese azul veraniego que te da ganas de bebértelo entero, y no tardo en llegar al Dismas. Está irreconocible. Le han dado una mano de pintura, de un color crema suave que lo hace resplandecer como una lámpara a la luz del sol, y es mucho más grande que antes porque han construido ampliaciones a ambos costados. También hay un vigilante nuevo, un tipo alto que va mejor vestido que yo, y al principio no está dispuesto a dejarme entrar, pero cuando ve el oro asiente, y la puerta se abre de par en par. Dentro casi me da algo: lo que estoy pisando son alfombras. Alfombras empapadas por la bebida que se ha ido derramando, pero alfombras al fin y al cabo, y ya no hay rastro del habitual tufillo a pescado sino una mezcolanza dulzona de perfumes, y las caras que se vuelven para mirarme son suaves como cantos pulidos por el mar. Son todos aristócratas, o casi todos, y noto sus miradas de desaprobación, pero que se jodan, me acerco a la barra pavoneándome, intentando disimular la cojera, y pido una jarra de tinto de Catania.

Quien me atiende es un joven, moreno y guapo como una chica, y dice que ya no sirven tinto de Catania, que eso es agua de fregar platos.

—Entonces una jarra de lo mejor que tengas —digo guiñándole un ojo, y asiente y vuelve con un tinto denso y empalagoso.

—¿Dónde está Lira?

Se encoge de hombros como si no supiera de qué le hablo.

—Lira. Trabaja aquí.

Alguien lo llama y el chico va a atender el pedido, pero cuando pasa a mi lado lo agarro por el manto.

—¿Dónde cojones está Lira?

—No lo sé. Soy nuevo.

Empiezo a sudar, pero sueno tranquilo.

—Ve a por Dismas. Tengo que hablar con él.

Le agarro el brazo, le planto unas monedas de plata en la mano y lo empujo con fuerza.

—Vale, vale.

Se escabulle escaleras arriba. La gente me mira, murmuran y menean la cabeza, y yo sonrío y bebo, pero la jarra se me resbala entre los dedos por el sudor y derramo la mitad por la barra. El chico vuelve.

—Dismas no está. Vuelve mañana.

—Mentira.

—N-no —tartamudea—. Te lo juro. No está.

Salto por encima de la barra, aparto al chico con el hombro y lo lanzo contra una balda llena de jarras que acaban rotas, a juzgar por el sonido, pero yo ya voy escaleras arriba, recorro a zancadas el pasillo que lleva a la habitación de Dismas. Abro la puerta de una patada solo porque me apetece darle una patada a algo y, por supuesto, Dismas está sentado leyendo. Casi suelta un alarido al verme, pero luego sonríe y levanta las manos.

—Lampo, ¿qué tal estás?

—De maravilla —digo lanzándole las bolsas; coge las dos primeras, pero la última le da en la sien y le deja una marca roja del tamaño de un huevo.

—Ahí tienes trescientos dracmas. Ni uno más ni uno menos, puedes contarlos. He venido a por Lira.

Vuelve a sonreír, solo con medio lado de la boca, y no me mira a los ojos.

—Lo siento, Lampo. Lo siento de verdad.

—¿Por qué lo sientes? ¿Está bien?

—Está bien. Sí, está bien, pero… —Se calla—. La cosa es que la he vendido.

Lo obligo a ponerse en pie. No me mira. Está asustado, y yo también.

—¿De qué cojones hablas? No la has vendido.

—Fue una oferta altísima, Lampo. Tuve que aceptarla. Cualquiera lo habría hecho. Lo siento, de verdad, lo siento, ¡pero es que eran setecientos dracmas! Una barbaridad de dinero, y ya sé que parece que me van bien las cosas, pero tengo deudas, Lampo, estoy hasta el cuello de deudas.

Me duele la cabeza como si me estuvieran clavando lentamente una aguja dentro de la oreja.

—¿A quién se la vendiste? ¿Cómo se llama? Hablaré con quien sea.

—Se fue hace tiempo, Lampo. Era un extranjero con un nombre raro que no recuerdo, pero dijo que era de las islas de Estaño. Estaba loco por ella, Lampo, en serio, venía todas las noches a oírla cantar. Decía que Lira iba a ser un éxito. Era una locura de oferta.

Me quedo plantado, temblando, intentando respirar; siento que me ahogo, pero cuanto más aire engullo, peor estoy, y me desplomo y noto el sabor del polvo que cubre las tablas y oigo a Dismas tartamudear que lo siente muchísimo, pero que le van a llegar nuevas chicas, mucho más guapas, y estará encantado de dejarme elegir una a cambio de los trescientos dracmas, hasta por doscientos cincuenta. Lira tenía esas cicatrices tan feas y los dientes torcidos. Él me encontrará algo, dice, y yo cierro los ojos, y el sonido que sale de mi boca es como el que haría un animal, y Dismas cierra la boca y sale de la habitación.

32

Es de noche, cae una lluvia suave e inusualmente tibia, y estoy sentado en lo alto de una colina, donde antes estaba la valla de la cantera, y en la tierra todavía siguen los agujeros que dejaron los troncos. Ya no hace falta ninguna valla. Le doy un trago a una jarra y miro hacia abajo y nada, no veo nada. No hay atenienses. En las semanas que he pasado fuera, han desaparecido. No sé cuántos escaparían por el agujero que abrimos y cuántos se consumirían hasta morir, pero la cantera está vacía. Hasta las ratas se han mudado, en busca de comida, de carne, y reina un silencio desquiciante. Ni siquiera hace viento, ni un soplo de brisa. No se oye el mar ni la ciudad. Los únicos sonidos son los que hago al tragar el vino y al respirar. No hay nada aparte de mí. Saco las bolsas de dinero. No he gastado ni una moneda, sigue habiendo trescientos dracmas.

Lanzo una y se oye un tintineo suave cuando choca abajo contra una roca. A lo mejor un cantero la encuentra mañana y se pregunta cómo ha llegado ahí. Será un misterio, y puede que le cambie la vida, pero nunca sabrá cómo fue a parar ahí la moneda. Lanzo otra, y hace un sonido precioso; completamente ajeno a mí y a mi respiración rasposa. Respiro como si acabara de correr una carrera, pero no he hecho nada por el estilo: llevo todo el puto día sentado con mi jarra. Sigo lanzando monedas y bebiendo. Me pregunto qué se vaciará antes, la jarra o las bolsas. Es la jarra. Todavía quedan unas monedas, y las lanzo también, las esparzo como una lluvia dorada procedente de un cielo sagrado, hasta que la última bolsa se vacía. A lo mejor trescientos hombres distintos encuentran las monedas a lo largo de los años, trescientos misterios distintos, y me levanto y me tambaleo, más por culpa del pie que por el vino, y me prometo no volver nunca aquí, echo una meada y regreso a la ciudad tarareando una canción.

Se me pasa por la cabeza parar a tomar otra. Las tabernas están abarrotadas, las ventanas resplandecen como hornos, las risas y la música se derraman por las calles de una manera muy tentadora, pero voy directo a casa. Madre está levantada. Su puerta está entreabierta, y veo la luz rojiza de la lámpara y huelo el aceite quemado, y me paro en el umbral a mirar. Está sentada con las manos entrelazadas, y hay una mujer en pie a su lado. Es Alekto. Madre lleva el pelo gris suelto, le llega a los hombros, y Alekto se lo está cortando, los mechones caen como pájaros plateados. Las dos sonríen, aunque guardan silencio, y yo voy con todo el sigilo que puedo a mi habitación. Nací en esta habitación, y al margen del viaje a Hícara y de aquella vez en la cantera, he dormido aquí todas las noches de mi vida. La paja sobresale del jergón, y remeto unos puñados y echo un vistazo a mis posesiones. No son gran cosa. Un soldado de juguete de cuando era niño, una honda y una daga de la guerra, unas pocas túnicas y herramientas viejas de cuando trabajaba de alfarero. El perro está en un rincón y me ladra como diciendo: «Yo también soy tuyo». Le acaricio las orejas; menea la cola y me lame los dedos. Hago otro recuento de mis pertenencias, añadiendo el perro y el aulós de Alcar, y cuando me parece que eso es todo, y que sigue siendo poca cosa, encuentro un estilo y una tablilla de cera. Estaban escondidos dentro de una bota, junto con el dinero que ahorré trabajando en el mercado. Lo saco todo. Fue el último regalo que le compré a Lira, pero nunca se lo llegué a dar. En realidad, era un regalo egoísta, porque yo esperaba que ella me enseñara a escribir. Lo único que hizo fue escribir mi nombre en la arena de la playa con una piedra. Desde entonces, he practicado cuando he podido, casi siempre escribiendo con piedras en el barro. Cojo el estilo y trazo las marcas, la mano me tiembla, así que la palabra me sale torcida y no se entiende muy bien, pero ahí está, en la cera:

Lampo

Toco las letras y me maldigo por no haber aprendido a escribir su nombre. Me habría encantado escribirlo, podría haberlos puesto los dos juntos, el suyo y el mío, como si fueran una única palabra. Eso habría estado bien. Empiezo a pensar que debería aprender. No es demasiado tarde. Podría dar con alguien en la ciudad que me enseñara a escribir el nombre de Lira. Pero también se me ocurre que eso no basta. Quiero aprender del todo. Quiero aprender todos y cada uno de los símbolos con los que puede crearse un mundo entero, como esos niños aristócratas que van a la escuela a que les den todas las letras y todas las palabras. Y cuando haya aprendido, escribiré en cera o en lo que encuentre. Lo contaré todo para que nunca se me olvide lo que hicimos, pero no os voy a engañar, ahora que he llegado al final de la historia. Todo esto pasó hace muchos muchos años, y yo soy viejo ya. Nunca aprendí a leer ni a escribir. Lo intenté, eso sí, pero no conseguía que se me quedara en la cabeza, así que no he tenido más remedio que confiar en que Estrabón, que es muy listo, lo haya dejado todo por escrito; él ya es un hombre hecho y derecho y de vez en cuando se pasa a hacerme una visita. Se lo he ido contando a trozos y él dice que lo está escribiendo en unos grandes rollos de papiro. No sé si será verdad, porque he perdido la vista, y Estrabón siempre bromea diciendo que soy un poeta ciego, un segundo Homero.

No es por acabar con una nota triste, pero se rumorea que Siracusa está condenada. Estamos asediados, los cartagineses saquearán la ciudad en cualquier momento. Nos venderán como esclavos. La gente está huyendo, y Estrabón dice que yo también debería, pero no voy a irme. Manda huevos: siempre he querido salir de Siracusa, pirarme de esta casa, pero ahora que tengo una excusa perfecta, no sé, no puedo. Soy así de cabezota. También está aquí la tumba de Gelón, y alguien tiene que cuidarla. Está cerca de Epípola, y voy casi todas las semanas a contarle lo que he estado haciendo, que no es mucho. A veces le toco algo con el aulós, y no es que vaya a ganar ningún premio, pero ya llevo tiempo practicando y creo que no suena mal. De vez en cuando, van antiguos alumnos a presentar sus respetos. Gelón fundó una pequeña escuela, les enseñaba a los chavales la *Ilíada* y esas cosas. La idea era que yo también fuera profesor, pero al final los niños sabían más que yo.

Al parecer, hay seiscientos barcos en el puerto grande. Incluso más que cuando vinieron los atenienses, pero no me parece real porque no puedo verlos. El mundo está borroso, como si lo vislumbrara a través de la niebla.

Solo cuando cierro los ojos se aclaran las cosas. Con los ojos cerrados, lo veo: el teatro en la cantera. Gelón, los atenienses, los niños y hasta Biton, todos los que estuvimos allí, y aunque ella no asistió, también veo a Lira, somos unas figuras diminutas que caminan bajo el cielo estrellado, temblando de anhelo y enloquecidos por la convicción de que esto es todo cuanto hay, el frío suelo bajo nuestros pies, la eternidad titilando sobre nuestras cabezas mientras susurramos nuestros papeles, y me parece tierno y encantador.

ATENAS,
408 a. C.

La última noche se desató una tormenta de las que hacen aullar a los perros y llorar a los niños, de las que arrancan las tejas de los tejados y las desperdigan junto con las hojas secas, y la gente dijo que se trataba de un buen augurio. Un hombre que había escrito palabras semejantes no podía partir con algo tan vulgar como el buen tiempo. Sus pertenencias se habían guardado en cajas, y la casa, desprovista de todo efecto personal, tenía un aspecto desnudo e inquietante. Hicieron falta cuatro carromatos para transportarlo todo; dos de ellos solo para los libros. Rollos de papiro tan largos como alfombras. Nadie podía tener necesidad de tantas palabras, y sin embargo ¿qué llevaron los invitados que fueron a despedirse de él, qué aferraban sus dedos temblorosos? Nada de utilidad, como pieles para los rigurosos inviernos del norte, ni tampoco joyas ni oro. Llevaron libros, y sabían bien que él no habría deseado otra cosa.

Las cajas más grandes servían de mesas. Las más pequeñas, de sillas, y era una imagen extraña, pues los hombres que aguardaban la cena sentados en las cajas se contaban entre los más ricos y estimados de la ciudad, gente habituada a reclinarse en divanes y a que los rondaran esclavos que se anticipaban a sus caprichos. Esa noche había un solo sirviente. Un anciano con una cabeza imponente, cubierta de pelo gris acero y con ojos oscuros a los que no se les escapaba nada. Se llamaba Anfitrión, y estaba furioso.

Durante años, había dedicado todos sus esfuerzos a llevar bien la casa. Él fue el primero en sugerirle a su señor que organizara banquetes. Lo que comenzó como un intento de mejorar la reputación de su señor se terminó convirtiendo en el acontecimiento más demandado de la ciudad. Los nobles acosaban a Anfitrión por la calle y le imploraban que hablara bien de ellos a su señor. Por favor, ¿no quedará hueco para uno más? Aquellos encuentros habían sido para Anfitrión la obra de su vida. Lo que su señor había dedicado a sus obras de teatro, él se lo había dedicado a las fiestas. Valoraba qué dulces servir con el detenimiento de un filósofo que reflexiona sobre las causas primeras. Pasaba la noche en vela tratando de decidir con qué vino acompañar cada plato. Por supuesto, contrataba a los mejores músicos, a cantantes cuyas voces y talento harían al mismísimo Orfeo enrojecer y reconocerse un diletante, pero lo más importante de todo era la conversación. Esa chispa que solo prende cuando se combinan vino, música y mentes. Y ahora, en su última noche en Atenas, se veía rodeado de hombres sentados en cajas con estómagos que rugían, y su señor no se dignaba aparecer.

Una mano le tocó la muñeca, y al mirar hacia abajo vio a un joven, desconcertantemente atractivo, con el pelo rubio peinado a la última moda y el rostro todavía barbilampiño, salvo en la barbilla. Era el hijo de un político que estaba en boca de todos. Antaño, Anfitrión no solo habría recordado su nombre, sino que habría sido capaz de dibujar su árbol genealógico. Se trataba de alguien de alta alcurnia. El joven le sonreía como lo hacen las personas muy bellas, con la tranquilidad de que van a ser bien atendidos, pero había una aprensión temblorosa en su voz que el muchacho estaba tratando de disimular sin éxito.

—Disculpa. ¿Crees que tardará mucho en bajar?

—No, señor. Está terminando una misiva importante, pero en breve se unirá a nosotros.

Mentira, pero no cabía decir la verdad. Que la cena de despedida había sido idea suya y que su señor habría preferido salir sigilosamente de la ciudad al amparo de la noche, sin avisar a nadie. Que lo más seguro era que estuviera leyendo y que no bajara hasta el último momento. No, las misivas urgentes eran mucho más preferibles.

—Supongo que mantiene mucha correspondencia —dijo el joven, ansioso—. Reyes y reinas, como poco.

—Se han dado casos, en efecto. —Eso sí era cierto, y le sentó bien dejar de mentir.

—¿Pero Macedonia cuenta?

Ese era Critias. Otro político, tan influyente que incluso Anfitrión lo conocía. Fue un gran atleta en su juventud, pero había ganado corpulencia en la mediana edad, y sus rasgos se habían abotargado hasta perder toda singularidad. Ya fuera por el hambre o por malicia, no había dejado de lanzar comentarios punzantes desde que llegó.

—Quiero decir —continuó Critias— que degradamos la realeza si basta con que cualquier jefecillo de algo se declare rey para que lo demos por bueno. Ahora hay un tipo en el Cerámico, un ratero que se ha autoproclamado rey de los mendigos. ¿Es de verdad un monarca?

Unos pocos invitados se rieron por lo bajo. Anfitrión ofreció más vino a Critias.

—No le acabo de comprender —dijo el joven.

—Evidentemente, de tal palo, tal astilla. Necesitas que te expliquen las cosas despacito, ¿verdad?

Más risas, y el joven se sonrojó; las orejas, sobre todo, se le pusieron como la grana.

—Puesto que somos invitados, fingiré que no he oído eso.

—Finge si quieres. Admiro la imaginación de los jóvenes.

—Sin embargo, debo oponerme a lo que ha dicho de Macedonia. Es una tierra poderosa, cuya fuerza aumenta día a día. —Miró a su alrededor, parpadeó varias veces—. Y opino que si el hombre que nos ha invitado hoy aquí, una de las mayores mentes que ha dado esta ciudad, decidiera abandonarnos y llevar su arte a Macedonia, eso bastaría para convertirla en un gran reino.

Antes de que Critias pudiera responder, Anfitrión se disculpó y subió a las estancias de su señor porque la situación estaba empezando a descontrolarse. Tal como esperaba, lo encontró leyendo un libro.

—Tiene que bajar. Se están impacientando.

Su señor alzó la vista.

—¿Ha venido él?

—Me temo que no. Está muy enfermo y no se puede levantar de la cama. Los médicos no creen que vea el final del invierno.

Un asentimiento, como si aquella fuera la respuesta esperada.

—Yo creo que lo logrará, no obstante. Aunque solo sea por sobrevivirme. Tiene que ganar en todo.

Sonrió, pero había amargura en su tono, y melancolía.

Anfitrión le acercó su bastón. Los dos tenían bastón, pero la empuñadura del de su señor era de plata. Se puso en pie; era un hombre alto. Antaño, le había sacado una cabeza a Anfitrión, pero tenía problemas de espalda y se había encorvado tanto que ahora eran de la misma estatura. Tan solo las extremidades seguían evidenciando la diferencia. Las de Anfitrión eran cortas y rechonchas; las de su señor, largas y esbeltas, con unos dedos delicados como juncos, y las puntas manchadas de tanto escribir. Bajaron despacio las escaleras rechinantes.

Cuando los invitados lo vieron, se pusieron en pie y lo ovacionaron.

—Disculpas por el estado de mi casa. —Su señor no se dirigía a nadie en concreto—. Partimos mañana por la mañana, como saben. Lo único que no hemos retirado es mi cama. ¿Alguien quiere una cama?

Al parecer, nadie la quería.

—Es una buena cama. De armazón de roble.

El joven alzó la mano.

—Yo escribo poesía —tartamudeó—. O lo intento. Quizá me dé suerte.

Critias soltó una risotada, y Anfitrión se preparó para lo peor. Su señor tenía una lengua afilada y no le extrañaría que reaccionara mal a semejante exhibición de necedad.

—Suya es, entonces, aunque le advierto que nunca he sido muy buen poeta.

Anfitrión sonrió y sirvió la cena. La sopa estaba tibia, del fuego no quedaban más que las brasas, así que sacó varios quesos para compensar. Los hombres comieron con ansia y se deshicieron en elogios. El señor apenas dijo nada; no parecía sentirse muy bien. La conversación derivó de manera inevitable hacia el tema de la guerra. Los invitados pertenecían a facciones diferentes y no confiaban los unos en los otros. Daban rodeos a las cuestiones más que hablar de ellas, y fue un grato alivio cuando alguien llamó a la puerta.

Critias se dio una palmada en la rodilla, sonriendo de oreja a oreja.

—¿Bailarinas? Hombre, no hacía falta.

—No, señor —dijo Anfitrión gélidamente—. Esta no es de esa clase de casas.

La llamada se repitió, más fuerte, y él hizo una inclinación de cabeza y fue a abrir. Sintió la expectación tan común antaño, cuando una llamada a la puerta significaba una aparición espléndida. Abrió el pestillo y se encontró con un hombre completamente empapado en el umbral. Un desconocido. Porque si se hubieran conocido, a él sin duda sí lo recordaría. Era de estatura mediana y tenía el pelo enmarañado, negro como las plumas de un grajo. Las arrugas que le recorrían las mejillas eran tan profundas que parecían cicatrices, y sus ojos tenían el verde intenso de las escamas de las serpientes. El rostro de un vagabundo; no obstante, sus ropas eran de exquisita factura, púrpuras y doradas, cortadas a la última moda.

—¿Es esta la casa de Eurípides, el dramaturgo? —dijo una voz joven.

A Anfitrión le sorprendió tanto la incongruencia de tal voz que vaciló antes de responder.

—Lo es.

—Gracias a los dioses. ¿Puedo pasar, por favor? Ardo en deseos de hablar con él.

—Me temo que no será posible. Comprenda que...

El desconocido alzó las manos en gesto de súplica.

—Sé que parte mañana. Por eso estoy aquí. Debería haber venido antes, pero no lo hice. Creo que tenía miedo.

El primer impulso de Anfitrión fue cerrarle la puerta en las narices, pero se lo pensó de nuevo. No sabría decir por qué. Quizá por la tormenta. La lluvia caía del desconocido como si este fuera una nube más. No, él había impedido el paso a otras personas en noches semejantes. La razón era otra. La voz, quizá. Una voz tan joven que salía de un cuerpo vencido. Fuera cual fuera el motivo, suspiró y se preguntó qué pensarían los invitados.

—Pase, pero le advierto que ha de ser breve. El señor tiene invitados.

El desconocido le estrechó la mano.

—Es usted muy amable. Muy amable.

—Ya es suficiente. Pase antes de que se ahogue.

El desconocido lo siguió adentro, el agua chorreó sonoramente sobre el suelo embaldosado. Los hombres sentados en las cajas estiraron la cabeza para ver quién venía y, cuando lo vieron, se sintieron decepcionados, en el mejor de los casos.

—Lo lamento, pero este hombre dice que... —A Anfitrión se le extinguió la voz. Viéndose ante su señor y algunos de los más eminentes hombres de Atenas, se dio cuenta de que no sabía qué decir. No se le ocurría ninguna presentación razonable.

—Disculpas —dijo el desconocido—. ¿Puedo preguntar quién de ustedes es Eurípides?

Risas, forzadas e incómodas. Lo cierto es que todos estaban más tensos que divertidos.

—Soy yo —dijo su señor—. Bienvenido a mi casa. Le pido disculpas por este aspecto lamentable.

El desconocido se arrodilló a sus pies.

—Parece que tiene usted un admirador —dijo Critias.

Anfitrión sintió miedo de pronto. ¿Y si había permitido pasar a un loco con intenciones violentas? Aún de rodillas, el desconocido aferró la mano de su señor y la besó; le brillaban los nudillos. Rompió a llorar.

—Lo siento, lo siento. Traía un discurso preparado, pero lo he olvidado.

—Levántese —dijo su señor con amabilidad—. Seguro que no es tan grave. Ahí tiene otra caja.

El desconocido tomó asiento.

—¿Le apetece un poco de vino? Debe de estar usted helado hasta los huesos.

—Sí, por favor. Sí que lo estoy.

Anfitrión le sirvió el vino y el desconocido tomó un sorbo; las lágrimas hacían que las arrugas le brillaran bajo la luz de las lámparas, y él se enjugó los ojos con el borde del manto y dijo algo entre dientes.

—¿Cómo se llama, buen hombre? ¿Nos conocemos?

—Paches, hijo de Croton —tartamudeó—. Nos vimos una vez, cuando yo era niño. Usted me dio un dulce, aunque supongo que no lo recuerda.

El señor frunció las cejas y negó con la cabeza.

—Me temo que no, pero aun así cuenta. No somos desconocidos, pues. ¿Puedo hacer algo por usted, Paches? Dígame.

El desconocido metió una mano bajo su manto y sacó un rollo manuscrito.

—Es para usted. —Lo desplegó—. Un original de Heráclito, escrito de su puño y letra. Me han dicho que es valioso.

Su señor sonrió.

—Se lo agradezco, pero es excesivo. Yo le di un dulce y a cambio recibo esto.

El desconocido negó vehemente con la cabeza y volvió a aferrar la mano de su señor.

—Le debo la vida. ¡No podría reparar mi deuda ni con un millar de libros!

Critias susurró algo que hizo reír a los demás.

—Siracusa —dijo el desconocido—. Estuve allí prisionero.

Las risas cesaron de inmediato.

Incluso ahora, más de cuatro años después de la guerra, bastaba mencionar Siracusa para que el ambiente se tornara helado y malévolo. Sí, algunos soldados habían logrado regresar de aquel desastre, pero eran hombres que huyeron de la batalla final. De los que cayeron prisioneros, ninguno había vuelto. Al menos, nadie en aquella habitación había visto a ninguno. Incluso Critias adoptó un aire serio, aferró su copa y alargó el cuello para oír mejor.

Cuando el desconocido habló, lo hizo en un tono diferente. Con la confianza fruto de la resignación. Habló con fluidez. Fue un relato extraño. Demasiado improbable como para ser creíble. Una obra de teatro en una cantera, dirigida por alfareros y niños, y él y otros prisioneros recibieron comida a cambio de recitar las palabras de su señor. Aquellas frases les salvaron la vida, y tal era la razón por la que estaba allí, y pidió disculpas tanto por la interrupción como por su aspecto, pero él no siempre había sido así, y tenía que venir. Su señor se había echado a llorar durante el relato, a su modo callado, y tomó la cabeza del desconocido entre las manos y la apretó contra la suya como si quisiera que los pensamientos de ambos se fundieran. Durante el resto de la noche, ignoró al resto de invitados y solo habló con aquel hombre.

Anfitrión se preguntó cómo habían llegado a ese punto. Cómo era posible que su última noche en la ciudad decidiera pasarla escuchando las fantasías de aquella ruina de ser humano. No obstante, razonó, quizá fuera lo apropiado después de todo, pues su señor siempre había amado la desgracia y opinaba que el mundo era una herida abierta que solo un relato podía sanar.

AGRADECIMIENTOS

He tardado mucho en escribir este libro: unos siete años desde la primera frase hasta la última. En muchas ocasiones, dejé de creer en él. De pronto pensaba que sería mejor hacer algo completamente distinto, y eso hacía durante un tiempo, pero al final siempre volvía a esta novela. Por algún motivo, necesitaba terminarla. Pero, por mucho que lo necesitara, nunca habría llegado al final de no ser por todas las personas que me han ayudado en el camino.

En primer lugar, gracias a mi familia: a mis hermanos, Anthony y David, por su constante apoyo, sus ánimos y sus risas. Gracias a mi madre, Anne. No muchos padres llaman a sus hijos sin trayectoria literaria para decirles que bajo ningún concepto permitan que el trabajo los distraiga de su escritura. Nuestra casa siempre estuvo llena de libros, y tú me enseñaste que había cosas más importantes que ganar dinero, y que a menudo iban de la mano.

Gracias a las dos Rebeccas. Gracias, Rebecca Stott: sin tu apoyo y tus ánimos al principio, esta novela probablemente se habría quedado en una viñeta. Gracias a mi maravillosa agente,

Rebecca Carter, por ver lo prometedor de la obra, por apostar por mí y por tu infalible ojo editorial. Gracias, Chris Clemas, mi fantástico agente en EE. UU. Me siento enormemente afortunado de que me representéis Rebecca y tú. Gracias al excelente equipo de Janklow & Nesbit.

He tenido la suerte de contar no con una sino con dos editoras increíbles: Helen Garnons-Williams y Caroline Zancan. Gracias a las dos por el cariño que le habéis dedicado a esta novela, y por mejorarla con vuestros comentarios, preguntas y modificaciones. Gracias por hacer que este proceso haya sido tan sorprendentemente divertido y disfrutable. Mil gracias a los maravillosos equipos de Fig Tree y Henry Holt por el excelente trabajo que han hecho con este libro.

Gracias a Shane Mac An Bhaird. Hace años que eres uno de mis primeros lectores, porque me fío de tu criterio y nunca me decepcionas. Esta vez no ha sido una excepción.

Gracias a mis amigos escritores de DWG Paris. Gracias a Albert Alla, Peter Brown, Helen Cusack O'Keefe, Amanda Denis, Nina Marie Gardner, Rachel Kapelke-Dale, Rafael Herrero, Matt Jones, Corinne Labalme, Samuel Leader, Reine Arcache Melvin, Dina Nayeri, Chris Newens, Tasha Ong, Alberto Rigettini, Jonathan Schiffman y Nafkote Tamirat. Gracias a Nicolas Padamsee, John Patrick McHugh y Rory Gleeson por su amistad, sus charlas sobre libros y su apoyo.

Gracias al equipo docente de la UEA y a los maravillosos escritores que conocí allí. Gracias a Elizabeth Reapy por publicar mis primeros relatos y ver que tenía potencial.

Un agradecimiento especial para Sarah Bannan y todo el equipo de Arts Council Ireland. Mientras escribía esta novela, fui muy pobre mucho tiempo, y las dos becas que recibí en momentos cruciales me permitieron seguir juntando palabras y pagando el alquiler.

Gracias al Kildare Arts Service por financiar mi estancia en Annaghmakerrig. Gracias al personal de allí por cuidar de nosotros y por crear algo muy poco común: un lugar donde lo único que teníamos que hacer era escribir.

Gracias a Carol McGuire, la brillante profesora que me presentó a Tucídides y su *Historia de la guerra del Peloponeso.* Se lo agradeceré toda mi vida. Gracias al departamento de Clásicas de University College Dublin, donde estudié la carrera.

Gracias a mi hijo, Aaron, que, aunque solo tenía cuatro meses durante las últimas revisiones y por tanto se vio algo limitado en sus aportaciones editoriales, creo que me ha ayudado y me sigue ayudando a seguir mi camino.

Y, sobre todo, gracias a mi primera lectora y esposa, Emma Durrant-Lennon. Este libro solo puedo dedicártelo a ti. Tu fe en mi escritura y en esta historia me ha hecho seguir adelante. Todo es mejor desde que apareciste ese día en el Stag's Head. Te quiero más que Gelón a Eurípides.

Esta edición de *Deus Ex,* de Ferdia Lennon,
terminó de imprimirse el día 5 de febrero de 2024
en los talleres de la imprenta Kadmos, en Salamanca,
sobre papel Coral Book Ivory de 90 g
y tipografía Adobe Garamond Pro de 11,5 pt.